U0010601

外傳之XVIII

說不完的故事 5

Path of a Warrior

艾琳・杭特(Erin Hunter) 著
高子梅 譯　梅林Huwalli 繪

晨星出版

特別感謝克萊瑞莎・赫頓（Clarissa Hutton）

目錄

WARRIORS
貓戰士
紅尾的虧欠
Redtail's Debt

薊爪：琥珀色眼睛的灰白色公貓。

獅心：綠眼睛的金色虎斑公貓。

金花：黃眼睛的淺薑黃色虎斑母貓。

虎爪：體型魁梧的暗棕色虎斑公貓，前爪罕見的長。

白風暴：體型魁梧的白色公貓。

玫瑰尾：灰色虎斑母貓，有一條顏色微紅、很蓬的尾巴。

見習生　（六個月大以上的貓，正在接受戰士訓練）

斑掌：暗玳瑁色母貓，有一身很獨特的花紋。導師：羽鬚。

斑紋掌：淺灰色虎斑母貓。導師：暴尾。

紅掌：薑黃色尾巴的玳瑁色公貓。導師：麻雀皮。

柳掌：藍眼睛的淺灰色母貓。導師：罌粟曙。

霜掌：藍眼睛的白色母貓。導師：藍毛。

貓后　（懷孕或正在照顧幼貓的母貓）

白眼：獨眼的淺灰色母貓。

長老　（退休的戰士和退位的貓后）

大麻鬚：黃眼睛的淺橘色公貓。

咕噥足：琥珀色眼睛的棕色公貓，有點笨拙。

雲雀歌：淺綠眼睛的玳瑁色母貓。

本篇各族成員

雷族 *Thunderclan*

族長　陽星：黃眼睛的亮橘色公貓。

副手　褐斑：琥珀色眼睛的淺灰色虎斑公貓。

巫醫　羽鬚：亮琥珀色眼睛的淺銀色公貓。見習生：斑掌。

戰士　（公貓，以及沒有年幼子女的母貓）

暴尾：藍眼睛的藍灰色公貓。

蝰蛇牙：黃眼睛的雜棕色虎斑公貓。

麻雀皮：黃眼睛的暗棕色大虎斑公貓。見習生：紅掌。

小耳：灰色公貓，有很小的耳朵和一雙琥珀色眼睛。

罌粟曙：暗紅色的長毛母貓，有很蓬的尾巴和一雙琥珀色眼睛。見習生：柳掌。

畫眉皮：綠眼睛的沙灰色公貓，胸前有一抹白毛。

知更翅：嬌小的棕色母貓，胸毛有一塊是薑黃色，琥珀色眼睛。

絨皮：黃眼睛的黑色公貓，毛髮總是豎直。

斑塊皮：琥珀色眼睛的黑白色公貓，體型很小。

風飛：淺綠眼睛的灰色虎斑公貓。

花尾：玳瑁色母貓，有一身迷人的斑紋毛髮。

斑尾：琥珀色眼睛的淺色虎斑母貓。

豹足：綠眼睛的黑色母貓。

藍毛：藍眼睛的藍灰色母貓，毛髮豐厚。見習生：霜掌。

迅風：黃眼睛的白虎斑母貓。

　　　　陽魚：淺灰色母貓。

見習生　黑掌：黑色公貓。導師：雹星。

　　　　莎草掌：棕色虎斑母貓。導師：曲顎。

　　　　蘆葦掌：淺灰色虎斑公貓。導師：甲蟲鼻。

　　　　天掌：淺棕色虎斑母貓。導師：柔翅。

　　　　豹掌：斑紋少見的金色虎斑母貓。導師：白牙。

　　　　花瓣掌：玳瑁色母貓。導師：泥毛。

　　　　大聲掌：深棕色公貓。導師：橡心。

長老　　鱒魚爪：灰色虎斑公貓。

　　　　殼心：有斑紋的灰色公貓。

河族 *Riverclan*

族長　雹星：厚毛的灰色公貓。見習生：黑掌。

副手　曲顎：綠眼睛的淺棕色公貓，下巴歪扭。見習生：莎草掌。

巫醫　棘莓：有黑色斑紋毛髮的白色母貓，藍色眼睛。

戰士　漣漪爪：毛色黑銀交錯的虎斑公貓。
田鼠爪：灰色公貓。
木毛：棕色公貓。
回聲霧：淺灰色母貓。
雪松皮：帶斑的棕色虎斑公貓。
梟毛：棕白色公貓。
獺水花：白色和淺薑黃色交錯的母貓
甲蟲鼻：毛色鴉黑的公貓。見習生：蘆葦掌。
柔翅：有虎斑的白色母貓。見習生：天掌。
白牙：腳掌棕色的白色公貓。見習生：豹掌。
百合莖：淺灰色母貓。
閃光皮：黑色母貓。
梭魚牙：黑棕色虎斑公貓。
泥毛：雜色的淺棕色公貓。見習生：花瓣掌。
湖亮：雜色的灰白色母貓。
橡心：琥珀色眼睛的紅棕色公貓。見習生：大聲掌。
眠尾：棕色母貓。
柳風：琥珀色眼睛的淺灰色虎斑母貓。
灰池：黃眼睛的暗灰色母貓。

蕁麻點：有薑黃色斑的白色母貓。

草雀飛：黑白花斑公貓。

堅果鬚：琥珀色眼睛的棕色公貓。

花楸莓：琥珀色眼睛的母貓，毛色是奶油色和棕色交錯。

鼠翅：長毛豐厚的黑色公貓。

見習生 **黃牙**：臉很扁很寬的暗灰色母貓。導師：鼠尾草鬚。

雲掌：藍眼睛的白色公貓。導師：鴉尾。

長老 **小鳥**：體型嬌小的薑黃色虎斑母貓。

蜥蜴牙：淺棕色虎斑公貓，有一根勾狀的牙。

石齒：灰色虎斑公貓，牙齒很長。

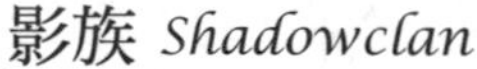

影族 *Shadowclan*

族長　**雪松星**：暗灰色的公貓，肚皮為白色。

副手　**破皮**：體型魁梧的暗棕色虎斑公貓。

巫醫　**鼠尾草鬚**：鬍鬚很長的白色母貓。見習生：黃牙。

戰士　**鹿躍**：腿部白色的灰色虎斑母貓。

風雪翅：雜色的白色公貓。

狐心：亮薑黃色母貓。

狼步：破了一隻耳朵的公貓。

鴉尾：黑色虎斑母貓。見習生：雲掌。

蕨足：淺薑黃色公貓，腿是暗薑黃色的。

弓眼：有黑色條紋的灰色虎斑公貓，其中一隻眼睛上面有很粗的條紋。

冬青花：深灰色和白色交雜的母貓。

泥爪：腿是棕色的灰色公貓。

蜥蜴紋：黃眼睛的淺棕色虎斑母貓。

蟾蜍跳：身上有幾抹白毛的暗棕色虎斑公貓，腿是白的。

羽風暴：棕色虎斑母貓。

焦風：薑黃色虎斑公貓。

蠑螈啄：黑色與薑黃色交錯的虎斑母貓。

煙灰心：藍眼睛的淺灰色母貓。

琥珀葉：腿和耳朵是棕色的深橘色母貓。

蛙尾：深灰色公貓。

池雲：灰白交錯的母貓。

貓后　淺鳥：黑白花斑母貓，是小鷦鷯、小兔、小飛和小鬃毛的母親。

黑麥桿：灰色虎斑母貓。

長老　白莓：體型嬌小的純白色公貓。

百合鬚：琥珀色眼睛的淺棕色母貓，有一條後腿跛掉。

捶足：黃眼睛的黑色公貓。

風族 *Windclan*

族長　**石楠星**：藍眼睛的粉灰色母貓。

副手　**高尾**：琥珀色眼睛的黑白花斑大公貓。

巫醫　**鷹心**：石灰色公貓，雜著暗棕色的斑紋。
吠臉：短毛的棕色公貓。

戰士　**曙紋**：有奶油色條紋的淺金色虎斑公貓。
紅爪：暗薑黃色公貓。
絨尾：亮黃色眼睛的灰白花斑公貓。
死足：精瘦的黑色公貓，一隻左腳掌歪扭。
鹿躍：琥珀色眼睛的暗棕色公貓。見習生：栗掌。
核桃鼻：棕色公貓。
蘋果曙：淺奶油色母貓。
草地滑：灰色母貓。
霧鼠：淺棕色虎斑母貓。
兔飛：淺棕色公貓。
鹿泉：淺棕色母貓。見習生：鴿掌。
雲雀灑：玳瑁色和白色交錯的花斑母貓。
尖鼠爪：黃眼睛的暗棕色公貓。
白楊落：灰白花斑公貓。
梅子爪：暗灰色母貓。

見習生　**栗掌**：灰棕色花斑母貓。導師：鹿躍。
鴿掌：有白色斑塊的暗灰色公貓。導師：鹿泉。

腐肉場
影族營地
轟雷路
頭鷹樹
大梧桐樹
雷族營地
蛇岩
沙坑
松樹林
兩腳獸地盤
符號說明
部族
雷族
河族
影族
風族
星族
北方

貓兒視角

高聳岩

大麥的農場

四喬木

風族營地

瀑布

陽光岩

河

河族營地

伐木場

北愛爾頓
垃圾堆置場
上風路
白鹿森林
雀爾福林場
雀爾福工廠
雀爾福鎮
符號說明
地形
落葉林區
針葉林
沼澤
懸崖與巨石
健行步道
北方

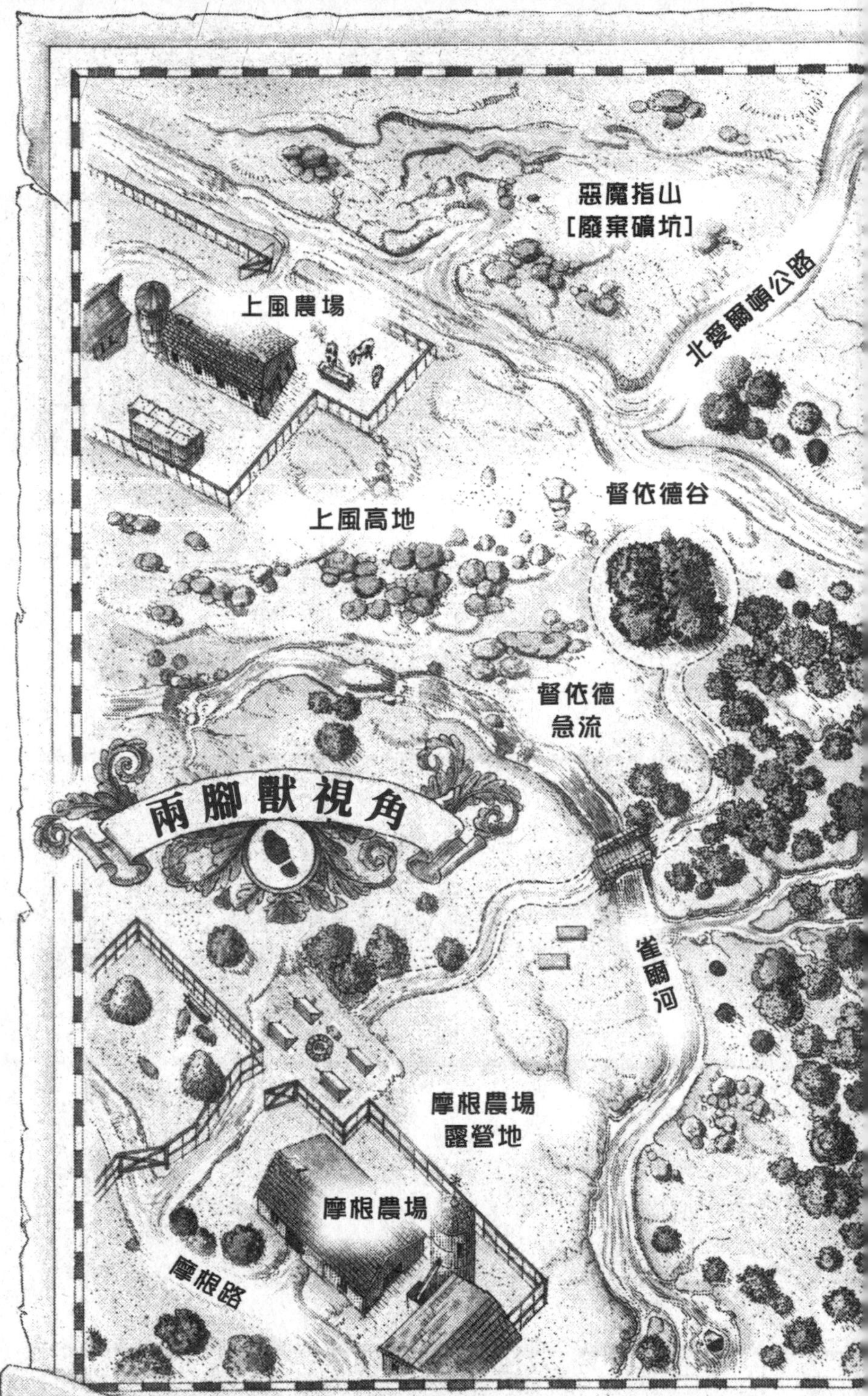

惡魔指山
[廢棄礦坑]

北愛爾頓公路

上風農場

督依德谷

上風高地

督依德
急流

兩腳獸視角

雀爾
河

摩根農場
露營地

摩根農場

摩根路

第一章

紅掌正在雷族戰士窩裡將新鮮青苔小心翼翼地塞進一床臥鋪的邊角裡，隨即嘆口氣。「好無聊喔！我真想去狩獵。」

他的姊姊柳掌拖了更多青苔進到窩穴，丟在他旁邊，裡頭的味道令她不免皺起鼻子。「至少我們不必像霜掌和斑紋掌那樣去幫長老們抓蝨子。」她喵聲道。

紅掌把新的青苔拍打到位。「可是他們很快就要有自己的戰士受封大典了，只剩下我們兩個是見習生。到時營地裡最瑣碎的雜事都會交給我們做，而且一做就是好幾個月。」他抱怨道。「白風暴和虎爪已經當上戰士，就連斑掌也不會再來幫我們的忙了。」

柳掌從戰士窩入口往外窺看同窩手足斑掌的所在之處，後者正在太陽底下晒藥草。「紅掌，巫醫見習生也是很辛苦的，」她喵嗚道，藍色眼睛閃著興味。「又不是只有你辛苦。」

紅掌鬍鬚抽動一下。「我知道我是犯傻，」他承認。「我只是很想跟麻雀皮、虎爪還有其他貓一起出外狩獵。」

如果這只是平常的狩獵隊伍，他一定就能去了。麻雀皮是他的導師，雖然這隻虎斑貓有時脾氣不太好，但他絕不會不帶紅掌出去狩獵。只是因為今天狩獵隊要去的地方是陽光岩，雷族族長陽星認為河岸那堆岩石對見習生來說太危險。

「我們跟河族的陽光岩之爭已經很多年了。」麻雀皮曾跟紅掌解釋過，當時他一邊說一邊抽動尾巴。「有些貓說那堆岩石以前是在河裡，所以河族認定那是他們的領地。我是不知道啦，不過就現在的部族貓記憶所及，它們一直都在雷族的領地上。只是河族不肯承認那是我們的。在你當上見習生前不久，我們才去警告過河族。但陽星擔心他們可能正在伺機準備伏擊我們。」

所以……紅掌一邊想一邊嘆了口氣，**我就得待在營地更換臥鋪，而不能去狩獵。**

紅掌當然知道更換臥鋪的工作也很重要，只要能幫忙自己的部族，什麼工作他都願意做。只是營地裡的雜務工作跟狩獵比起來無趣多了。

紅掌最喜歡的活動莫過於狩獵：逡巡雷族的森林領地；嗅聞空氣中的獵物氣味；哪怕是最微弱的聲響，他都會警覺地豎起耳朵。他尤其喜歡在找到獵物時，那種繃緊全身肌肉、心臟狂跳、小心潛伏的感覺。這世上再沒有任何一件事比撲上獵物的那個瞬間還要刺激有趣。

紅掌縮張著爪子，想像老鼠在他爪下吱吱尖叫。每當他看到族貓們正在大啖他抓來的獵物，就自豪到快要爆炸。麻雀皮前幾天才說紅掌的狩獵技巧進步不少。一想起這件事，紅掌頓時自豪得不得了。

「我就快成為雷族最厲害的狩獵貓了。」他大聲說道。

柳掌彈動著她那條淺灰色的尾巴。「比虎爪還厲害嗎？」她揶揄地說道。「誰都比不過虎爪。至少他自己是這麼想。」

有黑影出現在窩穴入口，柳掌的導師罌粟曙從入口處探進那張紅色大臉。

「聽起來這裡吱吱喳喳的聊天聲好像比工作的聲響還大。」她輕快地說。「柳掌，再多塞點青苔到那個邊角，我可不想睡在石頭上。」

「好的，罌粟曙。」柳掌道，同時垂頭致敬。

「紅掌，請你去弄點羽毛來，」罌粟曙接著說。「這樣臥鋪會更柔軟舒服。」

「可是生鮮獵物堆上沒什麼羽毛咧。」紅掌回答，語氣沒有那麼敬重，反正罌粟曙也不是他的導師。

「現在有了。」罌粟曙告訴他。「麻雀皮的狩獵隊才剛回來。看來他們有抓到兩隻還不錯的八哥。」

「他們回來了？」紅掌擠過罌粟曙跑出窩穴。柳掌緊跟在後。

「別忘了這裡的事情要做完啊！」後方的罌粟曙語氣嚴厲地喊道。

從溫暖的戰士窩裡驟然跑到外頭的紅掌，身上立刻滲進落葉季的寒氣，不由得打起寒顫。不過太陽還是亮晃晃地照著。在冰冷的禿葉季來臨之前，他們還有一點時間準備。營地中央晒得到陽光的那塊地上，霜掌及斑紋掌這兩隻年紀較長的見習生，也在此時停下幫長老們梳理毛髮的工作。

「看來狩獵成果不錯喔。」霜掌開心道。她旁邊的雲雀歌很不高興地弓起背。

「妳是在聊天還是在幫我除蝨？」她惱火地問道。霜掌翻了個白眼，又把注意力移回老母貓身上。紅掌忍住噴笑，抬眼望向剛回來的狩獵隊。

麻雀皮已經站在生鮮獵物堆旁，罌粟曙提到的那兩隻八哥就躺在他腳下。雖然他的收穫不錯，但麻雀皮的臉色不是很好看。紅掌遲疑了一下，回頭朝營地入口正要走進來的其他狩獵隊員瞥了一眼。

斑尾大步穿過空地，朝生鮮獵物堆走去，嘴裡叼著一隻松鼠，但琥珀色眼睛裡有著慍色。紅掌伸長脖子，視線越過她，看到虎爪粗壯的肩膀正好不容易從金雀花隧道擠出來，他神情也很不高興。但紅掌被他叼在嘴裡的獵物分散了注意——一隻肥碩的老鼠加兩隻肥美多汁的田鼠！獵物多到紅掌都忍不住好奇這位大塊頭戰士怎麼有辦法把牠們全帶回來？

「哇！」紅掌對他的同窩手足小聲說道：「妳說對了，虎爪才是營地裡最厲害的狩獵貓。」

柳掌擺動尾巴。「但他也是個傲慢自大的毛球，」她輕聲說道。「這一點我們都知道。」

「是啊……也許吧……」紅掌附和道，同時目光一路跟著走在斑尾後面穿過空地的虎爪。「不過他當上戰士後已經改了很多。」

在虎爪還是最資深的見習生時，就懂得逮住每個機會，好證明他是所有見習生裡頭最厲害的格鬥者和狩獵貓，紅掌、柳掌、和斑掌這些很嫩的見習生都遠遠在他之下。紅掌沒有忘記過這一點。

不過自從虎爪受封為戰士後，他就不再霸凌其他見習生，反而全力以赴地想要成為部族裡最厲害的戰士。**有一天他搞不好會當上族長。**紅掌一邊想，一邊欣羡地看著那隻暗棕色虎斑貓粗壯的肩膀和巨大的腳掌。

這三隻貓已經把捕來的獵物放進生鮮獵物堆裡，並齊聚在空地上，個個臉色陰沉。「我很好奇到底發生了什麼事。」柳掌輕聲說道。

出於好奇的紅掌往前趨近，朝麻雀皮走近一點。「呃……狩獵還好嗎？」他有點尷尬地問他導師。「你是偷偷接近那些八哥？還是直接撲……」

「紅掌，現在不是時候。」麻雀皮打斷他，轉過身去。「我們一定要向陽星報告。」他快步朝族長窩走去，斑尾和虎爪緊跟在後。

「我們最好先回去工作。」柳掌緊張地看了空地另一頭的罌粟曙一眼，然後喵聲道。「我不想惹麻煩。」

紅掌遲疑了一下，遠遠看著虎爪消失在高聳岩底部的陽星窩穴裡。過了一會兒，陽星那張薑黃色的長毛臉從入口的地衣簾幕後方探出頭來。「褐斑！」他喊道。雷族副族長立刻快步過去，走進族長窩與他們會合。

一定發生了什麼大事！紅掌心想道，背上的毛全炸了開來。他環顧四周。也許他們在森林裡目睹到什麼可怕的事，譬如獾或狐狸。又或者兩腳獸和牠們的狗就在附近。紅掌不由得全身發抖。

空地另一頭的藍毛和薊爪也抬起頭來，朝陽星的窩穴方向若有所思地凝望著。大家都認為等褐斑退休當長老後，陽星一定會從他們兩個當中挑出一個來當副族長。所以他們兩個都很留意雷族和其他部族之間的糾紛，似乎在為自己的未來做好準備。

雖然還有幾張面孔也都關切地轉頭望向高聳岩，但沒貓盯著紅掌。盡職的柳掌走回戰士窩，霜掌和斑紋掌正忙著梳理長老們。罌粟曙正在和玫瑰尾分食田鼠，同時一邊交頭接耳。**她應該不會注意到我沒有直接回去更換臥鋪吧**，他心想。

於是紅掌佯裝自己沒在偷聽，若無其事地朝陽星窩穴閒晃過去，同時豎直耳朵。

「陽星，這是第三次了！」麻雀皮吼著。

「你有實際逮到河族貓在陽光岩那裡做氣味記號？」陽星低吼質問。

「是梟毛、柔翅、和獺水花。」斑尾確認道。「我們有趕走他們，但我們不想扔下我們剛抓到的獵物。」

「我們應該給他們一點教訓，讓他們永生難忘。」虎爪憤怒地嘶聲說道。「就算失去一點獵物，也是值得的。」

「我們還以為我們上次警告雹星離陽光岩遠一點，他有聽進去呢。」褐斑喵聲道。他的聲音聽起來很疲累，紅掌不安地蠕動著身子。副族長看上去病得越來越嚴重，身子枯瘦到都看得到肋骨了。「也許我們應該再找他談一下。他的戰士有可能是在未經他允許的情況下擅自行動。」

「真是受夠了，」虎爪吼道。「我們沒必要再跟他們講道理，直接給河族一點顏色瞧瞧，讓他們知道別以為可以僥倖逃過。」

「虎爪，你的建議是什麼？」陽星冷靜地問道。紅掌幾乎看得到族長目光冷冽地謹慎聽取每隻貓的意見。

「我們一定要反擊，」虎爪嘶聲道。窩穴裡傳來摩擦的聲響，紅掌可以想見虎爪的爪子一定正在反覆縮張，尖銳的前爪正隨這隻大虎斑貓的怒氣不時伸出去又縮回來。「我們應該攻擊河族營地。讓他們知道惹怒雷族會有什麼下場。」

「我不覺得反擊是最好的方法。」褐斑爭辯道。「河族現在的戰士數量比我們多，既然知道會寡不敵眾，難道還要在他們的領地上挑起爭端嗎？」

「那我們就帶見習生一起上，」虎爪冷冷地回答。「反正也該給他們一點實戰的經驗。」

紅掌驚訝到連鬍鬚都不敢妄動。**見習生？虎爪認為我們應該攻擊河族？**他的腦袋正不停打轉，一時之間竟忘了聽陽星窩穴裡的對話，直到他導師憤怒的聲音突然出現，他才瞬間回神。

「我們不能把見習生送上戰場，」麻雀皮吼道。「他們還沒有真正的作戰經驗！」

「他們還沒準備好！」斑尾附和道。

「如果他們從不上戰場，就永遠都不會準備好！」虎爪喵聲道。「他們必須接受適當的訓練，跟別族作戰是唯一的學習方法。」

當下，窩穴裡靜默了許久，紅掌想像戰士們一定都在看著陽星，等他定奪。**陽星也許會派霜掌和斑紋掌上場作戰，但絕不可能准我和柳掌去，**紅掌心想，**他認為我們還太嫩，不能上戰場。**他用力吞了吞口水，**我會想出戰嗎？**

紅掌雖然夢想成為全能戰士，但從沒想像過真正的戰鬥。他想要為他的部族狩獵和巡邏，雖然知道終有一天他得上戰場，**但還不到那時候。**

「我們會去河族，」陽星終於開口。「四個見習生全帶上。」紅掌嚇得愣在原地。

「可是陽星……」麻雀皮正要開口反對。

「我們不是去開戰，」陽星語氣堅定地打斷她。「我們是帶著所有戰士前往他們的領地，展現我們的實力，提醒雹星離陽光岩遠一點，如此而已。」

「我們以前也做過同樣的事，」虎爪反對道。「但沒多久，河族就又故態復萌。」

「這次我們會要求雹星作出承諾。」陽星直言道。「他當然明白我們雙方不可能為了陽光岩永遠爭戰不休。如果他給我們承諾，我們可以相信他，再觀察他底下的貓兒會不會照做。」

「我不認為我們應該帶紅掌和柳掌去，」麻雀皮再度說道。「他們根本還沒完全長大，可能會受傷。」

「霜掌和斑紋掌就快當戰士了，」斑尾附和道。「但紅掌和柳掌的戰技訓練還不夠，他們幾乎才剛從育兒室出來沒多久。」

紅掌肩上的毛聳了起來。他也許還不懂如何作戰，但他不是一隻小貓！

「虎爪剛提到見習生的訓練，他的說法有道理。」陽星喵聲道。「不過麻雀皮和斑尾也說得沒錯，如果要讓見習生去河族領地，我們得先有一套計畫來保障他們的安全。」

「我們可以兵分兩路，」褐斑提議道，「多數戰士直接過河前往河族，另一支隊伍從四喬木的那道橋過去。萬一開戰了，他們可以趁河族貓分神對付前一支隊伍的時候從後面突襲。」

「我們可以把見習生的位置排在第二支隊伍的最後面。」陽星若有所思地說道。「你也是，虎爪。」

「我是雷族裡頭最厲害的格鬥者！」虎爪憤慨地吼道。

「但我不希望靠實際開戰來嚇阻河族。」陽星冷靜回答。「是你提議要帶見習生上場，所以應該由你來負責確保他們最後能安全返家。」

「我又不是他們的導師。」虎爪吼道，語氣惱怒。

「但我們得靠雷族裡頭最厲害的格鬥者來保護見習生。」陽星道。

現場靜默許久，最後虎爪嘟囔出聲：「好吧，族長。」紅掌可以想像他正垂著頭，琥珀色眼睛裡盡是氣餒。

「我們應該把這計畫跟全部族報告。」陽星果斷地說道。紅掌趕緊先行跳開，以免陽星走出窩穴察覺他在偷聽。

我要上戰場了！他心想道，興奮到心不停狂跳。

但隨即一股寒意竄遍他整個背脊，他感覺到自己的尾巴垂了下來。紅掌用力地吞了吞口水。

我要上戰場了。

「看到這個沒？」白眼問道，同時歪著臉讓紅掌看清楚那隻混濁的盲眼跟另一隻銳利的黃色眼睛這兩者之間的差別。盲眼的眼皮上還有舊的節痂。「我還小的時候，被一隻獾的爪子抓到臉。戰場上只要一個動作做錯，就會留下終生的記號。所以紅掌，今天務必要小心。」

紅掌的胃開始翻攪。「妳真的認為我們會打起來嗎？」他問道，那聲音聽起來分明是在發抖。

淺灰色母貓若有所思地抽動鬍鬚。「我看不出來我們要如何避開這場爭戰。」她回答。「陽星告訴過雹星，河族貓最好離陽光岩遠一點，結果他們又回來了。我認為雷族勢必一戰。」她嘆口氣。「只是希望我能幫上忙。我討厭這種沒用的感覺。」

「呃……生小貓……其實……也很重要啊。」紅掌看著母貓渾圓的肚子，尷尬地說道。

「謝了，紅掌。」白眼垂頭致謝，語氣輕鬆了點。「你今天先不要急著衝進戰場好嗎?讓戰士們去處理。」

「妳是想嚇壞我的見習生嗎？」一個打趣的聲音從後方傳來。紅掌嚇到跳起來，隨即很不好意思地舔舔胸毛。**我才沒被嚇到呢。**

白眼朝麻雀皮轉頭，仰起鼻口喵嗚出聲。「我只是要你們兩個小心一點，」她說道。「我的小貓需要他們的父親。」

麻雀皮用面頰摩挲她的，同時閉上眼睛。紅掌避開目光。

「我……去那裡一下……」紅掌不安地說道，隨即轉過身快步離開，一路衝到生鮮獵物堆附近才停下來。

他深吸一口氣，離開了麻雀皮和白眼之後，尷尬的感覺才終於消失，但一想到白眼說過的話，他又緊張地豎起全身毛髮。**在戰場上只要一個動作做錯，就會留下終生的記號。**

附近的暴尾正在幫斑紋掌做最後的惡補。「千萬記住，」公貓指導她。「如果他們壓在妳背上，就用後腿踢對手的肚子，就像我示範過的。不要害怕使出自己的爪子。」

紅掌用力地吞吞口水，驚慌的情緒在他全身竄升。**我甚至連這招都還沒學過！**

陽星大步走到空地中央，放聲大吼，要大家聽命。「對抗河族的時候到了，」他大聲說道。「藍毛會帶領見習生和他們的導師以及虎爪穿過兩腳獸橋，往河族營地逼近。獅心和金花留守後方，保衛我們的營地。」那隻金色的大公貓和他體型嬌小的姊姊神情失望地互看一眼，但仍垂首表示聽命。

「其他所有戰士都先服用過巫醫貓幫你們準備的藥草再出發。記住，今天我們只是要給他們一個警告，除非我下令或者河族先發動攻擊，否則誰也不准輕舉妄動。」

羽鬚和斑掌穿梭在戰士之間發放藥草。斑掌來到紅掌面前，把一小包藥草擱在他腳下。「補充體力用的。」她解釋道。紅掌低下頭將草藥舔進嘴裡，辛辣的味道令他瞬間皺起整張臉。

等到戰士和見習生都服用藥草後，陽星大步走到營地入口。「出發！」他吼道。戰士們跟在族長後面，魚貫走出營地，個個尾巴高抬、目光炯炯。紅掌看著他們走過去，自己卻緊張到胃吐酸水。**我有毛病嗎？我想當戰士啊！這就是我一直想要的啊！為什麼我這麼害怕上戰場？**

「你怎麼啦？尾巴抖成這樣。」虎爪停在紅掌旁邊，好奇地看著他。

「白眼跟我說她當初是怎麼少掉一隻眼睛的，」紅掌勉強解釋：「她說在戰場上只要一個動作做錯，就會留下終生的記號。所以她告訴我不要逞強，讓戰士們上場。」

虎爪不屑地彈動尾巴。「白眼只是嫉妒，因為她選擇去生小貓而不是為部族上戰場。」他冷冷地說道。「別讓她削弱了你的鬥志。她現在不能上場殺敵，但你光輝的戰士生涯才正要開始。」

是嗎？紅掌身上微微刺癢。比起當一隻需要被保護的見習生，眼前這位強悍戰士的說法更獲得他的青睞。

虎爪這麼有自信，如果他認為紅掌一定能成為強而有力的戰士，那應該是八九不離十，紅掌的胸膛瞬間湧起一股暖意。

「最厲害的戰士不會避戰。」虎爪繼續說道。他滑出利爪，單腳刮著地面，在泥地上留下很深的爪痕。「要是河族敢跟我們吵，我一定反擊。如果我們想要他們尊敬我們，就絕對不能猶豫。」

紅掌知道虎爪這些話很魯莽，他們應該等陽星下令才能反擊。但他還是情不自禁地崇拜他。**他真有膽識！**

紅掌目送他父親蝰蛇牙消失在金雀花叢隧道裡，他是陽星隊伍裡最後押隊的戰士。

「見習生和導師們！還有虎爪！我們出發吧！」藍毛喊道。她的見習生霜掌正瞪大眼睛站在她旁邊。

麻雀皮再次與白眼互觸鼻頭，隨即轉身離開。「來吧，紅掌。」他喵聲道，同時大步走向藍毛。

紅掌的目光又一次迎向他姊姊斑掌。她跟羽鬚正站在巫醫窩穴外面，尾巴興奮地不停甩動。「紅掌，祝你好運！」她喊道。紅掌揮動尾巴向她道別，然後深吸一口氣，跟著麻雀皮走出營地。

藍毛領頭帶隊，麻雀皮和罌粟曙並肩走在她身後，暴尾帶著他的見習生斑紋掌跟在後面，旁邊是她妹妹霜掌，後者一路熱絡地找他們兩個說話。「你們認為我們有機會看到河族貓在水裡游泳嗎？」紅掌偷聽到她的提問。

他們穿過森林，柳掌就走在紅掌旁邊，虎爪在最後面押隊。剛掉下的落葉在他們掌下應聲碎裂，陽光透過樹枝縫隙滲進來。紅掌突然全身發抖，但落葉季的寒意只是部分原因。

柳掌眼神銳利地看他一眼。「你害怕嗎？」她低聲道。

「有一點。」紅掌承認道，他壓低音量，不敢讓虎爪聽到。

「別擔心，」柳掌告訴他，「記住，我們只是來警告河族而已。要是真的發生什麼

事，也不是只有我們兩個，我們有整個部族當後盾。麻雀皮和罌粟曙也會關照我們的……」她挨近身子，毛髮刷過他身上，用很小的聲音說道：「再說虎爪向來認為他是全森林裡最厲害的戰士，所以他絕不會讓我們受傷，不然他的名聲就打折了。」

其他戰士都直接前往河族營地，只有藍毛帶領隊伍沿著貓頭鷹樹向上走，接著在四喬木附近轉身沿著河流前進，朝兩腳獸橋走過去。

「真是浪費時間，」虎爪咕噥道。「我們應該直接攻擊營地，而不是在河族領地邊緣繞來繞去。」

「陽星要我們從這個方向過去，」藍毛厲聲說道。「除非必要，否則我們不會開戰。」藍灰色母貓看上去心事重重，目光不停搜尋河族領地上那處開闊的平原，好似期待或希望看到什麼。虎爪瞇起琥珀色眼睛，惡狠狠地瞪著她，但一句話也沒吭。

紅掌跟著霜掌走上橋面時，突然襲來一股辛辣又很不自然的兩腳獸氣味，紅掌皺起鼻子，覺得味道很怪。

他們才在橋上走了幾步，遠處突然傳來喊打聲。暴尾抬起頭。「那是小耳的聲音，」他喵聲道。「他們打起來了！」

另一聲痛苦的嚎叫令所有貓兒瞬間縮起身子。「是花尾！」藍毛緊張地說道。「聽起來她有麻煩了！」

「來吧！」虎爪大吼。他開始往前跑，很快地從見習生那裡擠了出去。紅掌全身緊繃，也跟在他後面跑，掌下的兩腳獸橋面觸感硬實。

虎爪現在在隊伍最前面跟藍毛並肩前進。但這時上方傳來一聲刺耳的尖叫，接著一個巨大的棕色身影遮住陽光，朝他們撲了下來。紅掌驚恐地往後躲。藍毛和虎爪用後腿撐起身子揮爪迎戰，狠劈上方的棕色身影。紅掌現在看到了，那傢伙全身都是羽毛——是一隻大鳥！

「保護見習生！」暴尾大吼，其他戰士也開始瞄準大鳥，利爪猛揮。

大鳥再度放聲嘶叫，飛離他們的攻擊範圍。那雙像珠子一樣的黃色眼睛怒瞪他們，巨大的褐色翅膀往外開展。**是老鷹！**紅掌這才明白，麻雀皮跟他說過這種大鳥有多危險。「牠們會抓小貓去吃。」他記得他的導師這樣說過。「就連落單的成年貓也可能被抓走，不過牠們打不過一群貓。」紅掌記得他們會攻擊體型較小的貓，伸爪就能撈走一隻貓。他吞吞口水，全身縮了起來。他和柳掌是這裡體型最小的。

「快圍起來，」罌粟曙指示道，麻雀皮和暴尾立刻朝見習生們衝回來，圍成一個緊密的圈子保護他們。

紅掌的視線不敢離開老鷹，後者正在他們上方盤旋。尖銳的長爪和彎曲的鳥嘴看起來尤其可怕。他現在才知道橋上的他們完全曝露在外，沒有任何東西隔開他們和那隻邪惡的大鳥，沒有樹林也沒有灌木叢可供躲藏。

「快跑！」藍毛大吼。她用尾巴指向橋面盡頭一小叢白樺樹。「躲到那些樹叢下！」

隊員們開始狂奔，溫熱的毛髮紛紛刷過紅掌。紅掌想跟著他們一起跑，但他覺得自己的腳爪好像黏在兩腳獸橋上。他蹲低身子，喘不過氣來。**我得快點跑走。**

可是他沒辦法跑。

他抬頭一看，老鷹正往下飛，巨翅往兩邊展開。紅掌趕緊後退，腳掌在堅硬的橋面扒抓。他跟其他隊員的距離越拉越遠。

我做錯了！

一切都慢了下來，只有紅掌的心臟例外，他心跳越來越快。他倒抽口氣，感覺腳爪重到舉不起來。

「紅掌！」柳掌在橋的盡頭大喊。其他貓終於留意到他沒有一起跑過來，而是被留在後面。

如果我現在逃，也許還來得及。

可是老鷹正在他的上空盤旋，越飛越低。紅掌看得到牠那兩顆眼珠射出來的光。他全身縮了起來，貼平在橋面上。

「快跑，紅掌！」麻雀皮吼道。他和虎爪正朝紅掌跑回來，跨大的步伐正慢慢縮短他們之間的距離，但是老鷹也越來越近。牠朝他俯衝而來，鳥爪已經伸出。紅掌覺得自己無法呼吸。

老鷹會抓走落單的貓。

沒有任何地方供他躲藏，紅掌感到前所未有的孤單。

老鷹尖聲嘶吼，黑影覆上紅掌。在他上方的老鷹身形如此巨大，比他的體型還要大很多，大到搞不好可以一口吞下他，他心裡這樣想道。他心跳如擂鼓，眼睛緊緊閉住。

紅掌正在嗚咽啜泣，耳朵貼平腦袋。

大鳥再次尖叫，但這次幾乎被另一個吼聲蓋住。紅掌倏地睜開眼睛，及時看到虎爪騰空一躍撲向老鷹，砰的一聲把牠撞到紅掌旁邊的橋邊。

老鷹伸出鳥嘴想啄虎爪，並發出憤怒的嘎叫聲。虎爪輕快地往後彈開躲掉，同時伸出巨大的腳掌將大鳥的翅膀按在橋面上，開始扯牠羽毛，紅色鮮血從大鳥的棕色羽翅上滴了下來，老鷹不停拍打，差點就把虎爪甩掉，但虎爪死命按住不放。

「紅掌！」

聽到麻雀皮的聲音，紅掌馬上把目光從眼前戰況移開。他的導師現在只離他一條尾巴的距離，他跑得氣喘吁吁。「快走！」他的導師急迫地催促。「趁虎爪分散牠注意的時候快走。」

「可是……」**我們不應該去幫他嗎？**紅掌回頭看著打得不可開交的貓和老鷹，虎爪扭頭往老鷹的脖子用力一咬，在老鷹暗色羽毛的襯托下，那一嘴尖牙更顯森白。他嘶咬老鷹的喉嚨，橋面上散落了更多羽毛。看上去虎爪的確不需要幫忙。

「快走！」麻雀皮吼道。紅掌終於拔腿開跑。他們一起衝向正等在橋面另一頭的隊伍。

紅掌跟不上他導師的腳步。他已經全力疾奔，但還是落後一大截。

「不要丟下我！」他嗚咽道，害怕到嘴巴發乾。他驚恐地瞄了天空一眼，麻雀皮折返回來，索性咬住他頸背提了起來——就像拎著一隻小貓——一路把他拖到橋的盡頭。

「欸！」紅掌嘴裡咕噥喊道，無助地揮舞著四條腿，這時他們就快抵達其他隊員那裡。「放我下來！我可以自己走！」等他們終於安全抵達橋面盡頭，麻雀皮立刻扔下他，小心用鼻子檢查紅掌身體兩側。

「你有沒有受傷？」他問道。「牠有抓傷你嗎？」

他還沒來得及回答，柳掌就撲上紅掌，把頭埋進他的肩膀。「噢，紅掌！」她聲音顫抖地說道。「嚇死我了，當我發現你沒有跟上來，我……」她倒抽口氣，頭顱更用力地抵住他。

紅掌往後退開一點，尷尬地說：「我沒事，」他堅稱。「我保證我沒事。」

「那就好，」藍毛俐落地說道。「你們全都待在這棵樹底下，老鷹通常單獨狩獵，不過我們還是得小心點，可能有另一隻在附近。」

橋面上那隻摔在地上的老鷹拚命拍動翅膀，好不容易甩開虎爪，後者安然四腳落地，再度咆哮地想朝牠跳過去，但大鳥鼓動著受傷的翅膀，跌跌撞撞地從橋的另一側升空起飛。

惡。

「哇！」霜掌說道，眼睛瞪得斗大。「牠逃走了！我是說飛走了！」

大鳥一度下墜，但又再度升空，緩緩拍著翅膀升上天空。牠看起來受到重創，飛得不太穩。橋面上又掉落幾根羽毛。被虎爪狠狠教訓過的老鷹，此刻看起來不再那麼凶惡。

等牠飛越樹林頂端，虎爪才昂首闊步地朝隊員們折返回來，尾巴高舉過背。紅掌拋下姊姊衝去找他。

「虎爪！」他上氣不接下氣地在戰士面前煞住腳步，但又突然靦腆起來。「你救了我！」

虎爪得意地舔舔自己的前掌。「沒事，紅掌，」他喵聲道。「你現在安全了。」

「謝謝你，」紅掌告訴他，但又覺得光說謝謝還不夠，那種等著尖銳的鳥爪戳進腰腹的絕望與恐懼他到現在都還揮之不去。「虎……虎爪，以後要是有……有什麼事情需要我幫忙，儘管告訴我。」他說得結結巴巴。「我欠你太多了。」

「虎爪，做得很好。」藍毛說道，這時其他隊員都跟在紅掌後面走過來。「我們很感激你。」

其他貓也發出附和的低語聲，大家都以崇拜的目光看著虎爪。紅掌不安地蠕動著，羞愧到全身發燙。要不是他沒有聽命地跟著大夥兒一起往前跑，要是他沒有笨到置自己於險境，大家就不必向虎爪致謝了。

「不過我們得繼續趕路了，」暴尾直言道。「其他戰士可能需要我們。」

藍毛和麻雀皮憂心忡忡地互看一眼。突然間，紅掌留意到自己沒有再聽到來自河族營地的咆哮和廝殺聲。

「我聽不到他們的聲響。」斑紋掌呼應紅掌的想法。「是戰鬥結束了嗎？」

「我不知道，」藍毛喵聲道。「我們最好趕快過去看一下。不過我想紅掌和柳掌還是留在原地好了。」

「我沒事！」紅掌堅稱。他的膝蓋仍在發抖，但他不想被丟在後面。「而且叫柳掌也留在原地，不太公平。」他又接著說道。柳掌很是感激地看他一眼。

藍毛沒理他，反而望向麻雀皮。「你留下來陪他們？」她問道。

「當然可以。」麻雀皮回答。藍毛垂頭致謝。

「就待在樹底下，免得老鷹又飛回來，」正準備離開的藍毛提醒他們，其他隊員都跟在後面。他們快步離開，三名戰士走在最前面，霜掌和斑紋掌緊跟在後，兩名見習生都以崇拜的目光看著虎爪。

紅掌目送他們消失在山丘的另一頭，然後在樺樹樹根附近趴倒下來。「都是我的錯。」他嗚咽道。

「老鷹突然來襲，這不是你的錯。」麻雀皮回答。他朝河族營地的方向遠眺，豎起耳朵聆聽任何可能的聲響。

柳掌躺在紅掌旁邊，腰側緊貼住他的。「那時我看到你還在橋上，都快嚇死了。」她承認道，聲音有點抖。「要是你被老鷹抓走了，那怎麼辦？」

紅掌一想到這個可能，也全身發抖，趕緊用鼻頭抵住姊姊的肩膀，吸進她身上溫暖又熟悉的味道。「但我沒有被抓走啊，」他喵聲道，既是自言自語，也是在回答他姊姊。「我還在這裡，虎爪救了我。」

柳掌對他緩緩地眨眨眼睛，目光溫暖。「我再也不會說虎爪是個愛炫耀又傲慢的毛球了。」她承諾道。「他救了你一命，以後他愛怎麼自豪都可以。」

紅掌的心跳才剛平緩下來，麻雀皮突然僵在原地。「他們回來了，」他喵聲道，同時甩打著尾巴。

「才沒過多久欸，」柳掌邊嘟囔邊站起來。紅掌甩甩發抖的身子也站了起來。「你覺得會不會有什麼問題啊？」

麻雀皮沒有回答，反而走上前去迎接其他戰士。他和藍毛短暫地互碰鼻頭，然後藍毛嘆了口氣：「我們太晚到了。」

「戰鬥結束了？」麻雀皮問道。

罌粟曙垂著尾巴。「其他雷族戰士已經撤退了，」她喵聲道。「河族貓數量太多了。」

是因為我們沒有及時趕到，紅掌嘴巴發乾。

「全都是我的關係，我們才沒辦法趕過去幫忙。」他愧疚地脫口而出。「對不起。」

麻雀皮嘆口氣。「紅掌，等我們回到營地，再討論這件事。」

「最重要的是你安然無恙。」罌粟曙語氣堅定地說道。「我們回去吧，看看能不能幫羽鬚和斑掌治療傷患。」

他們往營地折返，紅掌跟在其他貓後面，一路低著頭。**都是我的錯**。這個念頭一直在他腦袋裡轉。**都是我的錯**。要是他沒有嚇到無法動彈，要是他有跟著其他貓一起跑走，搞不好還來得及趕到河族營地增添戰力。

虎爪刻意放慢腳步，走在他旁邊。「嘿，」他喵聲道，同時用側腰頂了一下紅掌要他放心。「別再擔心了。」

紅掌可憐兮兮地抽動鬍鬚。「很難不擔心啊。」

「沒事的。」虎爪向他保證。「是有可能因為你的關係，我們才輸掉這場仗，但我們還是有別的機會可以打敗河族。」

紅掌差點絆倒。**因為我的關係?**虎爪剛證實了他最深的疑慮。

「等下我們跟陽星討論的時候，我一定會全力挺你。」虎爪繼續說道。「他會明白你當時只是不知道該怎麼辦而已。你又不是故意搞砸這一切。」

紅掌的心頓時一沉。「我……我們一定得告訴陽星我的事嗎？」他問道，聲音微微顫抖。

虎爪驚訝地抽動耳朵。「當然得說，」他回答。「陽星是我們的族長，他必須知道為什麼他的計畫會失敗。但不管其他貓兒說什麼，我都會站在你這邊。畢竟部族裡的每個戰士在當見習生的時候都曾做過一些蠢事。」他的琥珀色眼睛用眼角覷了紅掌一眼。「我的意思是，那些事通常不會惹出這麼大的麻煩啦，不過這單純只是運氣不好。」

紅掌突然覺得反胃。要是陽星發現是紅掌害雷族輸掉這場戰役，他會怎麼說？又會怎麼做？不過至少虎爪是站在他這邊。他吁了一口氣，稍微釋懷了點。

「謝謝你，虎爪，」他溫順地說道。「我真的虧欠你很多。」

虎爪將尾巴捲在後背上方。「你不只虧欠我很多，」他開心地喵嗚道。「你還欠了我一條命！」

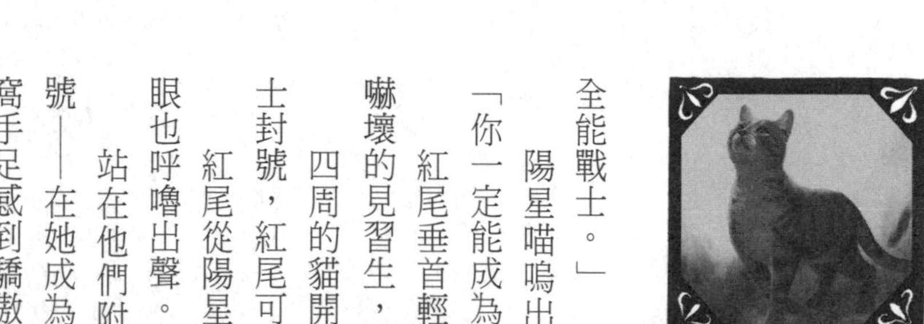

「紅掌，你承諾會遵守戰士守則，不惜犧牲性命，也要保衛你的部族嗎？」陽星的目光溫暖平穩地注視著紅掌。

「我承諾，」紅掌保證道。他發現他正在發抖。柳掌……不，剛剛才更名為柳皮……正與他肩並肩地站著撐住他。

「那麼我以星族之名賜你戰士封號，紅掌，從現在起，你就是紅尾。星族以你的勇敢和忠誠度為榮。我們歡迎你成為雷族的全能戰士。」

陽星喵嗚出聲，鼻口短暫按住紅尾的頭顱。「全心效忠你的部族，」他喵聲道。「你一定能成為出色的戰士。」

紅尾垂首輕舔族長的肩膀，喜悅流淌全身。**出色的戰士**。六個月前的他還是一個被嚇壞的見習生，也是河族戰役失敗的禍首，從來不敢想有一天他也能聽到這樣的字眼。

四周的貓開始歡呼。「柳皮！紅尾！柳皮！紅尾！」他們的族貓正在吶喊他們的戰士封號，紅尾可以聽見他父親蝰蛇牙的喊聲格外響亮。

紅尾從陽星身邊退開，看到向來對他嚴厲的麻雀皮很是自豪地看著他。他旁邊的白眼也呼嚕出聲。他們的小貓小奔和小鼠正在他腳下翻來滾去。

站在他們附近的斑掌興奮到身子微微發抖。她還要等上一陣子才能有自己的封號——在她成為全能的巫醫貓之前，仍有許多知識得學習。但是她看起來很為自己的同窩手足感到驕傲，活像大家也在吶喊她的新封號似的。

紅尾在貓群後方捕捉到虎爪的身影。那隻大貓看起來不像其他族貓那麼開心，只是冷冷看著，表情莫測高深。

他是認為我還不夠資格當上戰士嗎？紅尾不安地想。他從來沒忘記幾個月前虎爪曾從老鷹爪下拯救他，還有他曾拖累了河族之戰。

當初雷族貓似乎都沒有責怪他，陽星甚至也沒有斥責他，只是誇獎虎爪的英勇表現。但紅尾一直很內疚。他知道虎爪也很清楚這一點。

「我不敢相信我們終於成為戰士了。」柳皮興奮地說道。「我等這一刻等了好久。」他們的母親迅風就站在旁邊，用鼻子搓揉她女兒的面頰。

「我的小貓終於長大了。」她喵聲道。

紅尾從虎爪那裡收回目光，親暱地看著他姊姊。「對啊，妳一定會成為很厲害的戰士。」他說道。迅風也附和地呼嚕出聲。

柳皮稍微挺起胸膛，把頭抬高。「你們這麼認為嗎？我認為你也會的。」她接著說道。

我希望我也是，紅尾的目光再度捕捉到虎爪。自從紅尾在落葉季犯過那個可怕的錯誤之後，便一直設法彌補。他整個禿葉季都努力工作，一句怨言也沒有。就算白雪已經堆到比肩膀還高，森林裡看上去一點生機也沒有，他還是出外把獵物捕回來。

那是一個漫長又艱辛的禿葉季。藍毛和畫眉皮的小貓被狐狸殺死，令全族震驚。忠心耿耿又受到大家喜愛的副族長褐斑在長期飽受病痛之苦後也死了。藍毛現在成了副族長，變得比以往更嚴肅和幹練。自從她失去自己的小貓之後，似乎再無別的心思，只全心全意地為雷族奉獻。

現在新葉季終於降臨，蒼白陽光逗留的時間一天比一天長。森林裡潮溼的土壤開始長出細小的植物。自從紅尾害部族輸掉那場與河族的戰役之後，已經又過了很久時間。虎爪應該不會認為他還是以前那個膽小的見習生吧？

紅尾下定決心要查清楚對方那若有所思的目光背後的含意，於是挺起肩膀，朝他走過去。**我現在已經是雷族裡頭最厲害的狩獵貓之一**，他心想。如果虎爪敢質疑他，他會這樣告訴他。**每隻貓都難免會犯錯，我不可能一輩子都在覺得自己過意不去。**

可是等到他走到虎爪那裡時，反而又不確定自己該說什麼。**我不再是見習生這件事應該很明顯了吧？**

「紅尾！」虎爪喵嗚招呼道。「我正要去狩獵，想找個強壯的戰士一起去，你有想到誰嗎？」

他的意思是……紅尾突然開心起來。他剛剛根本白擔心了。虎爪稱他是強壯的戰士吔。「我很樂意跟你一起去。」他很高興地說道。

他回頭很快地瞥了麻雀皮一眼，後者正在喵嗚大笑，用一隻腳爪將小奔翻來滾去。紅尾這才想到以後他出營地，再也不用事先徵求導師的允許，也再也不用拜託任何一隻貓兒答應讓他出去，他現在是戰士了。於是他抬高頭，跟著虎爪穿過金雀花叢隧道，走出營地。

他們朝四喬木的邊界前進，經過沙坑，紅尾曾在那裡花很多時間跟麻雀皮學習戰技，也跟其他見習生練習戰技。現在回想起來好像是很久以前的事了。

他們走在林子底下，紅尾開始嗅聞空氣，豎起耳朵聆聽任何聲響。新葉季的森林裡頭充滿獵物、潮溼土壤、和新生植物的氣味，完全不同於禿葉季那種寒冷又了無生機的味道。

一株赤楊木下方的蕨叢隱約傳來微弱聲響，紅尾全身緊繃，立刻低下身子採取狩獵蹲姿。

他嗅聞空氣，嘴巴流出口水。**是田鼠！**他聽得到牠正在蕨叢裡穿行的窸窣聲。他偷偷跟上去，悄聲移動、尾巴壓低、保持靜止。他感覺得到虎爪正在觀察他。

蕨叢裡細微的移動聲突然停了，田鼠愣在原地，八成聞到他們的味道。但紅尾還是聽得到牠那顆小小的心臟噗通噗通跳的聲音，清楚知道牠躲在哪裡。紅尾冷不防地拔腿奔過去，撞進蕨叢，趕在獵物逃跑之前撲了上去，一口咬斷田鼠的頸背，溫熱的屍體躺在他腳下。

「做得好。」虎爪稱許地喵聲道，紅尾這時從蕨叢裡退出來，嘴裡叼著田鼠。

「謝謝。」紅尾回答，很高興自己能得到虎爪的稱許。他先把田鼠丟在灌木底下，刨了些土蓋在上面，等回營地時再過來取。

到了四喬木邊界附近，紅尾聽到一隻奔跑的兔子邊跳邊撞擊地面的聲響。兩隻貓同時停下腳步，豎起耳朵。

「牠朝這個方向來了。」虎爪注意到，紅尾也點點頭。他一想到光一隻肥美的兔子就足以餵飽三或四隻族貓，便興奮地毛髮微微刺癢。兔子直接跑過來，速度很快，很容易猜得出來牠會穿過雷族領地上的哪一塊地方。於是他們很有默契地各就各位，分頭藏在兔子會經過的地方。

沉重的跳躍聲越來越近，聽起來是隻很大的兔子。紅尾的嘴巴開始流口水，他繃緊全身肌肉，準備撲上去。

這時一個棕色身影模糊閃現，兔子從矮木叢跳了出來，往前疾衝，但位置離虎爪比較近。於是紅尾放鬆戒備，因為他知道那位戰士可以自己處理。

就在虎爪撲上去的那一瞬間，竟有另一個毛茸茸的模糊身影倏地竄出矮木叢，也撲了上去。紅尾驚恐地當場目擊虎爪和那隻體型較小的貓兒在半空中互撞，再砰地一聲雙雙落地，他們身體交疊，驚魂未定地呸口咒罵。兔子早就趕在紅尾回神撲上去之前逃進矮木叢裡。

「滾開！」虎爪咆哮，另一隻貓趕緊跳起來站好，一臉不悅。

「那是我的兔子！」她吼道。「你害我丟了我的兔子！」紅尾看到她的體型比兔子大不了多少，顯然還是見習生。但儘管個子小，卻毫不畏懼地怒視虎爪，棕灰色毛髮全都憤怒地炸了開來。

「那是我們的兔子，」虎爪糾正對方，同時亮出爪子。「妳曉得你自己幹了什麼好事嗎？在雷族領地獵捕雷族的獵物？」

「才沒有呢！」見習生不屑地嘶聲道。「對吧？鹿躍？」她回頭看，疑惑地瞪大眼睛。「鹿躍？」她似乎才意識到原來這裡只有她一個。但過了一會兒，她全身毛髮又炸了開來，怒瞪著一雙眼睛。紅尾忍不住欽佩起她的膽量。

「妳是風族見習生，對吧？」紅尾問道，上次在月圓集會上，他見過她。「妳叫栗掌，對嗎？妳在這裡做什麼？」

「我在狩獵，」她告訴他，尾巴捲在身後。「不管你們兩個想說什麼，我都要鄭重聲明風族跟你們一樣有權在四喬木這裡捕獵。不是所有東西都歸雷族的。」她冷哼一聲。「難怪你們老愛跟河族打架爭奪陽光岩。你們很愛霸凌吔！」

虎爪肩上的毛聳了起來。「四喬木和雷族領地之間的邊界就在你後方五條尾巴之外的地方，難道風族的導師沒教過他們的見習生如何辨識邊界嗎？」

這是栗掌首度看起來像是在發抖。她回頭望向四喬木，很不確定地擺動著尾巴。「呃……」

虎爪接著說：「而且顯然風族也沒教見習生要懂得尊重長輩，我們應該教教她。」說完那雙冷冽的琥珀色目光掃向紅尾。「讓栗掌瞧瞧侮辱雷族的下場是什麼。」

「你說什麼？」紅尾眨眨眼睛。「虎爪，她只是見習生，更何況她的導師也不在身邊。」

虎爪走近他，壓低聲音說道：「如果她不想惹麻煩，就會待在自己的領地裡。」

「我不認為這是個好主意，」紅尾邊說邊往後退。顯然虎爪不在乎栗掌只是個見習生。「我們還在跟河族爭奪陽光岩，這種時候你真的還要招惹風族嗎？」

「我是戰士，」虎爪嘶聲道。「我不准任何一隻貓蔑視我們的部族或邊界。你呢，紅尾？我還以為你已經長大，成為英勇的雷族戰士了。」他用眼角餘光狡黠地覷著紅尾。「看來你還是以前那個膽小如鼠的見習生。」

「我不是！」紅尾的背突然僵硬。他知道虎爪是指幾個月前他在橋上被嚇得動彈不得的那件往事。虎爪當時救了他，也許這位資深戰士真的比較懂這種糾紛該如何處理。他欠虎爪一條命，就應該服從他的命令。他用力吞了吞口水，轉頭看向栗掌。

見習生的體型現在看起來好像又變小了。**我不會把她傷得太重。**

搞不好她能察覺到他的意圖，那就不會太害怕了。

他慢慢趨近，一邊咆哮一邊亮出尖牙，暗地希望栗掌懂得抓住機會轉身逃開，但這個小見習生沒有，反倒弓起背，對他嘶聲吼叫，還滑出利爪。

紅尾回頭看了虎爪一眼，後者瞇起眼睛盯著他，他只能撲上去，自然是輕而易舉地扳倒栗掌，將她摔在地上，見習生被摔得差點喘不過氣。但過了一會兒，就開始死命反擊，爪子劃過紅尾的肚皮，他突然一陣刺痛，倏地惱火，直接將她壓制在地，尖牙戳進她的肩膀。

溫熱的鮮血噴進他嘴裡，栗掌痛苦尖嚎。

「撕爛她，紅尾！」虎爪嘶聲吼道，語調帶著某種惡毒的得意。

紅尾瞬間驚愕，當場放開栗掌，蹣跚後退幾步。**撕爛她？**他突然覺得反胃，嘴裡都是血腥味。

「嘿！」有聲音從邊界那裡傳過來。紅尾抬頭看到一隻粗壯的棕色公貓……體型比多數跑速很快、食不果腹的風族貓大上許多……正努力把那付很寬的肩膀擠出矮木叢，琥珀色眼睛驚詫地瞪著眼前畫面。「別碰她！」

「鹿躍，我……我……」紅尾結結巴巴，同時想像在對方眼裡這是一幅什麼畫面。見習生正在發抖，毛髮上都是血，體型和年紀都比她大許多的紅尾和虎爪不懷好意地環伺著她。兩名成年戰士攻擊落單的見習生，他簡直愧疚到全身發燙。

風族公貓跑到見習生旁邊，小心嗅聞她的傷口。「栗掌，你起得來嗎？」見習生苦著一張臉，他趕忙扶她起來，讓她靠在他身上，隨即轉身面對雷族戰士，表情從關切轉變成憤怒。「是誰幹的？」

紅尾用力吞吞口水，低頭看著地面。**我做了什麼？**

「這很重要嗎？」虎爪挺起胸膛嘶聲吼道。「真正問題在於為什麼你會讓她跑進雷族領地追捕我們的獵物？風族可悲到連在自己的領地上都抓不到兔子了嗎？」

「可悲？」鹿躍重複這兩個字，毛髮跟著炸了開來。「你們兩個連手欺負一個見習生，這才叫可悲吧！」他先把栗掌扶好，讓她站穩，接著朝虎爪走過來，停在離對方不到一根鬍鬚之距的位置上。「為什麼不去挑一個體型跟你一樣大的貓？」他吼道。

虎爪的表情幾近得意，尾巴捲在背上，爪子出鞘。

「是我做的。」紅尾趕緊搶在他們兩個打起來之前打斷對方。他不能讓虎爪承擔所有過錯。「我攻擊栗掌是因為她跑到我們的領地上狩獵。」他垂下頭。「我不是故意出手這麼狠的。我很抱歉我們沒有先等你過來再……」

「我們沒有什麼好抱歉的，」虎爪打斷他，眼神冰冷。「見習生越界進入我們的領地，就需要被好好教訓一下。」

鹿躍的尾尖微微抽動，他蹲了下去，準備撲上來。「我倒是覺得需要被教訓的可能是你們兩個，」他低聲說道，同時往前移動，直到雙方近乎鼻子貼鼻子地對峙。在紅尾眼裡，雙方看上去旗鼓相當，兩隻公貓都壯碩又孔武有力。不過鹿躍比較經驗老道，虎爪可能不是他的對手。

「那你就試試看啊！」虎爪嘲弄道。他看上去很亢奮，甚至迫不及待。

到時我恐怕得上場幫他。紅尾意識到。他的胃像吞了石頭一樣沉重。**我不能棄虎爪於不顧，可是鹿躍好魁梧。**

兩隻大公貓怒瞪對方良久，他們繃緊肌肉、亮出尖牙。就在這時，鹿躍後方的栗掌快站不住腳，發出很小的嗚咽聲。她傷口上的鮮血正往腰腹處流下來，紅尾留意到，心裡很過意不去。

鹿躍不再與虎爪對峙，改而低頭查看見習生，憤怒的目光頓時溫柔了起來。「栗掌，妳不會有事的。」他告訴她。然後目光移回虎爪和紅尾身上，對他們撂下狠話：「我很樂意拔掉你們兩個的毛，但得改天了。我先帶栗掌回風族去。」

虎爪嘶聲吼叫，但紅尾很快地回答：「好，那是當然。」

鹿躍眼神凌厲地瞪著他看。「我相信陽星對這件事並不知情，」他喵聲道。「他是一位可敬的族長。出於對他的尊重，我會先回去向石楠星稟報，讓石楠星給他一個機會彌補。但要是陽星不管好自己的戰士，我保證風族一定會回來解決這個問題。」

「都要落荒而逃了，還不忘口出威脅，這還真像是風族的作風。」虎爪慢條斯理地回嗆對方。「但要是你真的回來了，我一定奉陪。」

「我也是！」紅尾補充道，但又隨即對自己的這句話很是反感。**我必須支持虎爪，不是嗎？**

鹿躍嘆口氣，轉身背對他們，哄粟掌往前走，折回四喬木。小見習生一拐一拐地倚著鹿躍，顯然痛苦難捱。

「你做得很好，紅尾。」看著對方走遠，虎爪低聲道。「我們不能讓風族貓以為他們可以為所欲為地越過邊界。」

我想他是對的，紅尾心想道。但他的嘴巴又乾又酸，肚子上那幾道淺淺的傷痕有些刺痛。罪惡感在他胃裡翻騰。**如果我做的是對的事情，為什麼會感覺像做錯了？**

第五章

紅尾緩步走在虎爪旁邊，回到了營地。他全身都在痛，只想趕快進到戰士窩陰涼的暗處，躺在自己的臥鋪上，設法忘掉剛才發生的事。

小奔和小鼠一看到他們，立刻拋下剛剛來回投擲的青苔球，穿過空地朝他們跑來。

「紅尾！紅尾！」小奔喊道。「你們沒有帶獵物回來嗎？」

我們忘了那隻田鼠了，紅尾這才想道。

小鼠也跟過來，瞪大眼睛。「你受傷了嗎？」她看著紅尾腰腹上的傷痕，然後問道。「是獾嗎？你有很勇敢嗎？」

沒有，我不勇敢，我很殘忍。紅尾沒理會他們，逕自離開小貓，朝戰士窩走去。他沒辦法告訴他們發生了什麼事，還有他做了什麼。

「小貓，我們現在沒空談這個。」虎爪慎重地喵聲道。「我們得向陽星報告，紅尾，你等一下。」

紅尾還沒走到戰士窩，就被半途喝止，他轉身過來看著虎星。「什麼事？」

虎爪朝紅尾走來，繞著他轉，擋住他的去路。「你要去哪裡？你得跟我一塊去找陽星，我們才能把事情經過告訴他。」

「什麼事情經過？」小鼠好奇地問道，但兩隻公貓都沒理他。

「小鼠！小奔！不要打擾他們，快回來這裡！」白眼喊道，於是小貓跑開。紅尾很是感激白眼，他不想讓小貓聽到這些事情。

陽星會怎麼想？剛剛紅尾在回營地的路上，一直在思考栗掌的事。他覺得鹿躍是對的，陽星對於紅尾暴打一個見習生這事不會太高興。「我想我是應該把這件事做個了斷。」他憂慮地說道。

虎爪把他往陽星的窩穴方向推。「你聽我的就好。」

就在他們快走到高聳岩時，陽星剛好穿過窩穴入口的地衣簾幕要走出來。「怎麼了？」他看到紅尾和虎爪臉上的表情，於是問道。

「我們有麻煩了。」虎爪趕在紅尾回答之前先示警。陽星緊張地瞪大眼睛。

「進來把話說清楚。」

虎爪和紅尾跟著陽星進入族長的窩穴。**我要如何解釋我攻擊栗掌的原因？**紅尾愧疚地想道。

但他根本不必開口，因為一進到裡面，虎爪便開始滔滔不絕。「我們在四喬木附近的林子狩獵，追捕一隻肥美的兔子，」他解釋道。「就在我們快抓住牠的時候，一個叫栗掌的風族見習生從四喬木的邊界衝過來，故意嚇跑我們的獵物，根本是惡意的，然後還怪我們在自己的領地上狩獵。」

陽星歪著頭。「這應該只是見習生搞不清楚邊界在哪裡吧？這種事在所難免。我希望你們有斥責她，並把她送回風族領地。」

虎爪表情一本正經。「我也是這麼想啊。可是當我指正邊界的位置時，她竟然對我嘶聲開罵，還說風族教訓我們的時候到了，她說雷族只會霸凌別族，以為什麼東西都是我們的。」

紅尾驚訝地瞪看虎爪。**栗掌是說過這些話沒錯，但整個經過不是這樣。**虎爪正在把爭吵過程說得很像是栗掌故意挑起事端，而虎爪自己一直很冷靜和善。「呃……」紅尾正要開口，竟被虎爪警告性地瞪了一眼。紅尾只好再度閉上嘴巴。也許虎爪有從見習生的行為裡頭看出什麼紅尾沒看到的端倪。

「當時我們有等到栗掌的導師過來，」虎爪繼續說道。「我們覺得栗掌不太受控，心想她的導師應該想知道她惹了什麼麻煩。結果來的是鹿躍，那個很魁梧的風族戰士。」

陽星點點頭。他知道鹿躍是誰。

「等我們告訴鹿躍栗掌做了什麼，他竟然只是大笑，問我們打算怎麼樣。他們還劃傷紅尾。紅尾，把傷口給陽星看。」

紅尾稍微轉過身子，向陽星秀出腰腹處很淺的傷痕。陽星認真打量傷勢。紅尾緊張地彈動耳朵。**虎爪正在扭曲事實。要是陽星有看到我對栗掌做的事，就不會在乎這種傷口了。**

「鹿躍說我們拿他們沒輒，」虎星把話說完。「他說：『反正陽星不會攻擊我們，他才不想惹火風族呢。』」

陽星瞪大眼睛，毛髮全炸了開來。「他有說這種話？」

「沒錯，」虎爪回答。「於是紅尾才把他們趕走。」

紅尾皺起眉頭。是他以大欺小見習生，打傷了她。他根本沒有趕走任何一隻貓。他記得鹿躍臉上嫌惡的表情，羞愧如潮水般淹沒他。

「他們走的時候，鹿躍說他會再回來找我們算帳。」虎爪壓低尾巴，看起來憂心忡忡。「陽星，風族無視我們的邊界，也不尊重我們的族長。我們必須證明給他們看，我們有捍衛自己的能力。」虎爪朝紅尾轉身。「對吧？」

紅尾頭昏腦脹。虎爪是想跟風族開戰嗎？為什麼這隻大公貓老是迫不及待地想開戰？當初老鷹攻擊時，他也是迫不及待地想找河族開戰。紅尾這時突然有一個令人不安的想法。**虎爪沒有把風族這件事的真正經過說出來，但為什麼他要撒謊呢？他是不是也對河族做過同樣事情？**

虎爪推了推紅尾，要他附和。**我欠虎爪一條命，**紅尾沒忘記。他虧欠虎爪很多，所以他不能說他是騙子。可是紅尾也沒辦法說服自己為虎爪的謊言背書。

現場的靜默彷彿拉長到沒有盡頭。

最後陽星嘆口氣。「今晚就是大集會了。」他喵聲道。「我會跟風族談一談，再看看石楠星怎麼說。她很講道理，也許我們在可以在不流血的情況下把這件事情解決掉。」

「好的，陽星，」虎爪點頭附和，並恭敬地垂下頭。但眼神陰沉。

紅尾開始認為其實虎爪最不樂見的就是平和的對策。

圓月清冷的月光照在四喬木上，將黑影從四棵大橡樹那裡往下方的貓群灑過去。紅尾豎起毛髮，目光掃向其他部族，他在搜尋栗掌，但發現她不在這裡。她的傷勢嚴重到無法參加嗎？還是她只是被派守在風族營地裡？

「這是我們成為戰士後的第一次大集會吔。」柳皮在他旁邊小聲說道，表情敬畏。

「是啊，」紅尾咕噥道。要是他沒有打傷栗掌，他一定也會像柳皮一樣興奮不已。他看著風族貓，發現鹿躍正在跟風族黑白花斑的副族長高尾交頭接耳，於是他蹲低一點，不想跟那隻風族貓對到眼。

空地中央的巨岩上方傳來吼叫聲，召集大家開會。陽星從巨岩上方俯瞰下方的戰士們，他的兩旁站著影族族長雪松星，以及才因雹星失去第九條命而剛當上河族族長的曲星。風族族長石楠星則站在曲星那一頭。紅尾提心吊膽地盯看著那隻毛色光滑的淺灰色母貓。

鹿躍跟她說了什麼？陽星又會說什麼？他會重述虎爪編出來的謊言嗎？虎爪就站在紅尾附近，此刻正抬頭仰望所有部族族長，他表情冷靜，但尾尖微微抽動，彷彿正在等候什麼。

虎爪是希望發生什麼事嗎？

雪松星清清喉嚨。「新葉季為影族領地帶來了新獵物……」

影族和河族兩位族長相繼發言，分享部族裡的新聞，但紅尾都有些心不在焉。接著石楠星也開口了，紅尾回神專心聽她的發言，但她並沒有提到邊界衝突的事情。陽星跟著上前一步，紅尾也專心聽他要說什麼，心臟噗通噗通跳得厲害。

「在經過艱辛的禿葉季之後，雷族的獵物又變得充足。」陽星說道。「我們營地裡本來出現不少白咳症，但羽鬚和斑掌成功治好了大家。幾天前最後一位患者也健康地從巫醫窩走出來。」

他看著下方的貓群，目光捕捉到紅尾。紅尾頓時全身緊繃，恐懼像石頭一樣壓在肚子裡。要是石楠星把真相告訴了陽星，會發生什麼事？陽星一定就會知道是他和虎爪在撒謊。

「我們雷族多了兩位新的戰士，」陽星改口大聲宣布。「紅尾和柳皮！」四周貓兒低聲道賀。柳皮自豪地喵嗚出聲，紅尾也感到驕傲，但更多的是緊張。

等到道賀聲漸漸消失，陽星才再度開口。「但不幸的是，今天在四喬木和雷族之間的邊界那裡發生了一件事。風族有個見習生越過邊界，趕跑獵物，挑釁兩名雷族戰士。」他眼神凌厲地望著石楠星。「我希望妳能保證下次不再發生同樣事情。」

石楠星看起來若有所思。「我聽說過這場衝突，只不過我聽到的版本跟你的不一樣。」她喵聲道，然後停頓一下。紅尾突然恐懼到胸口發悶。**她會告訴陽星實情嗎？**但過了一會兒，風族族長接著說道：「大家難免都會犯錯，尤其是見習生。戰士應該對他們多點耐心。」**她是看著我說的嗎？**紅尾不禁納悶。但他分辨不出來。「不過當然，彼此的邊界應該被尊重。」石楠星繼續說道。「我知道陽星也會同意我們盡釋前嫌，以免衝突擴大。」

在下方貓群裡的虎爪貼平耳朵。「她是認為陽星很好欺負嗎？」他對旁邊的薊爪低聲說道，但音量還是有點大。

陽星顯然聽到了，肩上的毛炸了開來。「只要風族貓不越界，懂得尊重邊界，就沒有理由擴大衝突。」他斷聲道。

貓群傳來訝異的譁然聲。

「陽星是在威脅風族嗎？」一隻體型很小的白色風族公貓問道，眼睛瞪得斗大。

「該是時候讓其他部族瞧瞧擅闖雷族邊界的下場了！」薊爪回答。虎爪跟著點頭。

整座空地上的貓兒全都聳起毛髮，嘶吼聲不斷，打破了大集會裡向來和善的談話氛圍。紅尾胸口像被挖空了一樣。難道這場圓月之夜的大集會將以開戰收場嗎？當然不可能，大集會是和平的集會場所。

巨岩上方的雪松星彈動著暗灰色尾巴。「我們真的需要在大集會上吵這些小事嗎？我們有些貓在自己的營地還有很多事要忙呢。」

「我同意。」曲星從巨岩上跳下來，河族好不容易才跟雷族和平相處了幾個月，他或許很慶幸自己的部族不用捲入這場衝突。「河族貓，跟我走！」

趁河族貓魚貫離開營地時，紅尾趕緊鑽過貓群，朝鹿躍走去。那隻大公貓可能不想跟紅尾說話。搞不好還想扒他的皮……**但是我罪有應得**，紅尾可憐兮兮地想道。不過他一定得查清楚栗掌的傷勢如何。

「栗掌是傷得太嚴重，才沒辦法來參加大集會嗎？」他一靠近鹿躍便問道。

鹿躍轉身，表情驚訝。「她很痛，但不會有事的。」他回答。「還不是因為你。」

「我也不想打傷她啊。」紅尾歉意地說道。「我只是盡我的職責。」

「你的職責？」鹿躍重複道。他瞪著紅尾良久，才又開口。「你當上戰士才沒多久，對吧？紅尾。戰士應該教導見習生，而不是傷害他們，哪怕是別族的見習生。你的職責是斥責她，把她送回家，或者等我過來告訴她哪裡做錯了。」

「可是虎爪說得沒錯，他說我們必須捍衛自己的邊界。」紅尾堅稱道，他的毛聳了起來，但還是有些心慌，覺得愧疚。

「栗掌對雷族會有什麼威脅？」鹿躍嘶聲道。「我很清楚虎爪的作風。在你告訴我之前，我就已經知道攻擊栗掌的一定是你，因為如果是虎爪，早就把她撕爛了。」

撕爛她！紅尾想起虎爪當時下的命令，胃突然揪緊。「不是啦，」他喃喃說道。「虎爪……是很英勇、很出色的戰士。」

鹿躍瞇起眼睛。「他當然很英勇，但優秀的戰士不是只會打架而已。」

紅尾突然沒了把握，腳頓時有點軟。「我擔心再這樣下去，可能會引發兩個部族開戰。」他喵聲道。「陽星和石楠星似乎非常生氣。」

鹿躍站了起來，伸個懶腰，弓起背。「那麼你比你的族貓講道理多了。我雖然很想扒了他的皮，但我也不想兩邊開戰。」

「可是我們能怎麼辦呢？」紅尾感覺無助。

「石楠星是一位有智慧的族長。除非有很好的理由，否則她不會冒然開戰。」鹿躍解釋。「我聽說陽星也是。等我們各自回到營地，就去找他們談。畢竟當時我們兩個都在場，也許我們可以讓他們明白沒必要為這種事開戰。」

「好。」紅尾突然如釋重負。鹿躍似乎很講道理，他態度開明且頭腦冷靜，**不像虎爪**，有個小小的聲音在他腦袋裡響起，但紅尾將那聲音甩開。開戰之前，虎爪一定會幫忙他跟陽星說項。虎爪只是過於求好心切地想保衛邊界，除非必要，誰都不願意開戰的。

「雷族貓，跟我走！」陽星的吼聲響徹空地，紅尾嚇了一跳。

「我得走了，」他喵聲道。「呃，謝謝你，希望栗掌早日康復。」

風族大公貓點點頭。「再會了，紅尾。」

紅尾趕忙跟在雷族貓後面折返營地。他看見陽星在前方率隊，藍毛跟在他旁邊。就在他觀察的同時，虎爪跟薊爪竟也走過去跟他們並排走。

虎爪在跟他們說什麼？紅尾納悶。他希望虎爪別慫恿族長開戰。雖然紅尾不願意承認，但虎爪當初可能對栗掌下毒手的這件事，鹿躍並沒有說錯。所以那隻風族貓說虎爪好鬥的這件事，是不是也說對了？

我虧欠虎爪很多。

但這表示無論如何，我都得對他唯命是從嗎？

紅尾暗自決定，等到大家都冷靜下來，他再找陽星談。他一定能想辦法確保族長恢復理智。

可是就在他們進到營地時，陽星竟很快跳上高聳岩頂端。「所有年紀大到足以幫自己獵捕獵物的貓都到高聳岩下方集合。」他大喊道。藍毛站在他下方，表情嚴肅。

白眼從育兒室探出頭來。「發生什麼事了？」她問道。長老們也從窩穴裡走出來。大集會時留守營地的戰士也趕緊走向高聳岩，很是興味地豎直耳朵。

「石楠星拒絕管束自己的部族不再越過我們的邊界盜取獵物。」陽星冷峻地喵聲道。下方貓群瞬間回以憤怒的嘶吼聲。

「風族貓飢不擇食到完全不可靠。」麻雀皮喊道。「他們自己的領地沒有足夠的獵物，便老是想從別族那裡盜獵。」

「沒錯，」花尾附和道，琥珀色眼睛亮了起來。「但我總以為石楠星自尊心應該強到不准風族貓打破戰士守則。」

「是時候提醒一下風族，雷族有能力捍衛自己的領地。」陽星接著說道。「明天我們會派一支隊伍前去攻擊風族。」

紅尾不敢相信。「只是有個見習生越過邊界而已，又不是入侵。」他脫口而出。

柳掌推了推他的腰腹。「我不認為他們會把一個菜鳥戰士的話聽進去。」她低聲道。

「當石楠星說我們沒膽破壞和平時，就跟見習生的事無關了。」虎爪吼道。他站在高岩山附近，抬頭仰望陽星。「見習生的事只是個開端……如果我們不捍衛自己，會有更多風族貓越過邊界，盜取我們的獵物。」

「虎爪說得沒錯，」陽星同意道，他的表情堅定。「要是我們不為自己的領地而戰，我們就會失去領地。必須向他們展現我們絕不寬待這種事情的決心。虎爪建議派支隊伍進入風族營地，大肆破壞。我們不必傷害他們，只是要證明我們可以輕而易舉地侵入他們的營地，他們以後就會對擅自越過邊界這件事三思而行了。」然後他從高聳岩上跳下來，朝虎爪點頭稱許他的提議。

不管我說什麼，他都不會改變心意了，紅尾一籌莫展地想道。

「我來帶隊，虎爪、紅尾、薊爪、畫眉皮跟我一起去。我們一早就出發。」藍毛補充道。

紅尾覺得肚子像被尖銳的爪子攫住一樣。**我也要去嗎？**

族貓們各自解散，回到自己的窩穴或到新鮮獵物堆去。

這時有隻貓的毛髮拂過紅尾的毛髮，他聞到熟悉的虎爪氣味。

「你很興奮吧？」大戰士樂呵呵地問他。「也許這次你就可以好好教訓那個小見習生了。」

「這件事根本做錯了。」紅尾喊道，覺得自己像在哭喊。

「當然沒有做錯，」虎爪喵嗚道。他聽起來很是洋洋得意，看起來也是。他的眼睛發亮，尾巴捲在背上。「對戰士而言，最重要的一點就是為保衛自己的部族和領地而戰。」他的琥珀色眼睛深深看進紅尾的眼裡。「紅尾，我要你跟在我身邊，我會教你什麼才是真正的戰士。」

第六章

「嘿，紅尾，起床了！」柳皮的聲音中斷了紅尾那極不安穩的睡眠。他抬起頭，在淺色的曙光下睡眼惺忪地眨眨眼睛。身為最資淺的戰士，他和柳皮的臥鋪是放在戰士窩的最邊緣處，離溫暖舒適的正中央位置很遠，冷風不時穿透他的毛髮。

窩穴裡擠滿了貓，有的正在伸懶腰，有的正爬出溫暖的臥鋪，在清晨空氣裡直打哆嗦。

「我真希望我也能去。」霜毛對斑紋臉說道，腳掌還擱在她姊姊的臥鋪邊。「我一定會好好教訓風族，讓他們不敢再動我們的獵物。」

紅尾的心一沉。他昨天才答應鹿躍，各自設法勸說族長和平相處，他今天怎麼能去攻擊風族呢？要是他去了，而鹿躍已經說服石楠星講和，那麼鹿躍就會覺得被他出賣了。這樣一來，鹿躍完全有充分理由再也不相信任何一隻雷族貓。

他跟著其他年輕戰士走到空地，腳爪緩慢且沉重。隨著三隻母貓也加入到空地的貓群裡，紅尾躊躇了。**也許我還有時間可以找陽星談一談。如果我告訴他，虎爪和我撒了謊……**

然後呢？這件事的後果恐怕會比出賣鹿躍還糟糕。這是紅尾欠虎爪的。在他還是見習生時，虎爪曾救他一命。所以虎爪有權要求紅尾以忠心來回報他。而且紅尾應該效忠的是雷族，而不是任何風族貓。

虎爪正在高聳岩附近跟薊爪分食獵物。他一看見紅尾，就站起來伸個懶腰，朝他緩

步走過來。「等大家都準備好了，我們就出發。」他指示道。「你先吃點老鼠或什麼的，你需要有體力。」

「好，」紅尾喵聲道，順從地朝生鮮獵物堆走去。虎爪跟在後面。

「陽星要我們以搗毀他們的營地為主要目標，」紅尾蹲下去叼起一隻麻雀，虎爪這樣說道。「但如果你又撞見那個叫栗掌的見習生，或者她口中的導師，不要客氣，直接伸爪拔掉他們的毛。我們必須讓所有部族知道，越過雷族邊界的下場是什麼。」

紅尾扔掉麻雀。「栗掌不是故意越界的，」他脫口而出。「拜託你，虎爪，我們再跟陽星談一談好不好。如果我們告訴他事情的真相，也許他會改變心意。」

虎爪瞇起眼睛。「什麼叫做事情的真相？」他往前趨近，紅尾聞得到他口氣裡的鼠肉味道。「我們已經把事情真相告訴陽星了。」

「我們沒有，」紅尾反駁。「你告訴陽星我們在領地上逮到栗掌之後，有等鹿躍過來。還有他們出言侮辱雷族，而且攻擊我們，然後我們才把他們趕跑。但事情經過根本不是這樣。」

「紅尾，也許我們對事情的經過有不同看法，」虎爪不屑地彈動尾巴，低吼道。「但我知道你還年輕，才剛當上戰士。很多事情你還不懂。」

「這不是重點，」紅尾堅稱道。「我知道真相是什麼。」但是仍有一種不確定感像蟲一樣在他肚子裡不安地蠕動。也許虎爪是對的，大家都知道虎爪是雷族最厲害的戰士之一。也許紅尾只是沒弄懂。

虎爪表情好像覺得很好笑。「你只要記得風族是我們的敵人，」他說道。「只有他們更弱，我們才會更強大。」

這是真的嗎?紅尾納悶。他向來以為森林裡的其他部族都是雷族的盟友。

「你要記住，」虎爪輕聲說道，同時指著他腳下的麻雀。「森林裡就這麼多獵物，如果風族在我們的領地上狩獵，雷族貓就會捱餓。」

紅尾凝視著腳下的麻雀。「我想你是對的。」他喃喃說道。他突然有個新的想法，於是急切地抬起頭來。「所以這會讓雷族變得更強大?可是風族的貓這麼多，我們卻只派一支隊伍直接進到他們的營地。」

虎爪發出愉悅的喵嗚聲。「風族可能有很多貓，但今天天氣這麼好，多數貓都會離營去狩獵和巡邏。所以我們只會碰到留守在營地裡的一兩個戰士而已，其他的都是長老、貓后、和小貓。他們不會跟我們交手，我們也不見得得傷害他們。我們只是要破壞他們的營地，給他們一點教訓而已。」然後他彈了一下尾巴，又接著說：「也不是說我不想正面交鋒鹿躍啦，但陽星下令我們必須動作俐落，無需開戰。」

「喔，」紅尾喃喃說道。「我現在懂了。」那就應該沒有什麼大不了吧，他心想。畢竟風族是我們的敵人……算是啦。而且要是沒有貓兒會受傷，那麼就算陽星不知道實情，或許也沒什麼關係。

「我們不用設法偷偷摸摸地進去，」藍毛在他們離開營地，穿過森林，朝四喬木走去時大聲說道。「這場行動的重點是要讓對方知道，雷族無懼捍衛屬於自己的東西。」

六隻貓穿行在雷族領地上，走在四喬木高聳的橡樹之間，途中完全沒有停下來。藍毛帶隊，虎爪和薊爪肩並肩地緊跟在後。這是很晴朗的一天，清晨的陽光烘暖了紅尾的毛髮。這天氣很適合狩獵或者只是單純享受新葉季的溫暖。紅尾幾乎可以佯裝這整個計畫根本無害。

紅尾跟畫眉皮和斑塊皮走在最後面。「你們有去過風族營地嗎？」他問他們兩個。

畫眉皮搖搖頭，斑塊皮則點點頭。「我幾個月前跟羽鬚去過風族領地，當時他需要找吠臉談一下巫醫貓的事情。風族的巡邏隊護送我們進到他們的營地。」斑塊皮皺起鼻子。「那裡好奇怪喔，除了小貓和長老之外，其他貓兒都直接睡在空地上。他們不像我們有遮風蔽雨的窩穴可以住。」

「哇！」紅尾輕聲低呼。**如果風族連窩穴都沒有，我們還能破壞什麼呢？**這個想法讓他心裡那種做錯事的不安感好過了一點。

到了四喬木對面，藍毛在一處長滿灌木的山坡前停下腳步。「上面就是風族領地，」她告訴他們，目光幾乎都在紅尾身上。「一到上面，我會帶著你們直搗營地——那營地不好找，不知道確切位置的話，就算進到裡面，恐怕也不知道原來這就是營地。要是我們動作夠快，出外巡邏的風族戰士趕回來的時候，我們已經走了。」

他們開始往上爬，坡度越爬越陡，爬到後面，紅尾根本是在大石塊之間跳來躍去，他巴住石塊，伸爪戳進岩面上任何可以固定腳爪的地方。

「你還好嗎？」旁邊的斑塊皮問道，聽起來有點氣喘吁吁。「這對像我們這種體型較小的貓來說，會比較困難。」他還很好心地陪在紅尾旁邊。紅尾心想，他自己的體型比這隻嬌小的黑白色公貓也大不了多少。「但從這條路去風族，就不用過河了，過河還比較麻煩。」

「我沒事，」紅尾告訴他，並盡量讓自己不要那麼喘。「但我很訝異風族貓竟然會不嫌麻煩地下到這裡來狩獵。」

斑塊皮的腳在一塊長滿青苔的岩石上打滑，趕緊穩住自己。「他們需要獵物，」他喵聲道。「而且這地形對他們來說輕而易舉。他們是長腿的獵兔高手，其實他們自己長得就跟兔子一樣。」他和紅尾不約而同地喵嗚笑了出來。

來到坡頂的紅尾瞪大眼睛望著眼前開闊的草原，草原上零星點綴稀疏的林子和參差不齊的金雀花叢，野風呼嘯橫掃草原，野草樹木全都垂首。在紅尾的眼裡，這裡似乎寒冽又荒涼。他忍不住發抖。

草原邊緣就聞得到濃烈的風族貓泥巴味。貓兒們互看一眼。藍毛隨即率隊穿過氣味記號線。

「營地就在那邊，」斑塊皮告訴紅尾，同時用尾巴指著。「就在荒地上的凹坑裡。」紅尾朝凹坑的方向窺看，但什麼也沒瞧見，只看得到糾結纏生的金雀花。藍毛開始在灌木叢生的空曠荒地上疾奔，其他貓兒跟在後面。紅尾深吸了幾口沁涼的空氣，他的腳掌重踏草地。頭上沒有樹木遮蔭，直接看得到藍色蒼穹的感覺實在很怪。他試著無視這件事，只注意奔跑時身上肌肉的張力。

隊伍疾步鑽進金雀花叢，尖刺騷刮著他們的毛髮。紅尾的毛被一根尖刺纏住，痛得他當場嘶叫，但他沒有慢下腳步。等到從最後一叢灌木衝出來時，他們發現竟然已經進入風族營地。這兒是一處四周圍繞著金雀花叢、但上方完全對天空敞開的空地。營地中央有一塊很高的大圓石，正躺在石頭底下晒太陽的貓兒全都驚訝地抬起頭來。

一隻淺棕色母貓——紅尾記得她叫鹿泉——跳了起來，憤怒地嘶聲吼叫。「你們在這裡做什麼？」她咆哮。「滾出去，不然我就把你們撕成碎片！」她旁邊一隻身段輕盈的灰白色公貓，紅尾記得他叫白楊落也亮出尖牙對他們嘶吼。

儘管鹿泉開口威脅，但紅尾看得出來雷族並沒有猜錯，營地裡只有少數的貓。鹿泉和白楊落八成是負責留守營地，除了他們兩個之外，幾乎沒有其他戰士。有兩隻瘦弱的老貓從金雀花牆後方往外窺看。**那裡一定就是長老窩了**。其中一隻抬高音量，發出警告聲。

一隻嘶聲作響的灰色虎斑母貓擋住通往另一處窩穴的入口，她的毛髮炸了開來，爪子出鞘。「退後。」她吼道。

「黑麥桿，我們不會傷了妳的小貓。」畫眉皮向她保證，同時步步進逼。

但對方的尾巴炸得更大了。「離育兒室遠一點！」

畫眉皮還來不及說什麼，虎爪就伸爪劃傷黑麥桿的肩膀，她又驚又痛地放聲尖嚎。

「帶妳的小貓滾出育兒室。」虎爪嘶聲道，「否則他們要是受傷就只能怪妳自己了。」

黑麥桿驚恐地瞪大眼睛，趕緊把她的兩隻小貓哄離育兒室，盡可能遠離這群入侵者。小貓們一臉困惑地抬眼看著雷族貓。

「黑麥桿，他們是誰？」其中一隻棕色小公貓吱吱尖叫，皺起鼻子。「他們身上的味道好奇怪喔。」

「噓，小泥巴，」她小聲說道。「跟在我後面。」她把小貓們全帶到她後方的金雀花叢裡，貼平耳朵，不時對著雷族貓嘶聲怒吼。紅尾一臉愧疚地看著鮮血從貓后肩上流下來，浸溼毛髮。**不該有貓受傷的。**

畫眉皮已經開始拆卸風族的育兒室。紅尾勉強走過去幫忙，將柔軟的臥鋪扯爛，還撕扯金雀花牆。他把一床用青苔和羊毛製成的臥鋪拖進空地，順道抬頭看了一眼薊爪和斑塊皮，他們也正在長老窩那裡做同樣的破壞工作。藍毛則忙著擋下長老們，因為後者不顧一切地想去保護自己的窩穴，但似乎徒勞。虎爪已經跟鹿泉和白楊落打起來，以免他們跑去協助黑麥桿或長老們。紅尾看到虎爪蹲伏下來，朝鹿泉的腹部猛砍，爪子劃穿對方的毛髮，母貓往後一縮，痛苦尖嚎。紅尾忍不住皺眉，同情起對方。

風族的年輕巫醫貓吠臉直接擋在自己的窩穴前，很是防衛地嘶聲咆哮。紅尾看到斑塊皮腳步遲疑地朝他走去。

「不准去動巫醫貓的窩穴。」藍毛厲聲喊道，同時及時閃開其中一位長老的偷襲。

紅尾如釋重負。如果他們連巫醫貓的窩穴都不放過，可能會有風族貓因此喪命。不應該有貓兒為這場偷襲行動喪命。**我們不是來這裡做什麼十惡不赦的事，**他心想，**我們只是**

來給他們一點教訓而已。

但不管他這樣告訴自己多少遍，還是覺得心裡不踏實。

正把白楊落壓制在地的虎爪惱火地嘶聲吼叫。「藍毛，妳心太軟了！」他奚落母貓。

「我還是堂堂的雷族副族長，」她回答。「我的命令就是不准動巫醫貓的窩穴。」

虎爪似乎仍想爭辯，但突如其來的一聲怒吼把他們的注意力移向營地入口，只見風族戰士們紛紛湧進營地，帶頭的是鹿躍。

也許他們是聽到了貓兒廝打的尖叫聲和吼叫聲。紅尾無從得知。鹿躍失望地瞪他一眼，紅尾別開目光，但突然意識到他爪間沾滿了已被撕爛的育兒室殘屑。**這不是我的錯！**他很想大吼說出來，但真的是這樣嗎？他知道事情的真正經過，他本來可以找陽星好好談一談，他本來可以再好好勸說虎爪。他的喉嚨哽著內疚。如今的他無話可說。

鹿躍直接撲向虎爪，沒一會兒，兩隻貓就扭打成模糊的一團，毛色同樣暗棕的他們正大打出手，很難分辨出誰是誰。其他風族貓也展開攻擊。風族副族長高尾直接往藍毛的喉嚨撲過去。

就在紅尾分神之際，一隻貓突然撞上他腰腹，將他摔倒在地。他肩膀一陣劇痛。梅子爪立時將他壓制住，利爪劃過他的毛皮。

紅尾在嬌小的灰色母貓腳下奮力掙扎，上氣不接下氣。他沒辦法站起來，他得先保護好自己的下腹。

這時他想到麻雀皮曾教過他一招。於是他先停止掙扎，然後整個身子倏地翻過去趴臥。梅子爪趕緊調整重心，以免摔倒，然後他趁機抬起後腿，把她踢開，再蹣跚爬起來。

畫眉皮正在凶狠地揮砍核桃鼻，後者痛苦嚎叫。梅子爪迅速轉過身去，伸爪狠砍畫眉皮。紅尾抬頭看著四周的混戰，就在這時，高尾的爪子橫劈到藍毛的喉嚨。

藍毛腳步踉蹌，鮮血沿胸口流淌而下，滴在地上。

「藍毛！」紅尾大叫，從梅子爪旁邊擠過去，跳到藍毛那裡。高尾正準備再次攻擊。

「不要！」紅尾緊張地嘶吼。「我們要撤了。」高尾遲疑了一下。紅尾趕緊從旁邊撐住藍毛。「藍毛，妳必須叫大家撤退！」他急迫地催促她。

藍毛身子沉重地倚在紅尾的腰腹上。「藍毛？」他問道。但副族長似乎神情恍惚，眼皮突然闔上。紅尾快撐不住她的重量了。

她沒辦法下達命令，紅尾突然明白。藍毛已經幾乎沒有意識，他看著四周還在靠利爪尖牙奮戰的貓兒們。風族貓數量太多了，雷族貓根本寡不敵眾。就在他觀察的同時，斑塊皮也在兩個風族戰士的圍攻下倒了下來。

藍毛發出呻吟。

繼續待在這裡，藍毛一定會喪命，紅尾恍然大悟。**我們已經輸了這場仗。其他雷族戰士也可能戰死。**

「雷族！撤退！」他大吼道，盡可能地抬高音量。

虎爪甩開身上的鹿躍。這位雷族戰士的臉上多了一條很長的傷疤，但那雙琥珀色眼睛仍然炯炯有神，精神亢奮。「什麼意思？撤退？」他吼道。

但其他雷族戰士就跟紅尾一樣很清楚這場仗已經輸了。畫眉皮跑來藍毛旁邊，跟紅尾合力撐起藍毛，朝金雀花隧道走去。其他雷族貓追在他們後面。

「快逃吧，雷族貓！」嘲笑的嘶吼聲和威脅聲在後方響起。

朝四喬木逃回去的這趟路程簡直像一場惡夢。紅尾上氣不接下氣地奮力扛著半昏半醒的藍毛。

等到他們終於踏上四喬木的草地，紅尾和畫眉皮才停下來休息，喘口氣。

「膽小鬼！」虎爪嘶聲吼道。紅尾轉身面對他。這隻虎斑大公貓的臉憤怒到幾近扭曲。

「我們必須撤退，」紅尾氣喘吁吁地說道。他的肩膀很痠痛，腳掌也像被火烤過一樣。若再繼續待在這裡爭辯，藍毛很可能喪命。「你看看她！」

虎爪的目光掃過藍毛。「我們可以幫她打完這場仗！真正的戰士不會從戰場上脫逃。紅尾，你害整個部族蒙羞。」

我有嗎？這時藍毛胸口出現粗糙的咯咯呼吸聲。紅尾很確定自己完全沒有做錯。

「我是在做對的事情。」他語氣堅定，表情冷靜地盯著虎爪。「真正的戰士會保護他們的族貓。這根本是一場不值得開打的戰役。」

虎爪回以嘶吼，但沒再開口。薊爪和斑塊皮取代紅尾和畫眉皮的位置幫忙撐起藍毛，讓他們有機會喘口氣，然後就全數匆忙撤回雷族領地。

紅尾走在隊伍最後面。他們終於抵達營地入口，這時的紅尾只覺得全身疲累又痠痛。就在其他隊員撐著藍毛舉步維艱地消失在山溝裡時，虎爪突然轉身面對紅尾。

「很會嘛！」他嘶聲道，琥珀色眼睛顯得陰沉、憤怒。

「這話什麼意思？」紅尾問道。

「想辦法把這一切弄得好像你很擔心藍毛似的，」虎爪譏笑道。「其實你只是膽小鬼。早在你還是見習生，我在橋上救你一命的時候，你就是了。還敢滿嘴忠義，說什麼欠我一條命咧。」

紅尾這次沒有心懷愧疚或滿是感恩地低下頭去，而是直接怒瞪著虎爪。他覺得自己好像首度看穿了虎爪。當初把他從老鷹爪下救回來的那個英勇戰士到哪裡去了？這隻大貓霸凌見習生、撒謊欺騙族長、無所不用其極地想發動一場根本沒必要的戰爭。而紅尾先前一直讓他為所欲為，他不會再犯同樣的錯了。

「我確實擔心藍毛，」他以凶狠的低沉語調嘶聲回答。「可是你那愚蠢好鬥的本性差點害她送命。從今以後我再也不欠你任何東西。」

說完，他就從虎爪旁邊擠過去，走進雷族營地。他絕對是個忠貞不二的戰士，但現在的他終於明白忠貞的真正意思是什麼了。

他該效忠的不是虎爪，而是雷族。

第七章

「是你喊撤退的！」虎爪邊吼邊怒瞪著紅尾。「哪有副族長會放棄領地的？」

紅尾怒瞪這位資深戰士。自從偷襲風族營地失敗之後，又過了好幾個新葉季。陽星早已失去他最後一條命，去了星族。藍毛當上族長。當時薊爪和虎爪都以為自己會獲選為副族長，沒想到她反而任命紅尾為副族長。

長老相繼過世，小貓不斷出生，退休戰士陸續搬進長老窩，見習生完成訓練，成為全能戰士。然而當紅尾站在族長窩穴裡，聽著虎爪和藍星的對話時，爭辯的內容聽起來還是跟以前一樣，就像回到他當年仍是見習生時的場景。**虎爪真是一根鬍鬚都沒變。**只是現況變得比以前更糟。就在幾天前，他們才在陽光岩吃了河族的敗仗，那是自藍星幾個月前首度就任族長以來，他們在雷族領地上吃下的唯一敗仗。

「我是為了保護族貓，」紅尾吼了回去，尾巴在空中甩打。虎爪竟敢質疑他的能力？他們根本不可能打贏那場仗！「河族貓的數量比我們多，我們也必須趕快把鼠毛送回巫醫窩。要是我們不撤退，她現在已經死了，其他雷族戰士也可能喪命。」

「我們必須給河族貓一個教訓。」虎爪咆哮，朝藍星轉身，前爪伸了出來，憤怒地抵著族長窩穴的地面。「要是我們無法捍衛自己的領地，河族就會以為他們可以隨時越過邊界。紅尾犯了大錯。」

「紅尾沒有做錯。」藍星語氣堅定地說道。「有時候是得靠輸掉戰役來保護部族的安全。」虎爪沒有回答，琥珀色目光變得陰沉。「但你大可放心，」藍星接著說道。「我們一定會拿回陽光岩。」

紅尾不安地蠕動著腿，藍星窩穴的地板突然在他腳下變得冰冷。**如果我們現在跟河族對幹，戰士一定會喪命。**

「但還不到時候，」他插嘴。「我們沒有足夠多的戰士打贏這場仗。如果我們要活下去，雷族必須有夠多的戰士才行。」

虎爪發出低沉的嘶聲。「我就知道你會這麼說。」他嘟囔道，聲音小到讓紅尾聽不見。「只要是開戰的事情，你就縮回去。」

「你說什麼？」紅尾質問道，氣到背上的毛都炸了開來。從很久以前，虎爪就常這樣威嚇他。紅尾已經不打算再容忍這種對他半真半假的敵意和霸凌手段。不管虎爪對他有何看法，他依然是雷族的副族長。

「我們內部一定要和睦相處。」藍星出言警告。

虎爪服從地垂下頭。「我什麼也沒說。」順口回答。「紅尾，你一如往常地給了一個很明智的忠告。」

紅尾繃緊全身肌肉，他不相信他那恭順的語調。**虎爪又在盤算什麼？**

紅尾抬眼望著清朗的黃昏天色。在雷族貓夜裡齊聚之前，應該還有足夠時間再派一支狩獵隊出去。最近獵物很充足，族貓們應該趁這個機會盡量填飽肚子。

「獅心，」他喊道。「帶白風暴和灰掌出去狩獵。」

金色大公貓附和回應。「我在兩腳獸地盤附近有聞到老鼠窩的氣味。」他笑咪咪地說道。「我們可以幫生鮮獵物堆再帶點肥美的東西回來。」

紅尾目送他們離開，灰色長毛見習生迫不及待地跟在他導師旁邊跑跑跳跳。紅尾自己的見習生塵掌正在跟沙掌和烏掌忙著清理長老窩，將乾掉的青苔和發霉的葉子拖出窩穴，整齊堆放在旁邊。長老們則在附近觀看，同時享受這一天的最後一道陽光。

「別忘了把我的臥鋪鋪得軟一點喔。」以前叫做白眼的獨眼在終於失去那隻盲眼，搬進長老窩之後，便更名為獨眼，此刻的她這樣喊道。由於聽力不好的關係，她玩笑的嗓門特別大。沙掌聽到那位長老打趣式的稱許，不禁彈著耳朵。

紅尾的兩個同窩手足都在空地上。斑葉正從暗紋的尾巴上拔除一根刺。黑灰色公貓雖然皺著一張臉，但斑葉的動作很乾淨俐落。柳皮正在跟鼠毛分食田鼠，兩隻母貓小聲地交頭接耳。其他戰士不是在互舔毛髮就是在打瞌睡，霜毛和金花的小貓正在空地上追逐，翻滾成團。他們的母親為了保護他們，都在育兒室入口盯看。

雷族的營地今夜顯得祥和。紅尾的腦袋此刻已經開始在盤算明早的邊界巡邏隊該如何安排，他朝高聳岩轉身，打算向藍星做今日的匯報。

就在他趨近族長窩時，紅尾的腳步突然慢下來。他聽到虎爪的聲音。為什麼有貓兒在沒有他陪同的情況下來見藍星？

「我們現在必須反擊，」大公貓嘶聲說道。「我們必須拿回陽光岩，清楚表明雷族再也無法容忍任何貓入侵我們的領地。」

藍星的喵聲若有所思。「我瞭解你為什麼想反擊河族。但我認為紅尾是對的，」她喵聲道。「在戰士數量不夠的情況下，我們絕對不可能在公開的戰役裡打敗河族。」

虎爪使出哄騙的語調，紅尾不安地豎起毛髮。虎爪背著他要做什麼？「但我們不能什麼也不做啊，」他堅稱道。「要是每個部族都認為我們很弱，他們就會反過來攻擊我們。你至少讓我先去陽光岩留下氣味記號，讓河族知道我們沒有放棄自己的領地。」

藍星猶豫了。紅尾緊張地想聽到下文，耳朵向前伸了過去。她相信虎爪的計畫就只有這麼簡單嗎？紅尾從來沒忘記虎爪對開戰這種有多麼迫不及待。但是藍星比紅尾來得相信虎爪。

「好吧，」族長最後喵聲道。「黎明時帶一小支隊伍去陽光岩標示記號。先查看他們有沒有在那裡留下最新的記號，如果有，就蓋過他們的。你說得沒錯，我們是需要重新索回自己的領地。但是虎爪，我只要求你做這件事，絕對不准主動挑釁。」

紅尾低聲嘆了口氣，他可以想像那隻公貓的琥珀色眼睛一定很洋洋得意。虎爪的提議聽起來好像很合理，但紅尾不相信他真的只是想去標示雷族的邊界。

紅尾還沒轉身離開，虎爪就從藍星窩穴入口垂掛的地衣簾幕鑽出來。他一看到紅尾，就停下腳步。被逮到偷聽的紅尾有點尷尬，覺得全身發燙。

「我想你應該都聽到了？」虎爪問道，語調不痛不癢。紅尾點點頭，多少提防他。

「別浪費時間想阻止我，」大公貓繼續說道。「藍星已經同意了。我明天一早會帶一群戰士出去……一群不怕捍衛雷族的戰士。」他昂首闊步地從紅尾旁邊走過去，距離近到毛髮刷過彼此。

「等一下，虎爪，」紅尾在他後面喊道。虎爪轉過身來，表情提防。「我不會試圖阻止你，我想跟你一起去。」

虎爪的眼睛些微瞪大。「你要去？」他問道。

「沒錯，」紅尾朝他走去。「你說得對，我們必須去標示領地。我也不想輸掉陽光岩，拱手送給河族。」

虎爪若有所思地看著紅尾，尾巴高舉在後背之上。「也許你最後還是能成為真正的戰士。」

「我本來就是戰士，」紅尾回答。「我只想保護我的部族。」

而且虎爪，要是你敢另有盤算……要是你敢不老實……我可以在那裡當場阻止你。

第八章

「拜託讓我跟你一起去，」塵掌哀求道，一路跟著紅尾穿過營地。天光乍現，營地靜悄悄的。多數貓兒都還在睡覺。奔風正在營地入口站崗，他疲憊地彈動耳朵，跟紅尾打招呼。

「不行，」紅尾邊告訴塵掌，邊從生鮮獵物堆上挑了一隻老鼠。「先吃點東西吧，再去看看長老們有沒有需要什麼。我今天早上不在的時候，我要你去跟白風暴還有沙掌一起上課，順便溫習一些技巧。」

「我寧願跟你去，」塵掌討拍地說道。「我從來沒去過陽光岩，我相信我可以學到很多。」

紅尾嚴肅地看著見習生。「我說不行就是不行。你從來沒去過那裡是因為那地方現在對見習生來說太危險。」

塵掌嘆口氣。「烏掌就能去。」

「他要去？」紅尾目光驚詫地掃過空地，望向那隻瘦巴巴的黑色公貓，後者正站在戰士窩外面，耐心等候虎爪現身。他的毛髮聳了起來，有些不安。虎爪的見習生看起來太年輕，年紀和體型甚至比塵掌小。「烏掌不是我的見習生，但你是。我不會帶我的見習生去陽光岩。」

塵掌垂下尾巴，但還是垂首表示敬意。「好吧，紅尾。」

紅尾輕輕推他，要他抬起頭來，然後輕聲說道：「等我回來，我會問白風暴你有沒有認真學習。如果有，我就帶你出去狩獵。」

等到紅尾離開塵掌時，後者似乎已經認命，很滿意紅尾的承諾。紅尾朝營地入口走去，虎爪和烏掌都在那裡等他。

「你打算帶烏掌去？」紅尾走過去的時候順便問道。「我們從來不帶見習生到領地裡的危險地帶。」

虎爪眨眨眼睛看著他。「紅尾，我們只是要去標示氣味記號，」他回答。「沒什麼好擔心的。」他的語調帶著一絲嘲諷。

紅尾遲疑了一下。他是雷族副族長，大可下令虎爪把烏掌留在營地。**但這種事值得跟虎爪吵嗎？**

虎爪上前一步。「我不會讓他受傷的，」他輕聲說道。「我會照顧他，你很清楚這一點。」

我的確很清楚。紅尾猛然想起往事：他還是見習生的時候，柳皮曾說：「虎爪絕不會讓我們受傷，不然他的名聲就打折了。」而且虎爪也曾把他從老鷹爪下救回來。雖然從那時候起，又發生了很多事，但他欠了虎爪一條命。「好吧，」他同意道。「但要記住，我們只是去標示氣味記號。」

紅尾帶著兩隻貓兒穿過金雀花隧道，走出山谷。他和虎爪在森林裡並肩朝陽光岩走去。烏掌落後他們幾步。天色越來越亮，黎明的冷冽霧氣滯留空氣，弄溼了他們的毛髮。

烏掌在他們後方發出很小的尖吼聲，紅尾回頭看，發現見習生正用後腿撐起身子，前爪朝假想敵猛砍。

「很好，烏掌。」虎爪稱許他的見習生，喵嗚聲充滿興味。

「我等不及要跟河族貓對幹了。」烏掌開心地說道，尾巴興奮地甩打。「要學會當一個戰士，最好的方法就是實際上戰場。」

紅尾不安地抽動著耳朵。他知道是虎爪影響了他。這話太像是以前他還是見習生時虎爪跟他說過的話。成為一名強悍的戰士跟保衛部族一樣重要，但虎爪自始至終都只想開戰嗎？難道他也把自己的見習生教得跟他一樣？

「今天我們不會跟河族開戰。」紅尾冷靜提醒見習生。「保護部族的安全比打敗其它部族來得重要。」

烏掌嘆口氣，但沒有回答。他們繼續往前走。紅尾用眼角覷了虎爪一眼。**也許我應該跟藍星談一談虎爪對見習生的教導方式**，他心想。無論如何，他今天一定要緊盯住烏掌，**不能讓虎爪慫恿他做出魯莽的行動**。

太陽已經升到地平線上方，這時的他們也抵達了陽光岩，陽光烘暖他們的毛髮，清新的微風拂來，帶來獵物的氣味。在陽光岩的紅尾，腳下踩著平滑的花崗岩，岩面仍感覺得到隔夜的沁涼寒意。不過他知道到了中午，岩塊就會被晒熱。累累岩塊的中間和下方不斷傳來令人垂涎的老鼠氣味。除此之外，紅尾也聞到河族的強烈騷味。

「散開來標示氣味記號吧。」他告訴另外兩隻貓。「尤其是河邊。」

虎爪和烏掌繼續走在岩塊上，紅尾也開始把氣味記號覆蓋在河族貓留在陽光岩邊緣的氣味標線上。這裡一點聲音也沒有，只有後方森林樹葉的低語聲以及岩間河水的水流聲。

也許我們不會碰上什麼麻煩事，紅尾心想，心情開始有些放鬆。虎爪和烏掌再度跨過累累岩石，朝他折返回來。

「標得不錯，」虎爪說道。「不過也許……」

他的聲音被憤怒的嘶吼聲打斷。五隻貓出現在岩石遠處，全都炸著毛。帶頭的一隻體型很大、肩膀粗壯的紅棕色公貓，他朝紅尾走過來，瞇起眼睛。

「橡心。」紅尾小聲說道，感覺到自己背上的毛全炸了開來，同時走過去見河族副族長。

「你們在這裡做什麼？」橡心嘶聲道。「這裡現在是我們的領地。」

紅尾滑出爪子。「陽光岩是我們的，」他簡單說道。「也該是時候解決這個問題了。」他的心臟狂跳，但仍保持語調的平靜。「告訴曲星，雷族不會放棄。這問題已經拖得夠久了。」

他看到橡心後面有兩隻河族貓互看了一眼。但是橡心表情堅定。「河族不會放棄這塊狩獵場。」

「雷族也不會，」紅尾回答，同時迎視橡心的目光。「你回去告訴曲星。」

河族副族長點點頭。本來蹲坐的紅尾站了起來，腰臀肌肉跟著放鬆。橡心會帶話給他的族長。未來勢必會有更多鮮血濺灑在陽光岩上，但不是今天。

突然間傳來凶狠的吼叫聲，虎爪竟揮爪朝離他最近、體型較小的黑灰色戰士砍了下去。對方驚詫後退，眨著眼睛抬頭看著他，鮮血從胸口湧現。紅尾嚇得倒抽口氣。

我早該料到，他心想，**虎爪絕不可能和平收場。**河族貓全都當場愣住，不過這時間不會拖太久，至少他能先救烏掌。他回頭看了瘦削的黑色見習生一眼，後者也嚇得目瞪口呆。

「烏掌，快逃！」

烏掌抬眼怒瞪紅尾，很不高興地豎起小巧的耳朵。「真正的戰士絕對不會逃跑，」他呸口道。「虎爪對你的看法是對的。」

雖然身陷險境，紅尾還忍不住發火。**虎爪竟然背地裡跟自己的見習生說我的壞話？這算是哪門子的效忠部族啊？**

但沒有時間了。橡心憤怒一吼，衝了過來，將虎爪從嬌小的母貓旁邊撞開，憤怒地黑著一張臉。

紅尾的心跳加快。這裡只有他、虎爪、和一隻矮小的見習生，但眼前卻有五個完全成熟的河族戰士得對付。他和虎爪的戰技都很好，但情勢對他們不利。

也許他可以嚇走他們。「告訴曲星，要是下次再有河族戰士在雷族領地上被我們逮到，下場就是死路一條。」他對著大公貓瞇起眼睛。「我們得把這件事做個了結。」

橡心有些驚訝地瞪大眼睛，上前一步，憤怒地貼平耳朵。「不管你威脅什麼，河族貓都得吃飯。所以我們不會放棄這裡的狩獵場。為了保有這塊地，就算得把雷族撕爛，我們也在所不惜。」

橡心後方的河族貓也跟著步步進逼，尾巴前後抽動。紅尾很是提防地看著他們，全身肌肉繃得死緊。

虎爪突然一聲怒吼，直接攻擊橡心，將河族副族長撞倒在地。「你這長滿跳蚤、大腦進水的鼠輩！」他吼道。「滾回你的領地！」

橡心躺在泥地上好一會兒，最後蹣跚爬了起來，氣到全身炸毛。虎爪退後一步，橡心的怒目掃過他旁邊，盯住離他最近的雷族貓……

烏掌。

紅尾的心突然一沉。見習生根本打不過雷族副族長。

紅尾趕緊搶在橡心有所動作之前，撲到兩隻貓兒中間，先發制人地朝橡心胸口砍了一掌。橡心用後腿撐起身子，朝他揮爪。紅尾肩膀一陣劇痛，但及時閃過橡心的下一掌，尖牙順勢戳進公貓的腰腹。

紅尾對橡心的攻擊宛若是個信號，其他貓兒跟著打。一隻暗棕色公貓粗暴地撞開烏掌，伸出爪子，衝向虎爪，見習生痛苦嚎叫。

「烏掌！」紅尾被橡心半壓制在地，只能用後腿踢打對方肚子，但仍掙脫不了。他的眼角餘光瞄見虎爪正想盡辦法要去救他的見習生，卻被三個河族戰士擋下。

紅尾拚了命地踢打，終於逼得橡心往後退開，他才能扭過身子，回頭查看見習生。「烏掌！快逃！」他喊道。「你會受傷！」**我必須保護他。**烏掌年紀和體型都太小，不適合這場戰役。

烏掌回瞪他。「戰士不能逃跑。」他吼道，但那聲音比之前來得抖，他又上前一步，似乎已經準備好再衝回戰場。

但你不是戰士。烏掌會害自己喪命的。情急之下，紅尾突然力大無窮地猛地跳起來，將橡心往後一撞，掙脫他。「快回營地求援！」他朝見習生轉身，大聲吼道。「這是命令！」

橡心撲上紅尾，將他側摔在地，再壓制住他，利爪戳進紅尾肚子。但他仍聽得到虎爪的吼聲。

「烏掌！你不准走！」大公貓吼道。「我們已經寡不敵眾了，我們需要你幫忙，你到底是戰士還是一隻鼠腦袋的小貓？」

紅尾再也看不到任何東西，只除了他上方的河族公貓。但他聽到烏掌嘶聲大吼，再度加入戰場。**虎爪在幹什麼？**他一想到虎爪和烏掌違抗他的命令，頓時怒火中燒——他到底還是不是副族長？——他氣到突然力大如牛地扭身掙脫了橡心的箝制。

橡心怒目瞪向紅尾的後方好一會兒。「要是那個見習生敢再靠近，我就殺了他。」他吼道。

出於保護心態的紅尾，頓時怒火中燒，他冷不防地跳了起來，撲向橡心的喉嚨，撕咬對方，鮮血灌進他嘴裡。橡心蹣跚後退，但紅尾仍咬住不放，哪怕對方的掙扎越來越無力，最後終於動也不動。

紅尾眨眨眼睛，擠掉噴在臉上的血。他看著橡心踉蹌後退幾步，倒在地上，河族副族長眼裡的光漸漸消散。

紅尾蹣跚後退，瞪著腳下的橡心屍體。四周仍在打鬥，烏掌跟嬌小的黑灰色貓兒正在纏鬥，虎爪奮力抵禦兩名戰士，戰鬥現場似乎變得無聲而且遙遠。

他不能死。我不可能殺了他。

但橡心已經死了。

河族貓突然悲痛哀號，因為他們發現副族長死了，有兩隻貓趕緊過來拉開橡心的屍體，驚恐地瞪大眼睛。

第十章

但其他貓還在纏鬥。紅尾的目光從橡心屍體身上移開，虎爪仍在跟一隻魁梧的灰色河族公貓扭打。他咆哮怒吼，揮爪朝對方的臉劃過去，但腳掌突然在泥地上打滑，摔倒在地，頭撞上大塊圓石。

虎爪在那當下似乎很驚愕，他抬眼看著對手，疑惑地眨了眨琥珀色的眼睛。這時對方突然尖牙森森地撲上去。

他會宰了他！紅尾猛然意識道，**今天這裡不能再死更多貓了！**他忙不迭地衝過去，死命咬住灰色公貓的尾巴。憤怒的他情急之下，竟力大如牛地將河族貓一整個從虎爪身上拉開。對方腳步踉蹌，摔進灌木叢裡。

他呼吸急促地轉頭去看虎爪，後者一臉驚愕地瞪著他看。

「紅尾！你好像在丟一把樹葉，毫不費力地就把他丟出去了。」棕色大公貓爬了起來，稍微甩甩頭，彷彿是想剛剛的撞擊完全甩掉。「而且你殺了橡心！我都不知道你可以這麼厲害！」

虎爪的語調充滿欽佩，但紅尾只覺得反胃。**曾經，虎爪的稱許對我來說意義重大。**但現在……橡心死了。這有意義嗎？陽光岩的爭議仍然無法解決。

他突然怒火中燒，兩眼瞪著虎爪的眼睛。**這一切都怪他。**本來不會打起來的，至少今天不會。要是虎爪沒有攻擊河族貓，橡心現在就還活著。年紀還小的烏掌也不會受傷。

紅尾也不會成為凶手。

他從來沒有殺害過任何一隻貓……直到今天。

「虎爪？」烏掌的語氣猶豫。身形瘦削的見習生慢慢趨近，來回看著他們兩個，鮮血從他肩膀上滴下來，流到腰腹。現場仍有兩隻河族貓留在原地，一隻是一開始就被虎爪攻擊的黑灰色嬌小母貓，另一隻是剛剛被紅尾從虎爪身上拉開的灰色大公貓。他們都壓低身子，耳朵往後貼平，瞪著雷族貓，發出咆哮聲。

「烏掌，快走！」紅尾吼道。先不說別的，至少他可以保住這個見習生的命。

虎爪若有所思地看著紅尾，也許他是看到了紅尾眼裡的怒氣和絕望，於是開口大吼：「烏掌，回去營地。這裡有我和紅尾就夠了。」

「但是還沒打完，」烏掌喵聲道。「而且我欠紅尾……他救了我……因為橡心說過……」

「你什麼也不欠我。」紅尾厲聲道。

「趁你現在還行，快跑，」虎爪同意道，「現在就回營地去！」

烏掌後退幾步，接著轉身跑走。隨著烏掌的身影消失在小徑上，這時紅尾眼角餘光瞄見動靜，轉頭看見黑灰色母貓撲向虎爪的喉嚨。但這場廝打很快結束，虎爪將她摔倒在地，然後怒吼一聲，趁她躺在地上仍喘不過氣的時候朝她揮爪。但被紅爪厲聲喝斥。「虎爪，住手！」令他驚訝的是，這隻大公貓竟然乖乖聽他的話，急踩煞車，差一點就劃到她喉嚨。

終於！感謝星族。紅尾想著。

「不准再濺血，」紅尾小聲說道。「現在不行。」

僅剩的兩隻河族貓火速地互看一眼，然後就高喊撤退。紅尾看著他們消失在陽光岩後方，隱約聽見他們滑進水裡的水花聲。

他的緊繃此刻終於放鬆。一切都結束了，至少眼下是如此。他不忍去思索橡心的死亡，現在還不行。太陽高掛天空，河面上折射的陽光讓視線變得白花花一片。

突然一記重擊落在他的後背，紅尾蹲了下去。一股劇痛像要撕裂他的喉嚨，他覺得有某種溼溼熱熱的東西流過他喉頭，沿著胸口往下淌。**是血！**他想爬起來，但動彈不得。河族貓又回來了嗎？

他的視線開始模糊，可是當那重量從他背後移開時，他抬眼窺見虎爪正居高臨下地覷著他，表情莫測高深。

虎爪……是虎爪攻擊他嗎？紅尾的腦袋開始不清楚，無法思考。他想開口說話，但嘴巴很乾，像裂開了一樣。「為什麼？」他低聲道，近乎沒有聲音。

虎爪的尾巴高舉過背，眼裡閃著洋洋得意的光。「紅尾，你擋了我的路。這絕不是針對你，不過雷族需要一個真正的副族長。我只是完成當初你還是見習生時那隻老鷹本該對你做的事。」

紅尾可以感覺得到四周很溫暖……是他溫熱的血浸溼了地面嗎？但他身上卻好冷。「可是……你那時救了我。」他緩緩說道。

「所以你應該從那時起就對我忠心耿耿，」虎爪喃喃說道，琥珀色目光緊盯著紅尾的表情。「但是你沒有。所以如果你不在了，對我還有對雷族都會比較好。」

儘管太陽亮晃晃的，但一切都在變暗。站在紅尾上方的虎爪只是天空漸晦畫面裡的一個黑影輪廓。紅尾再也看不到他的臉，但他清楚記得他那饜足的神情。那隻大公貓在眼前動了一下，紅尾心想他一定是在舔洗腳上的血跡吧。

他會殺掉每一隻擋他路的貓。紅尾心想。隨著天空漸暗，絕望慢慢淹沒了他。但他卻在最後一刻想起了他的見習生塵掌。塵掌回到營地後會等著紅尾帶他去狩獵。**對不起，我食言了……**

紅尾睜開眼睛，痛感沒了。他眨眨眼睛，上方有個薑黃色的模糊身影正逐漸清晰，顯現出一張和善的大臉，上頭其中一隻耳朵是破的。

「陽星？」他聲音微弱地說道，認出了雷族族長。「可是……」陽星已經死了很久。紅尾吞吞口水。「我……死了嗎？」

「恐怕是。」陽星一臉同情地說道。「你很英勇……如果這麼說能安慰到你的話。我已經把你帶來星族了。」

紅尾困惑地站起來。現在全身都不痛了，祂低頭看看自己，發現身上不再有長長的血痕和從戰場上沾染到的沙土。祂抬眼看著陽星，一臉疑惑。薑黃色公貓抽動著鬍鬚，彷彿在鼓舞他，接著走到祂前面，再緩步朝森林走去，身後本該留下腳印的地方全被隱隱閃現的星光取代。紅尾跟了上去。

祂們穿行在閃閃發光的迷霧裡，感覺似乎走了好久好久，紅尾這才發現原來祂們走在林子裡，腳下是柔軟的草地。陽光照在祂的背上，全身暖烘烘的，空氣裡充斥著獵物的氣味。

當祂們經過一座池塘時，紅尾低頭看著自己的倒影。斑葉有一次告訴他，星族貓永遠活在祂們最快樂的時光裡。祂看起來沒有變太多，沒有變回年輕的樣子，但祂的眼神炯亮。**我在雷族一直都很開心，**祂心想，**我所愛的貓都在那裡，我喜歡當副族長，尤其是看著見習生們……**

祂心上突然一驚。**雷族！**祂怎麼可以忘了祂的部族正深陷危險呢？虎爪是如此嗜血的一隻貓……天知道他下一個要對付的是誰？紅尾的所有族貓都可能有危險。

「陽星！」他嘶啞道。「祢必須送我回去！我得去警告大家提防虎爪！」

陽星看著祂，眼神充滿慈愛。「我沒辦法送祢回去，」祂輕聲說道。「但雷族會獲救的。跟我來。」

祂們肩並肩地走著，陽星帶著祂走到一座大池塘的邊緣。「祢看。」祂告訴紅尾。

紅尾低頭看。水中搖曳的身影漸漸清晰成形。「是雷族營地！」祂看到了，烏掌就在那裡，斑葉正在抹平他肩上的蜘蛛絲。還有虎爪，他正在說話，其他貓兒一臉崇拜地聆聽。紅尾怒火在肚子裡悶燒，虎爪現在又在編什麼謊言？

水光粼粼閃爍，彷彿祂正走在貓群裡。祂瞥到柳皮、獨眼、塵掌……還有一隻陌生的貓……一隻體型不大，毛色火紅的貓，同樣瞪大眼睛看著虎爪。「那是誰？」紅尾問道。「他不是雷族貓。」

「以後就是了。」陽星告訴祂。「他將成為部族貓。藍星會幫他取名為火掌。」

紅尾仔細打量。難道那隻年輕貓兒眼裡閃爍著特殊的火花嗎？他看起來就像其他見習生。但是紅尾的姊姊斑葉曾經給過他們一個預言……

斑葉曾告訴祂和藍星，解決雷族所有問題的對策就近在咫尺……要是他們能弄懂星族的意思就好了。

這就是那個預言的意思嗎？紅尾突然全身竄起一股暖流。不是虎爪，火掌將成為雷族的未來。雷族將可得救。

我的部族就算沒有我，也能撐下去……

「只有火能拯救你的部族。」祂喃喃說道，突然全身上下暖烘烘的。

WARRIORS
貓戰士
褐皮的部族
Tawnypelt's Clan

琥珀月：淺薑黃色母貓。見習生：鷹掌。

露鼻：灰白花斑公貓。

暴雲：灰色虎斑公貓。

冬青叢：黑色母貓。

蕨歌：黃色虎斑公貓。

栗紋：暗棕色母貓。

葉蔭：玳瑁色母貓。見習生：點掌。

雲雀歌：黑色公貓。

蜂蜜毛：有黃色斑塊的白色母貓。

火花皮：橘色虎斑母貓。

嫩枝杈：綠眼睛的灰色母貓。見習生：飛掌。

鰭躍：棕色公貓。見習生：拍掌。

煤心：灰色虎斑母貓。

花落：玳瑁色與白色花斑母貓，有花瓣狀的白色斑塊。

見習生 （六個月大以上的貓，正在接受戰士訓練）

梅子掌：黑色和薑黃色的花斑母貓。導師：鼠鬚。

莖掌：白黃花斑公貓。導師：玫瑰瓣。

殼掌：玳瑁色公貓。導師：蜂紋。

鷹掌：薑黃色母貓。導師：琥珀月。

點掌：帶有斑點的虎斑母貓。導師：葉蔭。

飛掌：帶有條紋的灰色虎斑母貓。導師：嫩枝杈。

拍掌：金黃色虎斑公貓。導師：鰭躍。

本篇各族成員

雷族 *Thunderclan*

族長　**棘星**：琥珀色眼睛的深棕色公虎斑貓。

副手　**松鼠飛**：綠眼睛的深薑黃色母貓，有一隻腳是白色。

巫醫　**葉池**：琥珀色眼睛的淺棕色母貓，腳掌和胸部有白毛。

松鴉羽：藍眼睛，失明的灰色虎斑公貓。

赤楊心：琥珀色眼睛的深薑黃色公貓。

戰士　（公貓，以及沒有年幼子女的母貓）

蕨毛：金棕色虎斑公貓。

雲尾：藍眼睛的白色長毛公貓。

亮心：有薑黃色斑塊的白色母貓。

刺爪：金褐色虎斑公貓。

白翅：綠眼睛的白色母貓。

樺落：淡褐色的虎斑公貓。

莓鼻：麒麟尾的奶油黃色公貓。

鼠鬚：灰白花斑公貓。見習生：梅子掌。

罌粟霜：淺玳瑁色和白色的花斑母貓。

獅焰：琥珀色眼睛的金色虎斑公貓。

玫瑰瓣：深奶油黃色的母貓。見習生：莖掌。

百合心：藍眼睛、帶有白色斑塊的深虎斑母貓，體型嬌小。

蜂紋：有黑色條紋的淡淺灰色公貓。見習生：殼掌。

櫻桃落：薑黃色母貓。

錢鼠鬚：棕色與奶黃色花斑公貓。

板岩毛：毛髮滑順的灰色公貓。見習生：蕨掌。

苜蓿足：灰色虎斑母貓。

麻雀尾：魁梧的棕色虎斑公貓。見習生：肉桂掌。

雪鳥：綠眼睛的純白色母貓。

見習生　錐掌：白灰花斑公貓。導師：褐皮。

焰掌：白色和薑黃色的花斑公貓。導師：爆發石。

蟻掌：棕黑花斑公貓。導師：石翅。

鷗掌：白色母貓。導師：草心。

蕨掌：灰色虎斑母貓。導師：板岩毛。

肉桂掌：腳掌白色的棕色虎斑母貓。導師：麻雀尾。

貓后　鴿翅：綠眼睛的淺灰色母貓，生下灰色小母貓小撲、棕色虎斑小母貓小光、灰色小公貓小影。

莓心：黑白花斑母貓，生下黑色小公貓小冬青、棕白花斑小母貓小陽、黑白花斑小公貓小塔尖。

蓍草葉：黃眼睛的薑黃色母貓，生下花斑小母貓小跳、棕色小虎斑公貓小亞麻。

長老　橡毛：體型不大的棕色公貓。

鼠疤：身體瘦削，帶疤的暗棕色公貓。

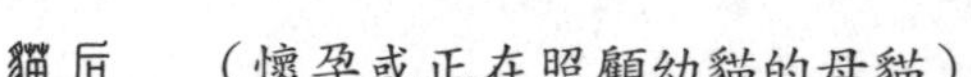

貓后　（懷孕或正在照顧幼貓的母貓）

黛西：來自馬場的奶黃色長毛母貓。

藤池：深藍色眼睛、銀白相間的虎斑母貓。生下淺灰色小母貓小鬃、暗灰色小母貓小竹、小虎斑公貓小翻。

長老　（退休的戰士和退位的貓后）

灰紋：灰色的長毛公貓。

蜜妮：藍眼睛、帶有條紋的銀色虎斑母貓。

影族 *Shadowclan*

族長　**虎星**：深棕色虎斑公貓。

副手　**褐皮**：綠眼睛的玳瑁色母貓。見習生：錐掌。

巫醫　**水塘光**：帶白斑的棕色公貓。

戰士　**杜松爪**：黑色公貓。

螺紋皮：灰白花斑公貓。

爆發石：棕色虎斑公貓。見習生：焰掌。

石翅：白色公貓。見習生：蟻掌。

草心：淺褐色虎斑母貓。見習生：鷗掌。

焦毛：耳朵有撕裂傷的深灰色公貓。

花莖：銀色母貓。

蛇牙：蜂蜜色的母虎斑貓。

流蘇掌：棕色花斑的白色母貓。導師：鼠尾草鼻。
鴿掌：灰白色花斑母貓。導師：花心。
鶺鴒掌：耳朵鴉黑色的白色公貓。導師：沙鼻。
灰白掌：黑白色花斑母貓。導師：兔跳。

長老 **鹿蕨**：失聰的淺褐色母貓。

風族 *Windclan*

族長 **兔星**：棕色與白色的花斑公貓。

副手 **鴉羽**：深灰色公貓。

巫醫 **隼翔**：雜灰色公貓，有白色斑點，像是披了紅隼的羽毛。

戰士 **夜雲**：黑色母貓。
斑翅：帶雜毛的棕色母貓。
金雀尾：藍眼睛、淺灰白色花斑母貓。
葉尾：琥珀色眼睛的深色公虎斑貓。
燼足：有兩隻深色腳掌的灰色公貓。
煙霧雲：灰色母貓。
風皮：琥珀色眼睛的黑色公貓。
伏足：薑黃色公貓。

天族 *Skyclan*

族長　**葉星**：琥珀色眼睛的棕色與奶油黃花斑虎斑母貓。

副手　**鷹翅**：黃眼睛的深灰色公貓。

巫醫　**斑願**：腿上有斑點的淺雜褐色虎斑母貓。
　　　躁片：黑白花斑公貓。

調解者　**樹**：琥珀色眼睛的黃色公貓。

戰士　**雀皮**：深棕色虎斑公貓。見習生：花蜜掌。
　　　馬蓋先：黑白花斑公貓。
　　　露躍：結實的灰色公貓。
　　　梅子柳：深灰色母貓。見習生：陽光掌。
　　　鼠尾草鼻：淺灰色公貓。見習生：礫石掌、流蘇掌。
　　　花心：薑黃色和白色的花斑母貓。見習生：鴿掌。
　　　沙鼻：粗壯的淺褐色公貓，腿是薑黃色。見習生：鶺鴒掌。
　　　兔跳：棕色公貓。見習生：灰白掌。
　　　貝拉葉：綠眼睛的淡橘色母貓。
　　　蘆葦爪：嬌小的淺色虎斑母貓。
　　　紫羅蘭光：黃眼睛的黑白花斑母貓。
　　　薄荷毛：藍眼睛的灰色虎斑母貓。
　　　蕁水花：淺褐色公貓。
　　　微雲：嬌小的白色母貓。

見習生　**花蜜掌**：棕色母貓。導師：雀皮。
　　　陽光掌：薑黃色母貓。導師：梅子柳。
　　　礫石掌：棕褐色公貓。導師：鼠尾草鼻。

捲羽：淡褐色母貓。
豆莢光：灰白色花斑公貓。
鷺翅：暗灰色和黑色花斑公貓。
閃皮：銀色母貓。見習生：夜掌。
蜥蜴尾：淺褐色公貓。
黑文皮：黑白花斑母貓。
噴嚏雲：灰白花斑公貓。
蕨皮：玳瑁色母貓。見習生：金雀花掌。
松鴉爪：灰色公貓。
鴞鼻：棕色虎斑公貓。
冰翅：藍眼睛的白色母貓。

見習生 溫柔掌：灰色母貓。導師：薄荷毛。
斑紋掌：灰白花斑公貓。導師：暮毛。
風掌：棕色和白色花斑母貓。導師：鯉尾。
兔掌：白色公貓。導師：甲蟲鬚。
夜掌：藍眼睛的暗灰色母貓。導師：閃皮。
金雀花掌：耳朵灰色的白色公貓。導師：蕨皮。

長老 苔皮：玳瑁色和白色的花斑母貓。

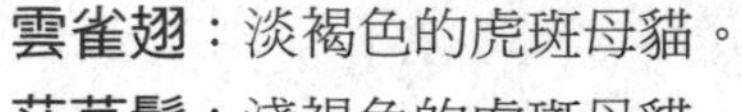
雲雀翅：淡褐色的虎斑母貓。
莎草鬚：淺褐色的虎斑母貓。
微足：胸口有星形白毛的黑色公貓。
燕麥爪：淡褐色的虎斑公貓。
羽皮：藍眼睛的灰色虎斑母貓。
呼鬚：深灰色公貓。
石楠尾：藍眼睛的淺棕色虎斑母貓。
蕨紋：灰色的虎斑母貓。

長老　鬚鼻：淺棕色公貓。
白尾：嬌小的白色母貓。

河族 *Riverclan*

族長　霧星：藍眼睛的灰色母貓。

副手　蘆葦鬚：黑色公貓。

巫醫　蛾翅：帶斑的金色母貓。
柳光：灰色虎斑母貓。

戰士　薄荷毛：淺灰色虎斑母貓，見習生：溫柔掌。
暮毛：棕色虎斑母貓。見習生：斑紋掌。
鯉尾：深灰色和白色的花斑母貓。見習生：風掌。
錦葵鼻：淺棕色虎斑公貓。
甲蟲鬚：棕白相間的虎斑公貓。見習生：兔掌。

月池
被遺棄的
兩腳獸窩
天族營地
舊雷族小徑
雷族營地
天空橡樹
湖
風族營地
斷半橋
兩腳獸地盤
轟雷路
符號說明
部族
雷族
河族
影族
風族
天族
星族
北方

貓兒視角

綠葉
兩腳獸地盤

兩腳獸窩

兩腳獸小徑

兩腳獸小徑

空地

影族營地

半橋

小轟雷路

綠葉
兩腳獸地盤

半橋

小島

小河

河族營地

馬兒地盤

遺棄的
人小路
採石路
水晶池
礦場
兔丘林
聖域湖
兔丘
兔丘
馬廄場
兔丘路

符號說明

地形

落葉林區

松樹林

沼澤

湖

小路

北方

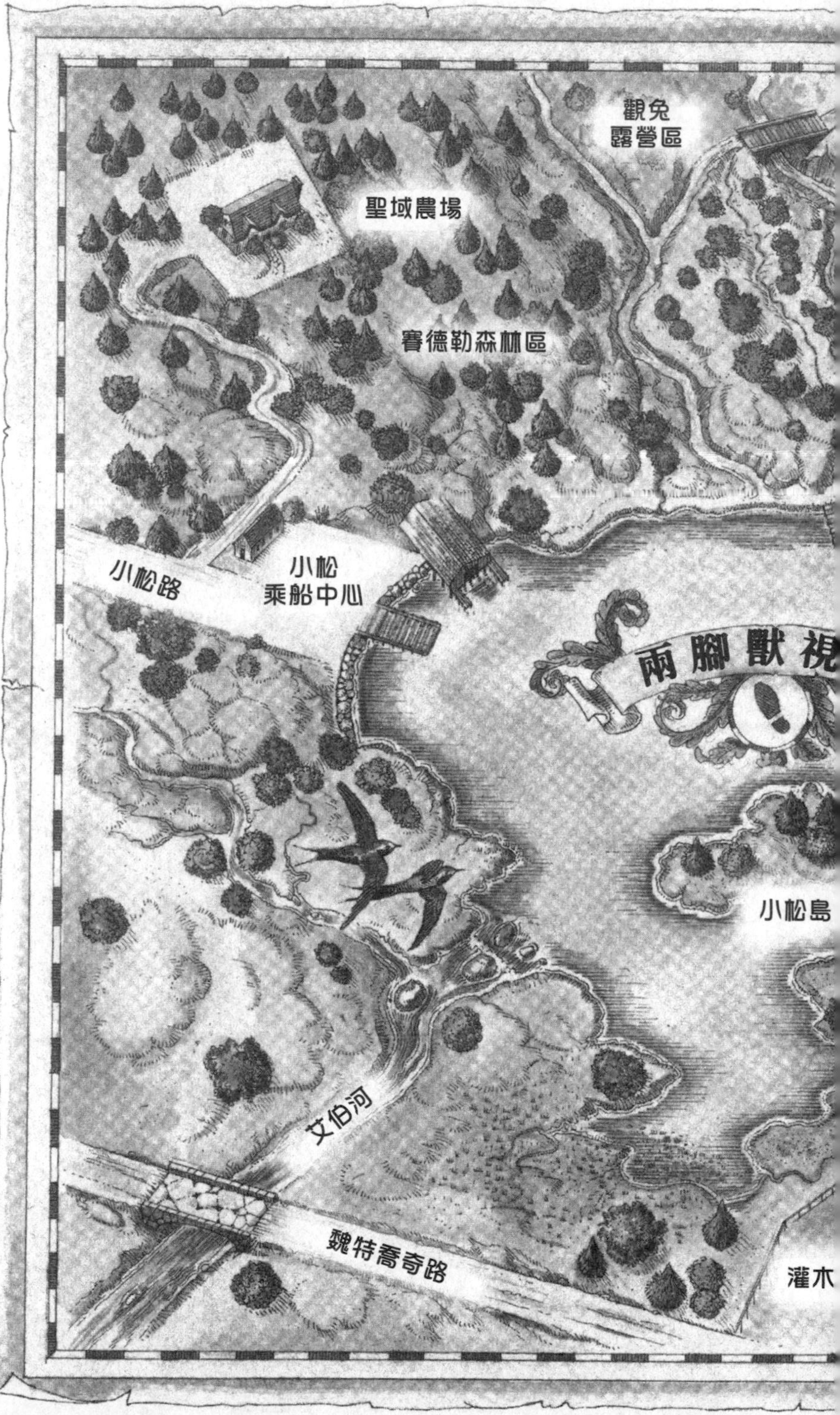

觀兔
露營區
聖域農場
賽德勒森林區
小松路
小松
乘船中心
兩腳獸視
小松島
艾伯河
魏特喬奇路
灌木

清新的微風帶來兔子的氣味，褐皮開始流口水。她若有所思地嗅聞空氣，追蹤這誘人的香味。

在那裡！她看不到牠，但能從味道和細微的聲響裡頭得知牠的位置：蕨葉隱約的碎裂聲、兔子急促的呼吸聲、牠的心跳聲。獵物正蜷縮在一棵大松樹底部旁邊的蕨葉叢裡。美好的松香味正充斥著褐皮的鼻腔。

回家真好，她心想，**感覺好像我已經離開了好幾個月**。

她蹲伏下來，目光鎖住兔子的藏身處，然後悄悄接近，踩出去的每一步都悄然無聲。她對這處林地已經熟到就像是自己的身體一樣。她很清楚腳該踩在哪裡才不會發出聲音。她已經離兔子很近，但這時蕨叢裡傳來很大的碎裂聲。這時獵物八成聞到她的氣味，立刻衝出矮木叢。但她輕而易舉地就猜到獵物會往哪個方向逃，她毫不猶豫地撲了上去，往牠脖子用力一咬，兔子瞬間倒地，癱軟在她腳下。

褐皮很是滿意地叼起獵物。這對她的族貓們來說會是很棒的一餐。

太陽正爬上天空，她鑽進荊棘隧道裡，經過大圓石進入營地，嘴裡叼著兔子。

「褐皮！」曦皮正在戰士窩外面梳洗自己。一看到她，褐皮的心瞬間流過一股暖意。**喔，曦皮，妳去哪兒了？**感覺上次來看她的小貓已經是好久以前的事了。「收穫不錯喔！」

「喔，太好了，我餓壞了，」松鼻開心道，同時站了起來。她的肚皮圓滾滾，動作有些笨拙。**她的小貓呢？**褐皮心想道。她還沒生下來嗎？已經很久了欸。感覺像……一個念頭突然襲上她：**不太對勁！**褐皮把兔子扔在生鮮獵物堆上，表情困惑地瞪看著她的族貓們還有這氣氛祥和的營地。**曦皮不應該在這裡。還有松鼻也是……**褐皮記得她的小貓已經生了，是四隻小貓，不是嗎？花了很久才生下來，當時松鼻很勇敢地忍受陣痛之苦。

但現在她竟然還沒生。這不太對。這一切景象都不是真的。

褐皮活像掉進冬天的湖水裡，全身開始發抖。這裡的感覺太熟悉、太理所當然，但這裡不是影族……不再是了。曦皮和松鼻已經死了，她的很多族貓也都死了。

「收穫不錯嘛！」她身後傳來一個聲音。

「花楸星！」她朝她伴侶貓轉身，喜悅灌滿她全身。他親暱地眨眨琥珀色眼睛。她走過去，與他互搓面頰，深吸他那熟悉的氣味。感覺好像才一個早上沒見到他一樣。

不，比一個早上還要久很多吧。等一下，她再次恍然大悟。不太對勁。

她縮了回去，花楸星關切地抽動尾巴。「怎麼了？」

「這裡不是影族，」褐皮脫口而出。她越來越確定了，而且慢慢想起來了，於是繼續說道：「我意思是這是影族，但不是真正的影族，不是現在的影族。這是在那個病態的……暗尾來之前的影族……」她越說越小聲，花楸星一臉不解地瞪著她看。

「妳昨晚八成做了一個很曲折的夢，」他最後喵嗚笑道。「我早就告訴過妳那隻田鼠看起來不新鮮。」

「你確定？」褐皮緩緩轉身，瞪看四周營地。她很想相信他。影族的副族長鴉霜來到戰士窩外找曦皮。松鼻正在跟脾氣暴躁的長老扭毛分食褐皮剛抓到的肥美兔子。她還聽到小貓們在育兒室裡開心地吱吱尖叫。

拜託讓這一切都是真的！

整個影族營地充滿祥和。褐皮看著自己的族貓，全身跟著放鬆了下來，她已經好久沒有這麼輕鬆過了。她肩並肩地倚著花楸星。「這是真的嗎？」她滿懷希望地問道。

花楸星的尾巴輕撫過她的背，要她放心。「這裡是真正的影族。」

褐皮喵嗚道：「我太——」

「小撲！小撲！等等我！」營地傳來呼喊聲。褐皮倏地睜開眼睛，雙眼瞪著戰士窩裡的荊棘枝葉，心跟著一沉。只是在做夢！**我說對了，那不是真的**。花楸星已經死了，她的很多族貓和親屬也都死了。

「不是這樣玩的啦，小影！」小光的吼聲像刺一樣戳進她的神經，她的最後一絲夢境跟著煙消雲散。窩穴內部被黎明曙光染成淺粉色，但她知道自己不能再賴床，於是爬出臥鋪，走出戰士窩。她一走到外面，禿葉季乍到帶來的寒氣瞬間穿透她的毛髮，令她渾身發顫。

「放開我！小光！」小撲尖聲喊道。

「夠了！」剛睡醒的杜松爪毛髮凌亂地從褐皮身邊刷了過去，衝進空地中央。「你

們這幾隻小貓給我安靜點，」他惱火地吼道。「整個營地都要被你們吵醒了。」

三隻小貓愣在原地，瞪大標誌性的琥珀色眼睛看著他，就跟花楸星的眼睛一模一樣，褐皮一想到這裡，不免有種奇怪的悸動。**不對，他不叫花楸星，改叫花楸爪了。**花楸星在他死前便放棄了影族族長的職位，再度改回花楸爪這個名字。剛剛的夢境害她到現在都還有點腦袋不清楚。

「對不起，杜松爪，」鴿翅從育兒室入口那裡喵聲說道。「但他們只是小貓。」

杜松爪憤怒地前後甩打著細長的黑色尾巴，同時瞪著鴿翅。「也許在雷族，小貓就是這麼吵，」他吼道，「但我們這裡會希望他們懂得為其他族貓著想。」

鴿翅好像吃了一驚，但她還沒開口說什麼，褐皮的兒子虎心——**不，是虎星，他現在是族長了，我今天是怎麼回事？**——就走出族長窩。「孩子們，你們必須小聲點，」他嚴厲地說道。「但是杜松爪，你沒有權利對鴿翅說這種話。她跟你一樣是影族貓。」

杜松爪垂頭致意，但綠色眼睛裡頭充滿敵意。「虎星，你說了算。」他嘴裡咕噥道。

就在杜松爪折回戰士窩時，褐皮試圖給他一個同情的眼神，但這隻公貓避開她的目光。**我們是親屬啊，**她難過地想道，**只是這些日子以來，這種感覺越來越薄弱了。**杜松爪是曦皮的孩子之一。**要是曦皮還活著，也許一切都會不一樣。**無論這是否公平，但總覺得杜松爪好像還在怪花楸爪，甚至連褐皮也不放過，他怪他們在那隻邪惡的惡棍貓暗尾搬進他們的營地時，沒能好好守住影族，讓影族貓可以團結一氣。最後反而讓那隻惡棍貓終於得逞地說服影族貓加入他的「幫派」，以致於影族幾近摧毀。在虎星當上族長，重振影族之前，影族曾經短暫地不復存在，被併入了天族。

「嘿，褐皮，想跟我們一起玩嗎？」灰色小母貓小撲抬頭窺看她。「還有，妳在做什麼啊？」

「只是在想事情，」褐皮輕聲說道。年紀還小的小貓們眼睛看起來又圓又大，身上披著一層又一層的絨毛。她總覺得虎星和曦皮好像不久之前都還只是這麼小的小貓而已。

「對不起喔，如果剛剛我們有吵醒妳的話。」小撲的哥哥小影說道，另外兩隻小母貓也都急切地點點頭。

「沒事。」褐皮慈愛地告訴他們，心裡無來由地一股暖意。他們真的是很貼心的小貓。

「走吧，」小光開心地對她的手足說道。「我們現在要小聲一點，就像以前躲兩腳獸那麼小聲。」

褐皮驚訝地眨眨眼睛，這時三隻小貓已經跑走。**這種年紀的小貓根本不該知道兩腳獸的事**，她心想，但又隨即糾正自己。這三隻小貓當然見識過兩腳獸。他們是在很遠的地方出生，那兒到處都是兩腳獸和無部族可歸的陌生貓。當時虎心和鴿翅曾經私奔遠走。

她當然很愛他們。他們都是她的孫子，而且也都是好孩子。

但是他們對她來說太陌生，**一點也不像真正的影族貓，**她心想，但隨即又有股罪惡感。他們在陌生貓群聚的地方出生這件事一點也不重要，就連他們的母親是雷族貓的這件事也不重要。重要的是他們現在是影族貓，不是嗎？

算是啦。

「真是不好意思。」虎星和鴿翅走過來站在褐皮旁邊。虎星用面頰搓搓她的，她則用鼻頭輕觸鴿翅的鼻頭。

「你想分食田鼠嗎？」鴿翅很有禮貌地問道。

褐皮的夢境仍鮮活地留在腦海裡：狩獵時的全神貫注，最後撲殺獵物的那股狂喜，餵食部族的那種成就感。「我在想我還是去狩獵好了，」她說道，「幫生鮮獵物堆再補點貨上去。」

虎星耳朵微微抽動。「我昨晚派了一支狩獵隊跟爆發石一起出去，」他說道。「他們帶回很多獵物。所以我覺得太陽下山前應該不用再派貓出去狩獵了。」

褐皮懊惱地貼平耳朵。虎星任命她擔任副族長，雖然這位置不是她求來的，但既然把這職務給了她，就應該讓她好好當個副族長。而組織狩獵隊本來就是副族長的工作。

她緩緩地深吸一口氣，再度豎起耳朵。**虎星才剛當上族長，我必須當他的後盾。他會慢慢成長，進入這個角色，就像花楸星當年一樣，只是他必須找到他自己的方法。**

「我希望妳留在營地幫忙整建戰士窩。」虎星接著說道。

褐皮嘆口氣。「我想我比較在行的是狩獵。」她喵聲道，並確保自己的語氣是好的。她巴不得離開營地，到松樹林裡獨自遊蕩一會兒。當初影族在跟天族同住時，她就極度想念那片森林。

虎星和鴿翅互看一眼。「有越多貓兒重建窩穴，影族的營地就能越快恢復以往的風華。」他語氣堅定地說道。

褐皮環目四顧。虎星從他小貓出生的兩腳獸地盤那裡帶回了幾個新的見習生，其中兩個──焰掌和蟻掌，正在戰士窩外互舔身子。杜松爪和焦毛正在生鮮獵物堆那裡挑選獵物。板岩毛正在營地邊緣的一棵樹上磨利爪子。

營地裡還有其他許多貓──有的是在影族外面出生的，有的曾為了暗尾背叛過影族和族長，還有的曾遺棄當時瀕臨垂死的影族，最近才又回來。

「好吧，」褐皮同意道，但心底深處……儘管她很不願意這麼想，她總覺得，**影族再也回不到從前了。**

褐皮打了個噴嚏。她的身上都是沙土，眼裡也進了些沙，害她發癢。太陽高掛在頭頂之上。他們已經工作了很久，但似乎看不到盡頭。

焦毛把一小塊青苔鏟進窩穴側邊一個小洞裡，然後懊惱地嘶聲作響，因為它一下子又掉了下來。

「你把青苔填進去之後，要先壓住，等石翅來把它用枝條固定住。」褐皮提醒道。

焦毛沒理她，張嘴又叼起那塊青苔，塞回那個洞。褐皮惱火到背上的毛都炸了開來。

「石翅，把枝條拿到這裡來。」她厲聲道。

白色公貓看她一眼，隨即別開目光，腳掌不安地蠕動。「我正在處理這邊的洞。」他說道。

褐皮把爪子戳進窩穴的沙地裡，強忍住想扒掉這兩隻公貓皮的衝動。「我告訴過你們……」她才開口。

「這邊進行得怎麼樣了？」虎星的頭探進窩穴入口。他一邊查看牆面，一邊蹲低身子，爬了進來。「如果你們分成兩兩一組工作，動作會比較快，」他提議道。「石翅，你去把那些枝條拿過來這裡，焦毛可以先把青苔固定好位置，你就可以把枝條編織進去，這樣窩穴才會比較暖和。」

焦毛和石翅看看彼此。「好。」石翅說道，彎腰去撿腳下的枝條。

褐皮一把怒火來得又急又快。「我休息一下，」她大聲說道，快步走出窩穴，一路都沒停下腳步，直到走到生鮮獵物堆那裡，上氣不接下氣。

沒事的，她試著告訴自己，**他們不必聽命於我。重要的是影族要回了自己的領地，而且也回到了自己的營地。**

當初花楸星決定放棄族長職位時，她本來很想把整個部族凝聚起來，但是在經歷過跟暗尾和他手下幫派的幾回合交戰之後，剩下的戰士寥寥可數到花楸星覺得影族若要存活下去，便得加入天族才行。於是他不再是花楸星，改回花楸爪這個名字。後來他又為了救部族裡的小貓而喪命。褐皮當時傷心欲絕，還好虎星回來了，幾個他們原本已經不再抱著任何希望的貓也都陸續回來，這對當時的她來說簡直是天上掉下來的禮物。

但是重振一個部族是很困難的。花楸爪已經無法復生，而有些影族貓到現在都還記恨當初暗尾入侵他們領地時，花楸爪所做的決定。他們甚至也記恨褐皮因為太愛花楸爪而選擇站在他那邊。

其中有些貓兒索性背叛花楸爪，加入暗尾的幫派，她心裡酸苦地想道，**我真的希望他們又回來當我的族貓嗎？**

褐皮嘆口氣，叼起一隻老鼠，坐在育兒室外面吃。**我需要多點耐心。**

「你們這些小可愛，」她聽到鴿翅正在育兒室裡面哄小貓的喵嗚聲。「如果我把孩子們哄睡，妳可不可以先幫我看一下，讓我出去拿點獵物？」

「當然沒問題，」莓心聽起來有點心不在焉。「小山谷看起來好像感冒了？」

「他沒事的，別擔心。」鴿翅說道。

褐皮突然火大了起來。**難道她不在乎影族小貓有沒有生病嗎？**

鴿翅從來不幫忙營地的重建工程。沒錯，她的小貓是還在育兒室裡，但是他們的年紀已經快要可以當見習生了，根本不需要她時刻守在身邊。如果鴿翅想要的話，也是可以幫忙重建影族的。

但她怎麼可能想幫忙呢？她是雷族貓欸，哪怕她現在住在影族。

褐皮雖然是在雷族出生，但自從她選擇影族，成為他們的見習生之後，她就徹徹底底是影族貓了。甚至比那些真正的影族貓還要打拚還要效忠，為的就是要證明自己的忠貞不二。她懷疑鴿翅會跟她一樣嗎？

褐皮試著去喜歡她兒子的伴侶貓，但有時她會覺得鴿翅的存在只是在提醒影族的曾經分裂。**要是花楸爪還在，他對虎星找一隻雷族貓來當伴侶貓，會有何看法？**

「妳還好嗎？」虎星的聲音嚇了她一跳。原來他已經跟著她走出戰士窩，小心翼翼地朝她走過來。

「我沒事啊。」褐皮咬了一口鼠肉。

「自從我回來以後，妳看起來就悶悶不樂。」虎星說道，同時在她旁邊坐下來。他猶豫了一下，接著說道：「我知道有些族貓希望妳接手族長這個位置，如果妳是氣我當了族長，我能夠理解。」

褐皮嘆口氣，沮喪的情緒頓時消散。虎星已經很努力了。「不是因為這個，」她說道。「我很高興你成為族長。你比我更有機會讓影族再度團結起來。我只是覺得……」她停頓一下，心裡不免想到年輕戰士稍早前故意無視她的提議，那種感覺像根針一樣在扎她。**如果是以前的影族，絕不會發生這種事。**她深吸一口氣，然後把話說完：「我只是不再確定自己在部族裡的角色是什麼。」

虎星驚訝地瞪看著他。「妳對我們的部族來說很重要。」他堅稱道。「妳是我的副族長。」

「大家又不聽我的，那有什麼用？」褐皮告訴他。

虎星背上的毛聳了起來。「如果有任何一隻貓認為不用聽命於妳，我會讓他們知道厲害。」他凶狠地說道。

「對他們發怒並無助於他們接納我。」褐皮說道。「很多影族貓都很氣花楸爪，其中有些貓的確有理由生氣。或許我的存在只是一再提醒他們那個不堪回首的過去。」

虎星不當回事地彈動尾巴。「妳的話太可笑了，」他說道。「如果我——」

「救命啊，快來幫幫我！」褐皮的毛炸了開來，虎星的談話被鴿翅的求救聲瞬間打斷。那聲音來自後方的育兒室。

虎星當場跳起來，朝窩穴入口衝過去，褐皮也緊跟在後。

「是小影！快來幫忙！」鴿翅大喊。褐皮加快腳步，追上虎星，一起擠進育兒室入口。

小影正在育兒室的地上全身抽搐，他纖弱的四條腿胡亂踢打，就像在做惡夢一樣。他的同窩手足和蓍草葉、莓心還有她們的小貓都緊挨著育兒室的牆面，表情驚恐地瞪看著他。

鴿翅蹲在小影旁邊，她抬起頭來，那雙綠色眼睛盡是絕望。「我沒辦法叫醒他！」

第二章

在巫醫貓窩穴裡，褐皮低頭看著小影。單獨躺在窩穴裡的他看上去好小。等到小貓停止抽搐後，他模糊的意識就恢復了一點，他們便趕緊把他送來影族巫醫貓水塘光這裡讓他檢查。鴿翅和虎星整晚都坐在他的窩旁邊。

現在已經早上了，他們拜託褐皮過來幫忙看著小影，好讓鴿翅回去看看其他小貓，也讓虎星出去跟其他族貓們說幾句話。水塘光花了整個晚上想找出小影突然急症的原因，如今他正蜷伏在自己的臥鋪裡，趁小影睡著時補個眠。

褐皮朝小影的臥鋪彎腰低頭下去，用面頰輕輕抵住灰色小虎斑貓的面頰。他的奶香味混雜著影族貓身上特有的松香味，令褐皮如釋重負地吁了一口氣。這幾隻小貓是在遙遠的兩腳獸地盤出生，但他們現在是影族貓了，永遠都是。**我還在慢慢認識你，但我真的很愛你，小東西，**褐皮無助地想道。**我會保護你的，**她默默地在心裡補充道。

小影的眼皮倏地睜開。「掉下來了！」他嗚咽道。「我們必須阻止它，它掉下來了！」

「孩子，什麼東西掉下來了？」褐皮保持語調的輕柔。

小影的眼睛睜得更大了。那雙琥珀色眼睛雖然惺忪但充滿焦慮。「這是我必須去做的事，」他喃喃說道。「我不確定那是什麼……但如果我不去做，貓兒們會受傷的。貓兒們會死掉的。」他的喵聲充滿絕望。

像你年紀這麼小的小貓，怎麼會懂死亡呢？褐皮納悶，用鼻子輕輕蹭他。「別傻了，」她告訴他。「只是惡夢而已。」

「我不確定……」小影含糊說道。他似乎又在半睡半醒，眼皮垂了下來。她舔了舔他的頭頂。

「沒事了，」她安慰他。「睡一下就好。」

可是等小影又睡著了，褐皮趕緊跑出巫醫窩。哪怕只是一個夢，也必須讓虎星和鴿翅知道他們的小貓有多煩躁不安。

鴿翅就在外面。「怎麼了？」她立刻問道。「出了什麼事？」

「沒事，」褐皮快步過去要她安心。「小影剛醒了一下，但他有點胡言亂語……說什麼有東西要掉下來了，有件事他必須去做之類的，然後又睡著了。我是想告訴你們他心情很不好。」

鴿翅瞪大眼睛。「妳把他說過的話一字一句地告訴我。」

褐皮告訴她內容時，鴿翅竟越聽越驚訝。「我相信那只是個惡夢。」褐皮最後說道，但鴿翅搖搖頭。

「我認為他是看到了異象，」她大聲說道。「虎星跟妳說過我們回湖邊的這一路上小影經歷過的異象吧。」

「他說你們都認為他看到的是異象，」褐皮謹慎地說道。虎星沒有跟她說太多，只說他們覺得小影能看到多數小貓看不到的東西。可是剛剛小影的樣子看起來就像做了一場惡夢，不像是褐皮以前聽巫醫貓說過的那些異象。

鴿翅搖搖頭。「相信我，那不只是惡夢。」

她看起來好像想再說什麼，但這時響起尖銳又不安的號哭聲，那是小貓痛苦的哀號，聲音來自巫醫貓的窩穴。

她們衝了進去，發現小影在臥鋪裡翻滾扭動，小小的身軀劇烈顫抖，他眼球後翻，隔著半閉的眼皮只看得到眼白部分。

「水塘光！」褐皮喊道。巫醫貓還在睡覺，他可能是已經練就純熟的睡功，隨時隨地都能倒頭就睡。褐皮和鴿翅抓緊時間用腳爪固定住小影。褐皮的爪下感覺得到小貓不停抽搐的身軀非常僵硬。

「掉下來了！」小貓尖叫。「它掉下來了！」

褐皮眼睛牢牢盯住小影，耳裡聽到水塘光跳出臥鋪，衝過來的聲響。他在她旁邊停下來，這時小影突然靜止。

「小影，」巫醫貓喵聲道，語調溫柔。「你聽得到我的聲音嗎？」

小貓沒有回答。他腰腹不斷起伏，氣喘吁吁，但已經不再露出眼白，只是目光呆滯。

褐皮看著鴿翅。後者張大嘴巴，但看上去鬆了一口氣……褐皮猜她以前一定也見過類似狀況。

水塘光抬眼看著褐皮，表情冷靜。「拜託妳去幫我拿點溼青苔來好嗎？」

褐皮遲疑了一下。她不想離開這隻突然脆弱不堪的小貓，但還是聽命趕緊跑出去拿。她從營地入口的守衛旁邊衝出去，跑到離營地最近的池塘，再飛奔回巫醫窩。等她回來時，虎星也來到了巫醫窩，正緊緊傍著鴿翅。這對父母直直盯著自己的孩子，但虎星的眼神看上去比他的伴侶貓還要驚慌。

小影好似還在暈眩，但他的呼吸已經慢慢恢復正常。水塘光把青苔用牙齒咬住，然後輕輕擦拭小貓的臉。小影眨眨眼睛，眼神終於有了一點焦距。

「小影，你聽得到我的聲音嗎？」水塘光再度問道。

「有聽到，」小貓緩緩說道，眨眨眼睛，擠掉一滴淚水。「我們必須幫助他們，」他說道，聲音很小但充滿恐懼。「他們需要我們。它會毀掉他們」

「你在說誰？」巫醫貓繼續用溫柔和安慰的語調說道。「你看到了什麼？」

小影表情困惑。「其他貓。那裡有……我不知道。那是……」他搖搖頭，很是痛苦。「我不記得了！」

「沒關係，小影。」虎星喵聲道，同時用鼻頭輕觸小貓的面頰。

「不可以沒關係……這些事情我都看到了，這真的很重要……可是我不記得了……全混在一起了！」小貓哭喊。「我要是記不起來，就幫不上忙了！」

「你現在的工作是好好休息。」水塘光語氣堅定地告訴小貓，同時看了虎星和鴿翅一眼。「看來很像是你看到的異象讓你不堪負荷，以致於無法控制自己的身體。除非你先把自己照顧好，否則你是幫不上忙的。」

「你看到異象時，身體會痛嗎？」鴿翅問道，瞪大的綠色眼睛滿是愁雲。

小影猶豫了一下。「其實不痛……」他喃喃說道。「只是覺得……越來越大，越來越吵。好像有什麼東西在我腦袋裡擠壓。然後我的身體就開始動，可是是它自己在動，我沒有要它動，而且我完全沒辦法思考。」

褐皮全身發抖。這聽起來很可怕。「你說我們必須阻止東西掉下來。」**要是這真的是異象怎麼辦？水塘光也這麼認為……那麼意思是影族有危險了嗎？**

小影突然發愣，想了很久很久，然後突然沮喪地尖叫一聲。「我什麼都想不起來啦！」

「或許你會再想起來。」水塘光安慰道。「先讓你的腦袋休息一下。」

小影很不開心地蠕動身子。「我不記得了，但我知道它很重要，」他喵聲道。「有件事我必須去做。」

「你得先照顧好自己，才能幫忙其他貓。」虎星語氣堅定地說道，但小影的尾巴仍然煩躁地甩來打去，沮喪地抽動著腳爪。

「我會給他一點安神的藥草。」水塘光小聲提議道，然後匆匆走進他的藥草庫，回來時帶了一些細小的綠葉，擱在小貓前面。「小影，這是百里香，可以幫助你放鬆心情。」

小影把百里香舔進嘴裡，褐皮小聲問道：「水塘光，你覺得這是怎麼回事？我是說這種發作方式。你以前有看過類似例子嗎？」

助小影。

棕白花斑公貓無助地搖搖頭。「沒有。」他回答。「妳呢？妳有看過嗎？」

褐皮嘆口氣。**水塘光是優秀的巫醫貓，但他年紀還是太輕**。她突然心痛了起來，想起小雲，水塘光就是接下這位老巫醫貓的工作。要是小雲還在，或許就會知道該如何協助小影。

又或者要是焰尾還在⋯⋯她閉上眼睛片刻，因為她的心真的很痛，焰尾是虎星和曦皮的同窩手足，也曾是很優秀的巫醫貓，只是在水塘光出生前突然溺水而亡。小雲死前，都沒有再調教出任何見習生。水塘光是在別族巫醫貓的協助下自學而成的。

「沒有，」她難過地說道。「我從沒見過像這樣的狀況。」

水塘光吞吞口水，目光在鴿翅、虎星、和褐皮之間徘徊，然後帶著他們走到窩穴深處。「我知道你們認為小影注定要當巫醫貓。」他開口道，音量很小，以免小貓聽見。「但他那痛苦掙扎的樣子⋯⋯就算以一個巫醫貓來說也不太正常。」

褐皮嚇到背上的毛都炸了開來。「你認為小影有問題？」

虎星看起來很驚慌。「他病了嗎？」他問道。

「我不知道，」水塘光說道，尾巴垂了下來。「我擔心的就是這個，如果我查不出是什麼毛病，就沒辦法醫治他。」他看起來很焦急，雖然褐皮也很擔憂小影，但仍忍不住同情起巫醫貓。誰都不喜歡眼睜睜看著別隻貓受苦，尤其是小貓。而對理當提供協助的巫醫貓來說，這種感覺一定更糟。

「如果你不知道出了什麼問題，最好找別的巫醫貓過來看一下。」鴿翅驟然說道。

「我……」水塘光正要開口，但鴿翅又接著說。

「有些巫醫貓比較年長，看過的例子會比你多。為什麼不請葉池過來看看？」

褐皮感覺到背上的毛又炸了開來。「我們不需要找一隻雷族貓來這裡干涉我們的事務。」她還來不及攔住自己，就先呸口而出。**鴿翅總是認為雷族比影族優秀。**

「如果我的小貓有危險，只要誰能幫助他，我都會去請對方前來協助，不管是哪一個部族。」鴿翅回嗆。

肩膀一直讓鴿翅倚著的虎星喵聲說道：「我認為這是個好主意。水塘光，找兩個戰士，叫他們護送你去雷族營地。我相信葉池會很樂意幫忙。」

水塘光回頭看了小影一眼，後者似乎又打起瞌睡，於是點點頭。「我會盡快回來。」

巫醫貓匆忙離開窩穴，褐皮看著鴿翅，後者回瞪她，綠色目光毫不退讓。「我也想幫忙小影，」褐皮歉意地說道。「但我擔心會向其他部族曝露出我們的弱點。現在這個時機不好，畢竟影族還在重振中。」

鴿翅垂頭表示理解。「我懂。但小影很特別，如果在葉池的幫忙下可以有一絲機會讓……」

虎星的目光鎖住他母親。「當初要是沒有小影，我們根本回不來。我相信他對影族的未來很重要。我們需要他，就算得尋求另一隻巫醫貓的協助。」

鴿翅的耳朵抽動了一下，頭顱輕觸褐皮的肩膀。「尖視曾說小影能看透黑暗，但我只希望他的天賦不會超出他能承受的範圍，他還那麼小。」

褐皮以前聽他們談過尖視——這隻貓曾做過很多奇怪的夢，而且能看到異象，並曾在他們回湖邊的路上協助他們，還為了救他們的小貓，犧牲了自己——可是她從沒見過他。**我要怎麼判斷他說的是不是真的？**她甩甩頭，讓自己的腦袋清楚一點。也許小影看到的真的是異象，但也可能他只是病了。褐皮只希望他一切都好。

「我記起來了！」小影在窩穴的另一頭喊道，帶著睡意的聲音有些沙啞，但那張小臉上的表情充滿警覺。

他的父母趕緊過去，褐皮也跟在後面。

「你這麼快就醒來了。」鴿翅喵嗚道，同時用鼻子蹭他。「百里香怎麼沒發揮藥效讓你多睡一會兒。」

「我知道我看到什麼了。」小影大聲說道，表情嚴肅地抬頭看著他們。

「你看到什麼？」虎星問道，聲音溫和。

「有一棵大樹，」小影說道，眼睛瞪得斗大。「真的很大。它掉進河裡，浮在水面上漂啊漂的，然後就漂到地面的盡頭，河水從世界的邊邊直接灌下去，那棵樹也跟著往下掉。可是水的後面有很多貓。那棵樹朝他們砸下來。」他抬眼看著虎星，聲音顫抖。「我聽到他們痛苦大叫。我覺得這件事還沒發生，所以我們必須去警告他們。」

河水從世界的邊邊直接灌下去。「這聽起來很像瀑布。」褐皮恍然大悟。

「影族領地沒有瀑布啊。」虎星指出。「就我所知，其他部族的領地上也沒有。」

他目光移回小影那張嚴肅的小臉上。「夢裡貓兒們的聲音，你認得出來嗎？」

小影搖搖頭。

「你們從兩腳獸地盤那裡回來的路上，有碰到瀑布嗎？」褐皮問道。

「沒有，沒有像這樣的地方。」鴿翅喵聲道，虎星也點頭附和。

「這不是我以前去過的地方，」小影解釋道。「那裡有很多岩石，我想那些貓好像是住在瀑布後面，但那個地方感覺真的很重要。有貓住在那裡，就像我們一樣的貓，他們有危險。」

瀑布後面，岩石很多的地方。這一切突然變得合情合理了起來。「我知道他看到了什麼。」褐皮大喊，同時想起了那裡的沁涼空氣和那座住滿貓兒的洞穴，就在隆隆水聲的瀑布後方。「是急水部落。」

第三章

「我不相信。」虎星嘶聲道，聲音壓得很低。他已經把鴿翅和褐皮都帶出巫醫窩穴。褐皮回頭張望，仍看得到小影伸長脖子在看他們，表情焦慮。

「不然會是誰呢？」褐皮爭辯道。「住在瀑布附近的重要貓兒？小影看到的就是那個部落！」

「但為什麼是他看到他們？」虎星質問道。「他是影族貓！我們好不容易才回到這裡，小影屬於影族！他的未來在這裡。」

褐皮朝鴿翅轉身。「妳去過那個部落，一定也聽得出小影的描述。」她想起山區那些貓兒曾在很久很久以前協助她在探險過程中找到新家。所以一想到他們面臨危險，胸口就隱隱悶痛。鴿翅最近也曾遠行到他們的洞穴，她一定也知道這件事有多重要。

鴿翅不安地蠕動著腳。「可能是他們，」她猶豫了一會兒，終於附和道。「但我不確定，因為也有其他瀑布。」

「瀑布後面也有住貓嗎？就像小影異象裡看到的那樣？」褐皮的音量突然抬高，整個空地都聽到了。其他貓的耳朵都因好奇而豎了起來。

「怎麼回事？」草心問道，本來正在跟苜蓿足分食青蛙的她抬頭問道。「小影還好嗎？」

「水塘光剛從這裡衝了出去，活像身上著火一樣。」苜蓿足接著說道。

空地四周的貓兒都在豎起耳朵聽。虎星做了個深呼吸，環目四顧族貓們。「我們還沒告訴過族裡的貓們一件事，」他說道，同時瞥了鴿翅一眼。「我們認為小影跟星族有某種特殊的關係，就像巫醫貓那樣。他剛在育兒室裡發作了，或者說是做了場夢，不管那是什麼，反正他看到了異象。他看到有很多貓身陷危險，還有一座瀑布。根據他的描述，褐皮認為他看到的是急水部落的異象。」

「在山區？」草心驚訝地問道。「為什麼他看到的異象跟他們有關？」

「你們確定那是異象嗎？」其中一位最年輕的戰士螺紋皮問道。「有時候如果我吃太飽，也會做奇怪的夢。所以也許不具任何意義。」

杜松爪彈動尾巴。「為什麼小影的異象會是一個他從沒去過或甚至聽過的地方？我認為螺紋皮說得沒錯，你們只是把他的夢給誇大其詞了。」

「小影以前也有過異象，」鴿翅解釋道。「早在他來這裡之前，他就在異象裡看到了影族營地。」

虎星點點頭。「是他帶我們回到湖邊的，當時我們迷了路。但他卻知道怎麼找路回家……要不是他，我們絕對回不了家。」

褐皮看見她的族貓們驚訝地互看彼此，她能理解他們的驚詫。虎星是曾告訴過她小影的天賦，但沒說得這麼具體過。那個叫尖視的，不管他是圓是扁，顯然是對的，小影的確天賦異稟。

「我還是認為如果小影的異象跟影族的大事有關才比較合情合理。」苜蓿足說道。「有瀑布的地方在哪裡？」

「在急水部落住的地方！」褐皮惱火地呸口道。為什麼大家都忽略這樣一個明顯的答案？

「你們全都冷靜點，」虎星語氣平靜地說道。「我們必須好好想清楚這件事，不要妄下斷言。」

褐皮輕聲低吼。小影的異象只有一個可能，還有什麼好爭辯的？

「褐皮，你有什麼想說的嗎？」虎星看著她，語氣聽起來很懊惱。

「有！」褐皮回答。「小影夢到的顯然是急水部落。為什麼族裡的貓都不肯聽我的？我是副族長，我在影族的時間比多數族貓都來得久。」

焦毛哈了一口氣，像是在嘲諷。

「你什麼意思？」褐皮霍地轉身。

「妳是對花楸爪效忠而不是對影族吧，」焦毛不留餘地地說道。「妳一向都這樣。當時影族因他和暗尾而分裂的時候，妳只是一味盲從他。後來等到一切都毀了，妳也沒出掌阻止。也許這就是為什麼到現在族裡有些貓仍不願聽妳話的原因。妳當初想守住的那個影族根本行不通，我們應該把它忘了！」

褐皮倒抽口氣，突然覺得喘不過氣來，活像焦毛剛朝她肚子踢了一腳。「我……我已經盡全力為影族著想了，」她倒吸口氣。「花楸爪也是。」

空地四周的貓兒都跳了起來，站在那裡發出嘶聲和吼聲。

「是這個部族背棄了花楸爪，不是花楸爪背棄部族。」其中一位長老橡毛朝焦毛嘶聲吼道。

「我們失去影族，還不是因為花楸爪不夠強悍，無法對抗那些惡棍貓！」爆發石怒吼。「如果我們要活下去，現在就必須要有不一樣的作為。」

這些貓劍拔弩張地怒瞪彼此，以不到一根鬍鬚的距離互相對峙，看上去好像隨時會攻擊彼此。較為年輕的見習生和當初跟著虎星一起來到影族的外來貓都瞪大眼睛，不敢上前勸阻，顯然不確定該拿這種突如其來的內鬨怎麼辦。

「安靜！」虎星大吼，聲量蓋過所有吵雜聲。空地瞬間一片靜默。

虎星環目四顧。「這是在幹什麼？」他冷冷地說道。「我是一族之長。是我選定褐皮擔任副族長，她應該得到該有的尊重。」他的目光冷冷掃過每隻貓兒，他們一個接一個地垂下目光，表情抑鬱。

褐皮覺得心冷。有這麼多貓憎恨她，憎恨花楸爪。她不願意去想剛剛焦毛說過的話，過去的影族……她的影族……應該被遺忘。

花楸爪、曦皮、焰尾……影族曾經失去的貓兒都該被遺忘。

也許我不再屬於影族。

「你們繼續討論吧，」她對鴿翅低聲說道。「我……我會在林子裡。」

等到水塘光回來，淺色的禿葉季太陽已經沉得很低了，他帶著葉池走進空地。站在松樹樹枝上的褐皮從高處俯瞰營地，只見鴿翅快步過來招呼雷族巫醫貓，表情顯然鬆了口氣，虎星也緊跟在後。

她看見葉池，就開心多了，褐皮心想，同時爬下樹皮粗糙的樹幹，這時候那四隻貓已經消失在巫醫窩裡。她還記得當初離開雷族時，內心有多掙扎……畢竟她得離開自己的同窩手足棘爪，此刻的她十分想念她的手足，那時她還得設法在自己所選擇的部族裡找到一席之地。褐皮彈動了一下耳朵，腳步輕盈地跳下地面。

她耐心等候兩名巫醫貓走出窩穴，鴿翅和虎星也跟在後面。

「妳怎麼看？」她上前一步，很有禮貌地點頭招呼葉池。

棕色虎斑巫醫貓看起來心事重重。「我從來沒見過這種事，」她說道。「你們說小貓跟星族有連結，這一點我是相信，但為什麼會讓他渾身抽搐、四肢踢打，甚至失去意識呢？」

水塘光附和地點點頭，表情無助地看著虎星和鴿翅。「我找不出他身上的毛病。他沒有發燒，也沒有想吐，身上也沒有任何腫脹或斷裂的問題。」

「所以他要不是得了什麼我們沒見識過的疾病，就是他帶來了星族的訊息，只是那訊息強烈到他無法承受。」葉池提議道。「如果這就是答案，那麼這個異象代表的是什麼？」

「小影有跟妳描述過他的異象嗎？」褐皮問道。「樹、河流、還有瀑布。」

「他有。」葉池附和道。「但我不確定那代表什麼。」

「妳對急水部落居住的地方記得多少？」褐皮問道，同時小心觀察葉池。早在虎星和鴿翅出生之前，部族貓從森林遷移到湖邊時，葉池也曾跟著到過急水部落。不過她也跟褐皮或鴿翅一樣待在那裡的時間不長。但是她一定記得。

葉池的眼裡露出曙光。「可能是喔，」她附和道。「那裡的瀑布後面有一座洞穴，而且有很多貓都跟部族貓是有親戚關係的。但這也沒辦法確定啊。」

褐皮突然亢奮起來。「除非我們去那裡確認。」

「不行，」虎星立刻說道，表情嚴峻。「我和鴿翅還有孩子們才剛長途跋涉回來沒多久，我們哪裡也不去，尤其是小影。」

「可是小影的異象是在叫他快去那裡。」褐皮爭辯道。鴿翅表情若有所思，於是褐皮轉向她。「如果這趟旅程對他有幫助，那就值得了，不是嗎？」

虎星嘶聲低吼，貼平耳朵。「他是我的小貓，他要留在這裡。」

褐皮盯著鴿翅，好奇她會如何反應。虎星也看著她，似乎對自己剛剛蠻橫的語氣感到訝異。但鴿翅本身看上去若有所思，綠色目光黯了下來，最後她抬起頭來，開口說話。「我認為褐皮是對的。」她說道。

褐皮眨眨眼睛，對這突如其來的支持感到高興。

虎星瞪大眼睛。「妳說什麼？」他憤怒地說道。「小影年紀太小，不適合旅行。他才剛熬過一場艱辛的旅程回到這裡，現在妳又想把他送走，去找那些陌生的貓？」他的毛炸了開來。「不行，我們應該把他交給水塘光好好照顧。」

「他也不知道怎麼照顧他！」鴿翅很堅持。「葉池也一樣！但如果我們照著他的異象去做，也許有幫助。」

「但他也可能一樣會生病，而且離家太遠，又在山區，再加上禿葉季。」虎星情緒激動地反彈。「到時怎麼辦?你指望那個部落照顧他嗎?」

「急水部落很友善，」鴿翅喵聲道。「我去過那裡，褐皮和葉池也去過。他們會盡全力照顧小影，而且搞不好他們知道有什麼方法可以協助小影。」

「他們是那時候很友善。」虎星直言道。「要說誰最清楚部族的變化可能有多大，我們不就是活生生的例子。」

「不管急水部落的變化有多大，都不可能會傷害一隻小貓。」褐皮語氣堅定地說道。「要是小影的異象並非要我們去找急水部落，又或者那個部落根本幫不了小影的忙，我們就帶他回來。」

褐皮用懇求的目光看著虎星。鴿翅身上的毛髮輕輕地與她的毛髮刷拂，褐皮才首度感覺到她和她兒子的伴侶貓是站在同一條陣線上的。她很確定去急水部落對小影來說是正確的決定，她知道鴿翅也會同意。

虎星來回看著她們兩個，尾巴在空中甩打。最後搖搖頭。「不行，」他說道。「我是一族之長，小影是我的孩子。星族賜給他天賦帶領我們回到這裡，祂們一定不會遺棄他。他得留在影族這個屬於他的地方。」

第四章

嫩枝不斷扎著褐皮的腰腹，以前她從沒留意到臥鋪竟然可以這麼難睡。**我已經太習慣偎在花楸爪身邊了**，此刻被用來替代花楸爪的青苔和松樹葉一點用也沒有。她咕噥出聲，翻個身，試圖找出比較舒服的睡姿。小影睡在巫醫窩裡嗎？要是他又發作了，一定會有聲響。她還記得他那僵硬踢打的四肢、急促的呼吸，於是她又翻個身，試圖甩開那幅畫面。

「褐皮，看在星族老天的份上，」隔壁臥鋪的杜松爪吼道。「要是妳睡不著，去外面走一走算了。妳這樣子會吵醒大家的。」

「板岩毛，記不記得以前我們在兩腳獸窩穴裡都是各睡各的地方？」苜蓿足意有所指地說道。「有時候我還真想念那地方。」

「那好啊，」褐皮站了起來，甩掉身上的針葉。「苜蓿足，妳要是那麼喜歡兩腳獸的窩穴，也許妳應該回去那裡。別忘了，妳現在是一隻影族貓。」

苜蓿足還來不及呸口回嗆，褐皮就昂首闊步地走出窩穴。她一到外面，就因夜裡的空氣冷到微微發抖，她抬頭望著那幾近月圓的清澈夜空，多少後悔剛剛在戰士窩裡亂發脾氣。虎星是對的，最近她脾氣不太好。

但我受不了影族現在的樣子。根本就是一群老愛爭執不休的貓，有的貓她根本不認識，也有的就只會找她和花楸爪的碴，可是那時候的她和花楸爪只是想保住他們的部族。

她突然有很強烈的失落感，從來不曾像此刻這般想念花楸爪。花楸爪如果還是花楸星，小影和急水部落這件事一定會聽她的忠告。他向來看重她，部族裡的任何問題，他都會聽取她的意見。但現在影族裡面已經沒有貓在乎她的想法了。

她知道小影必須去急水部落。星族給他這些異象，一定有原因。除非他去做祂們要他做的事，否則祂們不會罷手。小影可以幫助急水部落，所以搞不好急水部落也能幫助他。但虎星就是不肯聽她的。

有的貓就是必須去做該做的事，褐皮若有所思地舔舔腳爪，突然靈光一閃。她可以帶小影去，現在就去，夜裡偷溜出影族營地，沒有貓能阻止她。

虎星一定會暴怒。但是等她把小影帶回來，到時病都已經治好了，他就會原諒她，甚至感激她，因為她救了他的孩子。

但是，她能這麼做嗎？

有某種東西刷拂過她的毛髮，空氣中瀰漫著一股麝香味。微風拂來，帶來了一個幾乎聽不到的聲音。

你走在正確的道路上。

褐皮當場跳了起來，連忙轉身，環目四顧，但空地上什麼也沒有。那一瞬間她聽到了花楸爪的聲音，她的心突然好痛，胸口很悶。她真的有聽到他的聲音嗎？還是只是她的想像？

如果我真的聽到他的聲音……如果他是從星族那裡鼓勵我……我就能確定自己的計

畫是對的。

一定是花楸星，褐皮很有把握。

她像追捕獵物一樣在黑影之間悄聲行走，穿過營地，偷偷溜進巫醫窩。她瞥了水塘光一眼，發現巫醫貓睡得很沉，他蜷起身子，用尾巴蓋住鼻子。小影躺在自己的臥鋪裡，蜷成了一坨小毛球。

她輕輕地叼起他的頸背，把他帶到外面。當他們走進寒冽的空氣裡時，小影突然驚醒，於是她把他放在地上。他睜開眼睛，平和地抬眼朝她眨了一眨。「嗨，褐皮，」他輕聲說道。「有什麼事嗎？」

她低頭看他，很是心疼。「我們要出發去冒險了，」她低聲道，「就你和我。」

小影興奮地豎起耳朵。「妳要帶我去異象裡的那個地方嗎？」

如果他很想去那裡，那麼他一定是知道這是星族想要他去的地方。褐皮用鼻口碰觸小貓的頭頂。「沒錯，」她告訴他。「但是我們要很安靜、很小心。風暴石守在營地入口，要是被他發現，一定會阻止我們。不過我們可以經由通往穢地的那條小路溜出去，就不會被發現了。」

「好。」小影說道。他站起來，快步走在褐皮旁邊，朝小路走去，很是信任地緊挨著她。

就在他們快走到的時候，後方傳來一聲喝止：「別走！」

褐皮霍地轉身，鴿翅就站在育兒室外面，表情驚駭。

「沒事，」褐皮絕望地嘶聲說道。她不想傷害鴿翅，但恐怕無法避免。「我要帶他去急水部落，這是為了小影好，我保證我會照顧他。」

鴿翅朝他們走了幾步，然後慢下來，不安地揮著尾巴。

這時突然傳來撞擊地面的跑步聲，虎星衝出他的窩穴。「鴿翅？」他上氣不接下氣地問道。「我聽見妳……出了什麼事？」

褐皮看著虎星將她和小影站在一起的畫面盡攬眼裡，而且還離出營的那條小路很近。她相信自己的臉上一定寫滿罪惡感，至於虎星的表情則起了變化，他從困惑變成了憤怒。

他衝過來，速度快到褐皮不得不趕緊後退，小影也緊挨在她腳下。虎星吼聲之大。「妳……妳就這樣帶走他？」她從來沒聽過他吼得這麼大聲過。

褐皮穩住陣腳，也朝她兒子吼回去。「我是在做星族希望發生的事。這是唯一能幫忙小影的方法。你別不講道理！」

「講道理？」虎星的毛瞬間炸開。「是妳在偷拐我的孩子！」

褐皮身後傳來煩躁不安的竊竊私語聲。褐皮轉過身去。板岩毛正從戰士窩那裡瞪看，眼睛睜得斗大，還有幾張面孔從他後面朝這裡窺探，想知道是怎麼回事。莓心和著草葉也出現在育兒室入口，她們就站在鴿翅後面，表情提防。至於那些剛加入的影族貓則都一臉驚駭地瞪著她看，沒敢出聲。

她怒火中燒。「這麼做才是對的！」她嘶聲道。「你就是聽不進去。反正你現在再也不聽我的意見，你叫我當你的副族長，卻從來不讓我成為你真正的副族長。」

「我沒有這樣，」虎星試圖打斷，但褐皮繼續數落。將一直以來的不滿肆無忌憚地全宣洩出來，這種感覺還真不錯。

「你在乎的只有鴿翅和你的孩子，以及那些你從部族外面帶回來的陌生貓。」她指控他。「當然還有你的權力，你就喜歡掌控一切。」

虎星的尾巴憤怒地前後甩打。「掌控一切？褐皮，有妳在我旁邊，我有可能掌控一切嗎？」他吼道。「妳生性固執，我要求妳做的每件事情妳都有意見。只要不是在影族出生的貓，妳就對他們不客氣。但這個部族已經不一樣了，可是妳還是食古不化！」他停頓一下，嘆口氣，聲音冷靜了一點。「以前的影族已經行不通了。我愛花楸爪，但是這個部族是在他擔任族長時滅亡的。而我現在正想辦法重振它。這件事很難。但妳又一直跟我作對，結果變得難上加難。」

褐皮吸了一口氣。**他怎麼可以這樣污衊花楸爪？**她別開目光，讓自己冷靜下來，但看見小影正盯著她看，那雙眼睛好似她伴侶貓的眼睛。「我不敢相信你竟然這樣說你自己的父親。」她悲痛地對虎星吼道。「花楸爪當時遭到嚴重的打擊。生病再加上暗尾的詭計……」她環顧那幾張正從窩穴那裡窺看她的臉，「還有被本該服膺他領導的貓們背叛。但他熱愛他的部族，他公平以對他的追隨者。但是這件事……你誰的話都不聽，不管是我、是鴿翅、還是葉池。你就像個獨裁者，而不是領導者。這也讓我想起了我以前所認識的另一個虎星。」

虎星表情驚駭，褐皮突然感到內疚。這說法並不公平，第一個虎星是她父親，他曾為了自己的野心，差點撕裂了所有部族。但她的兒子絕對不會這麼殘忍。

鴿翅搶在他們兩個再度開口之前上前一步，擋在中間。「褐皮說得沒錯，」虎星一臉驚詫。但她很快又接著說：「不是指你，虎星，而是小影的事。」她很有自信地抬眼看他。「我一直在思考，而且越思考就越是篤定小影的異象一定跟急水部落有關。如果星族讓他看到的異象強烈到會害他生病，那麼我們就必須去那個地方。那是唯一能治好他的方法。」

「什麼？」虎星看起來像被出賣了一樣。「不行，我是這裡的一族之長，他是我的孩子……」

但鴿翅打斷他。她從他旁邊抽開身子，去到褐皮和小影那裡。「虎星，他也是我的孩子。」她氣憤地說道。「我會跟他們去。我知道這是對的。我不能繼續待在這裡看著小影受苦。」她朝虎星傾身，但他只是冷冷地看著她。於是鴿翅直起身子，繼續說道：「我們會回來的。到時小影就好了。這一點我很確定。」

虎星怒瞪她。但鴿翅朝褐皮轉身，神情不是很有把握。但褐皮默不作聲地點點頭。**我們兩個都知道這是對的。**鴿翅也點頭回應，深吸一口氣，似乎又恢復了自信。然後他們轉身離開，讓小影走在中間。褐皮察覺得出來整個部族都瞪著她看。

我們應該帶更多戰士同行的，這個念頭一閃而逝，**現在是禿葉季，這場旅途會很危險，而小影身體又不好……可是現在誰敢違抗虎星，加入我們呢？**

「虎星，別擔心，」小影回頭熱切地喊道，同時努力跟上兩隻母貓的腳步。「這是註定好的，不會有問題的。」

褐皮恨不得他說的都是真的。

第五章

寒冽晨風吹亂了褐皮身上的毛髮，她渾身發抖，但仍閉著眼睛，躲開陽光。她和鴿翅跟小影本來蜷伏睡在一起，就像前兩個晚上一樣，但此刻她感覺得到只剩她一個還蜷在臨時臥鋪裡。

還沒睜開眼睛的她豎起一隻耳朵傾聽他們的動靜。她聽見柔軟的腳墊踩踏在草地上的聲音。小影正在不遠處說：「可是為什麼牠住在地底下？」

褐皮鬍鬚微微抽動。這也是她的孩子在這個年紀時最令她樂在其中的過程之一：他們總是瞪大眼睛地質疑這個世界，而且老是想知道為什麼事情就是這樣？

「呃……」鴿翅小聲回答。「我猜田鼠住在地底下是因為他們在下面比較溫暖，而且可以保護自己不被其他動物吃掉。」

「像我們這樣的動物！」小影喊道。

褐皮喵嗚笑了起來，於是睜開眼睛，爬起來伸個懶腰。鴿翅正在想辦法向小影解釋為何貓兒不能住在地底下，但發現很難解釋。**她是個好媽媽**，褐皮心想道，**很有耐心，而且很看重小影的提問**。這令她有點驚訝。她以前一直認為鴿翅是一隻隨便的貓，自己不僅逃離部族，害當初的虎心也追在她後面。**但也許她一點也不隨便。**

這兩天下來，鴿翅始終無微不至地照顧小影，包括提防可能危險，確保小貓吃得好睡得好，協助他跋涉艱難的地形。褐皮看得出來鴿翅有多寶貝小影。

褐皮抬眼望向前方崎嶇的灰色山脈，只見它白雪覆頂。**這趟遠行目前為止就已經夠**

不容易了……未來只會更艱辛。等他們離開山腳下這些茵綠的草地，朝布滿冰冷岩石的山區前進時，真正的危險就會逼近。

如果我們有更多戰士同行就好了，褐皮有點後悔地想道。要是她當初不那麼衝動，或許可以和鴿翅連手冷靜地說服虎星，請他派出一支稱職的守衛隊，而不是大半夜地帶著小影逃離。**但如今為時已晚，**她一邊想，一邊甩掉身上的沙土。**我只能相信小影是對的，這整件事是註定好的，不會有問題的。**

小影和鴿翅坐在一塊晒得到太陽的草地上，不遠處就是隆起的山坡。褐皮朝他們緩步走過去，小影跟她喵嗚招呼。

「我們幫你留了一隻田鼠，」鴿翅喵聲道，褐皮在他們旁邊坐下來，張嘴啃咬獵物。她覷看鴿翅，心裡想著自己該說些什麼呢。她在她面前還是會有些尷尬。

「妳起床前，我們去狩獵了！」小影打破沉默地大聲說道。「我有幫忙抓住那隻田鼠喔。」

「真的！」鴿翅附和道。「他朝我的方向追著牠。」

小貓自豪地挺起胸膛。褐皮慈愛地喵聲道：「有一天你一定會成為優秀的狩獵貓。」

小影急切地瞪大眼睛。「可是我以後要當巫醫欸。」他回答。

褐皮的目光迎上鴿翅，不約而同地笑了出來，原本的隔閡瞬間消散。「孩子，我們知道啊。」鴿翅咯咯笑道，尾巴輕拂過他的背。

「不過就算是巫醫貓，也必須懂怎麼狩獵。」褐皮補充道。「你在找藥草的時候，可能會肚子餓啊。」

「那我可以像這樣在草地上追蹤獵物。」小貓說道，同時站起來，將身子蹲低，搖擺後臀，準備往前撲跳。兩隻母貓又笑了出來。鴿翅在草地上慢慢擺動尾巴，供他潛行追蹤。

「你覺得還需要多久才會到急水部落？」褐皮趁她們看著小影在草叢間蠕動前進時這樣問道。小貓的眼睛始終緊盯著鴿翅的尾巴。

「再一或兩天嗎？」鴿翅揣測道。「我們路上得多留意小影，山區的小路很窄。」

褐皮一想到小影可能失足墜落懸崖或者跌進山區的岩塊裂縫裡，就忍不住發抖。

「我們讓他走在我們中間。」她提議道。「攀爬任何溼滑的地方時就走得慢一點。只要慢慢走和小心走，我們可以安全抵達的。」鴿翅點點頭，但褐皮還是看得到她眼裡的疑慮。

這對一群戰士來說就已經是一場危險的旅程了……如果是兩個戰士和一隻身體不適的小貓呢？

「在我們啟程之前，我們應該再狩獵一次。」鴿翅最後說道。「山區的獵物……」

她的話突然中斷，因為小影發出很小的尖叫聲，身子趴跌在地上。

兩隻母貓都跳起來衝過去，這時小貓開始痙攣，腳掌不停搥打地面，全身發抖。

「小影！」褐皮大叫。她和鴿翅趕忙用前掌按住他的腰腹，試圖穩住他。但他猛烈抽搐，很難穩住。

我們甚至沒有藥草給他吃，褐皮絕望地想道，突然覺得自己孤單又無助，**我為什麼要倉促離開？在我帶走小影之前，怎麼不先跟水塘光要點藥草呢？**

在宛若漫無止盡的等待之後，小貓的身體不動了，他眨眨眼睛看著他母親，表情疲憊，呼吸急促。

「小影，你覺得怎麼樣？」鴿翅緊張地問道。

小貓眨眨眼睛。「還好，」他低聲道。「但那棵樹……」他的話突然中斷，表情困惑。

「先好好休息，」褐皮語氣堅定地說道。「等你醒來時，腦袋就會比較清楚一點。」**上次睡眠就對他很有幫助，**她心想。

鴿翅溫柔地嗅聞他的頭顱。「褐皮說得沒錯，你先睡一覺。」小影聽話地閉上眼睛。

她們靜靜地看著他，偎著彼此，互相安慰，這時小貓的呼吸漸緩，終於沉沉睡去。

「真希望我能幫他。」鴿翅終於說道。「每次發作，看上去就像……我都不知道他是怎麼撐過來的。」褐皮知道她的意思是，小影看起來不夠強壯到足以撐過這種可怕的痙攣。

鴿翅搖搖頭，表情絕望。「如果我是一個更好的媽媽，就會知道該怎麼做了。」她接著說道。「要是我帶小貓的經驗更多一點，我……」

「妳是個好媽媽。」褐皮語氣堅定地說道。「每個媽媽都會自責自己懂得不夠多，不知道怎麼帶小貓。妳看我，我生了三隻小貓，但我也還是不知道如何幫助小影。」她輕輕地推了推鴿翅。「妳別怪自己。」

鴿翅嘆口氣，尾巴垂了下來。「他一直是個苦命的孩子，」她說道，語調淒涼。「他出生在離湖邊很遠的地方，四周都是陌生的貓，而這全起因於我自以為雷族育兒室不安全。後來我們帶著他和其他小貓展開一場危險又漫長的旅程，想回到部族。他曾親眼見到尖視的死亡，他們曾是非常要好的朋友。接著又得學會在部族裡生活，這些對他都著實不容易，因為不是所有貓兒都很歡迎我的小貓。現在又遇到這種事。他病了，我卻不知道該怎麼辦。我們帶他去那麼遠的地方，旅途又那麼危險，這樣做是對的嗎？要是我們到不了那座山呢？又或者就算到了，急水部落也幫不了他的忙呢？」

「我不知道，」褐皮承認道。她對鴿翅深感抱歉。「撫養小貓，本來就不是件容易的事，」她小心翼翼地喵聲道。「妳永遠不知道妳所做的事情是否正確，我是說在妳做的那個當下，妳不會知道的。」

「沒錯。」鴿翅附和道，同時用尾巴緊緊裹住自己。

「而妳說的那些事情——包括離開湖邊，又啟程回家——這些決定在妳做的當下，都是因為妳覺得對小影和其他小貓是有好處的，對吧？」

「當然，」鴿翅說道，綠色眼睛開始發亮。「我的小貓是我的一切。」

褐皮突然一陣心痛。她想到焰尾，他是一隻靦腆又貼心的薑黃色小貓，總是主動地想要幫助他的族貓，後來他成了巫醫貓，最後竟溺死在冰冷的水裡。還有曦皮從小就是一隻性格剛烈但玩心很重的貓兒，後來離開影族，加入幫派，最後被暗尾殺害。當然還有那向來個性固執卻心地善良的虎星。她的小貓也是她的一切，只是現在只剩虎星了。她閉上眼睛，深吸一口氣，任由悲傷漫過全身，然後睜開眼睛，再次看著鴿翅。

「身為母親的我學到最艱難的一課就是：你無法掌控你的孩子會遇到什麼，」她告訴年輕母貓。「妳能做的只有愛他們、引導他們，以及在妳的能力範圍內設法去做自認對他們最好的事情。這就是妳正在做的事，妳是個好媽媽。」

鴿翅看著她，一邊思索一邊輕輕抽動尾巴。「謝謝妳。」最後她說道。「妳這番話對我來說很重要。很有幫助。」

她們坐在草地上，互相依偎取暖，看著睡著的小影。如今她們倆之間的隔閡已經不再。

過了好一會兒，小影睜開眼睛，伸個懶腰，打了個哈欠。「我現在覺得好多了。」他大聲說道。「我們要上山了嗎？」

褐皮站起來，抬眼看著去急水部落之前勢必得經過的那幾道懸崖。她的尾巴輕輕刷過小貓的後背，然後跟鴿翅互看一眼。「等你們兩個都準備好了，我們就出發。」

第六章

褐皮踩著結冰的地面，腳下的每一步都聽得到冰塊的霹啪聲響。「我以為你還記得去洞穴的路，」她喵聲道，並試圖掩飾沮喪的語氣。她抬起腳甩一甩，把黏在腳墊上的雪塊甩掉。她經常站不住腳地在冰上滑跤，四條腿到處都是傷痕。他們在這狹窄的結冰小徑上一路往上攀爬，感覺像是沒有盡頭。

「我們一定快到了，我聽到瀑布聲了。」鴿翅回答。褐皮彈動耳朵，果然除了嘯嘯風聲之外，也聽得到湍急的水流聲，而且相當近，但還是看不到。那水聲在四周的岩間迴盪，根本分辨不出它的來源方向。

感覺很近但也很遙遠。

她覺得累壞了……身心都累壞了。這條小徑很凶險，但更令她們疲憊的是得時刻擔心小影的狀況，還得隨時小心他的安全。每次他一滑跤，鴿翅或褐皮便趕緊衝上去叼住他頸背。每次他呻吟或氣餒地哭喊，褐皮便屏氣做好準備，提防他的病突然發作。而且視線裡只要出現黑影，她就緊張地縮起身子，先掃視天空，尋找正在俯衝的掠食者。她曾經一度無法相信他們三個可以冷靜地挺過這趟旅程。在極度沮喪下，她和鴿翅開始互相叱罵，直到兩個都累到再也提不起勁說話。

此刻他們正走在兩塊巨岩之間的蜿蜒小徑上。**至少現在不用怕老鷹了，**褐皮心想，同時抬頭望向正在高空慵懶繞著圈子的黑點。「跟緊點，小影。」她警告道，同時低頭瞥了夾在她們中間的小貓一眼。白雪已經積到他肚皮的位置，他看起來又累又冷，一路垂著尾巴，但是都沒有抱怨。

就在他們轉過一個彎的時候，這條小徑突然中斷了，前方竟是高聳的灰色巨岩。褐皮伸長脖子，心情跟著一沉。她初抵山區時，曾經跳上一塊像這麼高的岩石上方，可是當時地上沒有會滑腳的冰面。而且小影也不可能爬得上去，就算靠她們的協助也不行。「我們得回頭找另一條路了。」她突然明白，心情頓時沉到谷底。

鴿翅還沒來得及回答她，上方突然傳來吼聲。

「你們是誰？」一隻身段輕盈的母貓從岩石頂端一躍而下，在他們面前落地，同時亮出尖牙，耳朵貼平。「你們闖進我們的領地。」她的淺棕色毛髮雖然抹上了泥巴，全炸了開來。

泥巴是為了掩護自己不讓老鷹發現，褐皮回想起來了，她頓時鬆了口氣。**我們找到急水部落了。**

小影緊挨著他媽媽，很害怕這隻懷有敵意的年輕貓兒。神情緊張的褐皮準備要開口，**我們已經走了這麼遠，現在我們得找到尖石巫師。**

「等一下，葉風。」另一個聲音響起，褐皮抬頭看見有幾張臉正低頭窺看他們。

「鴿翅，是你嗎？」

「雪兒？」鴿翅喊了回去。這時砰地一聲，一隻白色母貓在他們面前落地，身上明顯可見抹了一層泥巴。

「這是鴿翅，」她對年輕母貓說道。「她來自部族，就住在很遙遠的平地上。她是部落的朋友。」同時朝褐皮轉身，垂下頭，並伸出一隻腳掌致意。褐皮記得上次來訪部落時他們也是這樣致意。「我叫雪兒，雪是落在石頭上的雪。這位是葉風，樹葉在微風中颯颯作響的葉風。她是準護穴貓。」

褐皮垂首回禮，同時自我介紹，也介紹小影。「很久以前我跟暴毛來過，部族貓也都有來，那時我們正在前往新家園的路上。」她接著說道。

「妳認識暴毛？」葉風的耳朵豎了起來。「他和溪兒是我爸媽。」

「我們跟妳的爸媽都很熟。」褐皮喵聲道。暴毛是一隻在河族出生的貓，溪兒則在部落出生，他們兩個曾在湖邊的雷族住了一段時間，最後回到部落生活。

「妳一定是松石和雲雀的妹妹。」鴿翅說道。「我上次見到他們的時候都還是小貓。還有雪兒那時還只是隻半大貓。不過我猜妳現在已經成了護穴貓了？」

「沒錯，我們正在巡邏邊界。」雪兒說道，同時有些擔心地看了小影一眼。「不過我想先帶妳們去洞穴，這比較重要。」她抬頭看了上方那兩張還在窺探的臉。「青苔！阿夜！到荊棘叢那裡碰面。」

他們跟著雪兒折返岩間縫隙的小徑，葉風低頭看著小影。「再多走一點路可以嗎？」她問道。

小影在雪堆裡跋涉，一路都把頭抬得高高的。「我很強壯也很勇敢。」他告訴她。「我可是影族貓。」雖然寒風刺骨，但褐皮聽到他自豪的語調，心跟著暖和了起來。

葉雪看了鴿翅一眼。「我們的小貓都會待在洞穴裡直到成為半大貓才能出來。」她語帶責怪。「外面山區很危險，尤其是在冰天雪地裡。」

「我知道，」鴿翅神情嚴肅地回答。「我們的小貓也是等到可以當見習生了，才能離開營地。但這件事很重要，我們必須先找尖石巫師談一談。」

等到他們終於抵達瀑布下方的水池時，太陽已經低垂。水幕朝山腰用力撞擊，震耳欲聾到褐皮的耳朵一直嗡嗡作響。

「好美喔，」小影抬頭望著瀑布喃喃說道。陽光從水幕反射，更顯水光粼粼。瀑布砸進底部水池，激起的氤氳白色水霧打溼了貓的毛髮。小影轉身抬頭，琥珀色眼睛凝視著褐皮。「但是也好危險。」

「你認出來了嗎？」褐皮問道，暗自希望小貓的答案是肯定的。**我必須確定我做的事是對的。**「這是你異象裡看到的嗎？」

小貓瞇起眼睛看著瀑布，然後嘆口氣。「我不確定，我只看到一部分……」

褐皮記得小影全身顫抖的樣子還有曾經大喊：「它掉下來了！」他一直看到有棵樹從瀑布上方墜落，重創急水部落。當他們協助小影爬上瀑布後方通往洞穴入口的岩塊時，她和鴿翅都擔憂地互看一眼。

急水部落的洞穴跟她記憶中一樣，高聳巍峨與瀑布頂部等高。頭頂上方到處都是從穴頂垂生而下的尖牙狀石塊。陽光穿過水幕灑了進來，使洞穴裡的每樣東西都變得粼粼閃爍、如夢似幻。

上次來這兒的時候我還很年輕，褐皮心想。那時她和花楸爪還沒成為伴侶貓，自己也才勉強稱得上是戰士。當時她和她的同伴們只有一個共同目標：幫部族貓找到新的家園。**那時雖然很可怕，但現在回顧過去，一切都很美好，因為我們的新生活就要在眼前展開。**

洞穴邊緣四周的貓兒們本來三兩成群地閒聊或互舔毛髮，一看到部族貓跟在護穴貓後面走進洞穴，立刻噤聲，有些甚至站起來，想看清楚他們。小影好奇地環目四顧，兩眼發亮。

「鴿翅？褐皮？」一隻長腿的灰色公貓朝她們兩個快步走來，尾巴興奮地抽動。「好久不見。」

「鷹崖！」褐皮喊道。「喔，我是說巫師。」她早就聽說鷹崖現在是尖石巫師了。但很難相信她第一次到訪認識到的這隻處事認真的年輕護穴貓，如今竟成了部落的族長兼巫師，部落裡的尖石巫師可以跟殺無盡部落的祖靈溝通。

「真高興又見到妳們兩個，還有認識這隻漂亮的小貓。」尖石巫師在鴿翅介紹了小影之後，語調和藹地招呼道。「可是你們為什麼會來這裡？」

鴿翅的目光熱切。「尖石巫師，我兒子看到了異象，我們認為可能關係到你的部落，所以必須讓你知道，而且我們也希望你能幫幫他。」

褐皮回頭看了一眼，發現部落貓的目光都盯在他們身上。「我們可以私下聊嗎？」她壓低音量問道。

「當然可以，跟我來。」尖石巫師轉身，朝洞穴側邊一個狹窄的地道入口走去。

小影一進到隔壁洞穴，便好奇地四處張望，瞪看著從地上和穴頂分別往上和往下長的淺色尖石，有些甚至在半空中接合，看上去活像一片稀疏扭曲的石林。陽光從高處穴頂的縫隙滲灑而下，在地上投下長長的黑影，也反照在遍佈石林之間的大小水塘上。

「這是什麼地方？」小影瞪大眼睛問道。他首度從褐皮和鴿翅的中間走了出來，往前跨了幾步。他抬頭仰望穴頂，還刻意用腳掌沾了一下冰涼的池水。

「這裡是尖石洞穴。」尖石巫師平靜地解釋道。「我都是在這裡讀取大自然的徵兆。垂落的蜘蛛網、鳥叫的聲音、還有水面上月亮的光影，這些全都具有意義。我能透過這種方式理解殺無盡部落祖靈的指引。」

小影豎起耳朵。「所以你就像巫醫貓一樣？」

「差不多的意思，」鴿翅告訴他。「尖石巫師是部落裡的治療者也是祖靈的代言者，除此之外，他也像虎星一樣是一族之長，會告訴大家該做什麼事。」

「哇嗚！」小貓一臉崇拜地看著尖石巫師。「這工作好棒喔！」

褐皮和鴿翅表情好笑地喵嗚出聲。尖石巫師的尾巴刷拂過小貓的後背。「我看得出來你是聰明的小貓，」他說道。他看著鴿翅。「他雖然個子小，但很有慧根。」

「我以後要當巫醫貓。」小影冷靜地說。「星族讓我看到其他貓看不到的東西。」

尖石巫師在最大的水塘附近坐下來。「這是你們來這裡的原因嗎？」他問道。

鴿翅和褐皮互看彼此。「就像鴿翅說的，小影一直看到我們認為跟你們部落有關的異象。」褐皮開口道。

「真的，我很確定。」小影打斷道。「那個瀑布就跟我在異象裡看到的一樣，」他抬頭仰望尖石巫師，語帶懇求：「有一棵很大很大的樹，直接從瀑布上面掉下來，有部分樹幹砸進洞穴裡，傷了很多貓。你必須保護他們。」

尖石巫師表情憂心。「異象裡有給你任何線索告訴你會在什麼時候發生嗎？」小影搖搖頭。尖石巫師繼續說道：「我相信你看到了，但瀑布附近根本沒有大樹會像那樣掉下來，山區裡也幾乎都是瘦弱帶刺的小樹和灌木。而我也不能要求整個部落在凍水季期間搬離洞穴，尤其我們也不知道得搬離多久。沒有洞穴可住的話，外面對我們來說太危險和太寒冷了。」

小影點點頭。「那等我又看到異象，我再設法找出時間點。」他熱心地說道。

褐皮的胃跟著揪緊，她不敢去想小影再看見異象時所出現的症狀。她還記得他是如何抽搐和哀號，顯然非常痛苦。「既然小影的異象跟部落有關，」她接著說道。「我們希望你也能協助他。」

「他……」鴿翅欲言又止。褐皮看得出來她正在思索怎麼說明小影的發作狀況，但又同時不讓小貓察覺到她們有多擔心他。「小影說異象會害他頭很痛……對不對，小影？而且他會全身顫抖，倒在地上。」

「他會變得很疲累。」褐皮接著說，盡量讓自己的語調跟鴿翅的一樣平靜。**我們不應該嚇壞小影**。不過她看得出來尖石巫師眼角餘光裡的擔憂，很明白小影對異象的反應有多激烈。

尖石巫師蹲下來，目光的高度與小影齊高。「我得看看這部分我能不能幫你忙，好不好？小影。」他抬頭看著鴿翅和褐皮，又接著說道：「我想最好讓我跟小影單獨談一下。」

鴿翅有點猶豫，但褐皮看得出來小影望向尖石巫師的眼神流露出信任。「沒關係啦，鴿翅，」她輕聲說道。「妳跟我來。」

褐皮朝通往大洞穴的地道走去，過了一會兒，鴿翅也跟出來了。

太陽已經西沉，洞裡聚集了更多貓，出外工作的狩獵貓和護穴貓都因天色已晚而回到洞穴。小貓們正在洞穴裡的開闊處互相追逐，至於年長一點的貓兒不是在互舔毛髮就是小聲交談。

許多張陌生面孔轉過來，眼帶興味地打量褐皮和鴿翅，兩隻部族貓顯得很不自在。

「鴿翅！」一個友善的聲音喊道，接著是另一個。

「松鴉羽有跟妳一起來嗎？」

「獅焰好嗎？」

鴿翅眼睛一亮。「青苔！」她大聲招呼，「陡徑！」

褐皮窺看半掩在洞穴暗處的其他貓。時間真的久到她都認不出任何一隻貓來了嗎？她走近點，那群長老中的那位是飛鳥嗎？

「褐皮！」一個溫暖的聲音傳來，接著一隻棕色虎斑母貓優雅地站起來跟她打招呼。

「溪兒！」褐皮喊道。「真高興見到妳，」她還在溪兒旁邊看到了一隻她認識的暗灰色公貓。「暴毛，你好嗎？」

兩隻前部族貓騰出空間讓她坐在他們身邊。「是葉風告訴我們你們來了，」暴毛解釋道，「希望湖邊那兒沒出什麼事。」

「沒有，我們有遇到一些困難，但沒什麼大不了。」褐皮喵聲道。**沒什麼大不了嗎？**她納悶，**當然囉，就算我不確定自己在新影族裡的角色是什麼，但至少部族之間是和平相處的。**「虎心現在是影族的族長了，」她接著說道。「他更名為虎星，並且和鴿翅結為伴侶貓。」

「所以那是虎星和鴿翅的小貓囉？帶著小貓長途跋涉到山裡來，一定很不容易。」溪兒說道。

「我們想讓尖石巫師看看他。」褐皮解釋道，隨即改變話題——畢竟對小影問題的擔憂，不該由她嘴裡說出來。緊接著說道；「自從我上次見到你們之後，你們又多了一兩窩的小貓，對吧？」

「沒錯，」暴毛自豪地說道。「妳已經見過的葉風還有她的同窩手足鷹羽都是。他們在那裡。」他用尾巴指著一隻石灰色的貓，後者正在洞穴另一頭和其他半大貓練習戰技。

雲雀和松石這兩個是我們的頭一窩小貓。」溪兒說道。

坐在附近的那兩隻貓中斷談話，很有禮貌地朝褐皮垂頭致意。

「上次有部族貓來的時候，他們還是小貓，現在已經長大，成為優秀的護穴貓了。」暴毛喵聲道。

「就像他們的父親一樣，」溪兒說道。暴毛喵嗚一笑，靦腆地舔舔胸毛。

「你們看起來很幸福，」褐皮告訴他們兩個。這是真的，他們就像其他部落貓一樣，雖然身形比部族貓削瘦，但毛髮都很光滑，神情知足又快樂。

「是啊，」溪兒附和道。「在山上的日子一切都很好。」

「你不懷念部族的生活嗎？」褐皮問道。雖然溪兒在雷族住過，但終究是在部落出生，所以覺得住在這裡很自在是理所當然的。但暴毛以前是部族貓，全是因為愛上溪兒，才留在部落。

「還好欸。」暴毛很舒服地用尾巴裹住後臀。「我會來這裡定居純屬意外，只是這個意外也是我好運才能碰上，我覺得我是屬於這裡的。」

「可是他們曾逼你離開，」褐皮直言道，表情困惑。當時老尖石巫師因為暴毛曾害他們捲入一場災難性的戰役而放逐暴毛。於是他和溪兒在雷族住了幾個月，最後才又回來。

暴毛聳聳肩。「我很久以前就原諒尖石巫師了，直到他去世，我們一直都是好友。這地方就某方面來說就像我的家一樣，而這是部族從來沒辦法給我的。」

「為什麼？」褐皮疑惑地問道。「你是在河族出生。」最近她在影族裡也有諸多煩惱，但她想像不出來自己可以住到別的地方去。難道對一隻貓來說，是可以離開原來的家園，改住別的地方，從此過著幸福快樂的日子？

「我曾是一隻半部族貓。」暴毛告訴她。「一掌踏在河族，另一掌踏在雷族，從來不被任何一族完全接納。現在沒了這些部族間的紛擾和懷疑，日子就變得輕鬆多了。我的意思是，妳也是一隻半部族貓，難道妳沒有同樣的感受？」

「沒有。」褐皮機械式地回答。「我當初選了影族，就確定那是我的家。」**但這是真的嗎？**她在雷族出生，後來離開是因為她從來不覺得雷族有接納她。於是她努力奮鬥，矢志成為忠貞的影族戰士。可是現在影族也變了。**那裡還是我的家嗎？**

「褐皮現在是影族的副族長了。」鴿翅中斷她和雪兒的談話，臨時插了一句。

「不錯耶，褐皮，」溪兒熱情地喵嗚道。「鴿翅妳現在是虎星的伴侶貓了，所以應該也是住在影族吧。」

「是啊，」鴿翅低頭看著自己的腳掌。「離開雷族是……很艱難的決定。我們一直不知道要怎麼樣才能廝守在一起，尤其我們都想讓兩個部族能接納我們。」

所以你們才會私奔離開，褐皮突然很是同情地心想，**但是星族又帶你們回來了。**

「你們這些部族貓喔，」灰棕色的長老飛鳥嗤之以鼻，「住在湖邊的這些貓分成這麼多部族，只是在自找麻煩。你們應該想去哪個部族就去哪個部族才對。」

以前褐皮一定會不屑地彈動耳朵，認為部落貓懂什麼部族貓的事啊？但現在她卻愣在原地，起了疑慮。**我最想去哪個部族呢？**她好奇。**還是影族嗎？但花楸爪已經死了，曦皮和焰尾也死了……**

「鴿翅！褐皮！」這時傳來小腳掌踩踏的聲響，小影衝到她們倆中間。「尖石洞穴裡都是月光，好神奇喔！」

褐皮一看到小貓，心都被融化了。**我的心早已被他占據了一部分。**

尖石巫師跟在小影後面走了過來。「我試著解讀殺無盡部落所賜給我們的徵兆，」他解釋道，「但我還是沒辦法真正弄懂小影異象裡的意思。但我相信他是看到部落沒錯，而且會來這裡一定有其意義，我們會繼續合力找出真相。也希望我們能幫助他控制住異象出現時的那些症狀。」這時他留意到周遭的貓都在聆聽，於是稍微抬高音量。「在此同時，鴿翅、褐皮、和小影就是我們的貴客，進食的時間到了。」

貓兒們從洞穴四周跳出來，快步朝生鮮獵物堆走去。部落貓不像部族貓只要餓了想吃就可以去吃，他們一天只共同進食一餐。褐皮年輕時來到這裡的時候，曾暗自竊喜部族貓不像他們得等到共同進食的時間才能吃東西，如果她想吃老鼠，就去拿隻老鼠吃。但現在環顧四周的部落貓坐下來分食共餐的樣子，似乎……也挺不錯的。

葉風快步走向褐皮，放了一隻田鼠在她面前。她看看旁邊，發現別的半大貓也幫鴿翅和小影帶了獵物過來。

「鴿翅，妳願意跟我分食獵物嗎？」尖石巫師問道，她喵嗚同意。於是他們各自咬了一口眼前的獵物，然後交換，尖石巫師的老鼠給了鴿翅，她的麻雀則給了他。

「我喜歡他們這種交換食物吃的方法，」小影說道。「褐皮，妳願意跟我分食嗎？」

「當然願意，」褐皮疼愛地說道，於是各自咬了一口，再交換獵物。**我也喜歡，**褐皮一邊想一邊張望，看著那些正在平和分食獵物的貓兒們。

所有貓兒都住在同一部落，這是什麼感覺呢？褐皮知道山裡是有一些惡棍貓，所以部落貓才會去巡邏邊界，但至少不會有非同族的貓兒彼此爭吵邊界的事，或者不信任那些既不屬於這個部族也不屬於那個部族的小貓。

這裡沒有貓會戰死，褐皮心想。她相信山裡的生活是很艱困，不時有邪惡的老鷹俯衝而下，還有無情的山峰和陡峭的斷崖。但至少貓兒們不會彼此殘殺。

暗尾絕對不會想來這裡，這裡的領地對他來說太難求生了——他想要的是湖邊充裕的獵物。

如果暗尾不曾來過，影族就不會分裂。曦皮和其他許多貓就不會死。要不是因為暗尾死了，貓兒們怎麼會群起為他復仇。

如果我們都是部落貓，花楸星就一定還活著。

褐皮嘴裡原本鮮嫩的麻雀肉頓時變得乾柴。

一陣寒冽的空氣穿過瀑布水幕，灌了進來，貓兒們身上瞬間被灑上細密冰涼的水霧，小影驚叫一聲。

「暴風雨快來了，」尖石巫師說道。「不過天氣還沒那麼冷，所以只會下雨，不會下雪。在暴風雨離開之前，大家最好離洞穴入口遠一點。」

貓兒們都用完餐了，於是三兩成群地各自散開。貓媽媽們集合自己的小貓朝育兒室走去，其他貓則在洞穴邊緣泥地上挖鑿好的臥鋪裡安頓下來。

「我們也該睡了。」鴿翅打個哈欠。褐皮的腳掌也很痠痛，畢竟這對她們來說是漫長的一天。

「我想小影應該睡在尖石洞穴裡，我才好守著他。」尖石巫師說道。

鴿翅看著她的小貓，眼神不安。「他習慣跟我睡在育兒室裡。」她緩緩說道。

「也許我們可以一起睡在尖石洞穴裡？」褐皮提議道，鴿翅也如釋重負地吁了一口氣。

「當然可以。」尖石巫師同意道，然後又接著說：「只是異象能力這麼高超的小貓，早晚有一天會離開母親。」

鴿翅瞪大眼睛，表情提防。褐皮用尾巴刷拂鴿翅的背。「但還不到那個時候。」她低聲道。鴿翅感激地抽動耳朵。

我們早晚都會失去孩子，褐皮心裡想道。她想到已經去了星族的曦皮和焰尾，還有已經長大的虎星。**就讓鴿翅的孩子留在她身邊久一點吧**。

在尖石洞穴裡，他們刻意避開會滲滴雨水的穴頂縫隙正下方，安頓在鋪滿老鷹羽毛和青苔的臥鋪裡，褐皮閉上了眼睛。洞內不斷有水滴滴落，外頭也聽得到瀑布的磅礡水聲，在持續的水流節奏聲下，她終於入睡了。

「不要！不要！」高頻率的尖叫聲，**小貓出事了**——將褐皮驚醒。

「小影？」

「小影！」

她和尖石巫師都從臥鋪裡跳出來，衝向小貓。月光照在小貓身上，他全身炸毛，站在臥鋪裡，驚恐地瞪大眼睛。旁邊的鴿翅似乎也被嚇得無法動彈。

「叫他們出去！」他大吼。「每隻貓都要離開洞穴，現在就離開！」

第七章

「快出去！起來！快點！」小影從尖石洞穴的地道衝出來，狂亂的吼聲在大洞穴裡迴盪。

褐皮追在他後面，鴿翅和尖石巫師緊跟在後。

「你們快離開洞穴！」小影尖聲喊道，同時跑向最近的臥鋪，撲上躺在裡面的貓。臥鋪裡的貓……**應該是雲雀吧**，褐皮心想……嚇得放聲尖叫，直覺地一把將他推開。

洞穴四周有眾多的疑惑聲從各臥鋪傳來。

「怎麼回事啊？」

「誰在叫啊？」

「小影？你做惡夢了嗎？」

「回去睡覺啦！」

褐皮差一點就抓住小貓的頸背，但他突然轉個方向，從她身子底下蠕動逃走，一個臥鋪接一個臥鋪地跑，用腳掌搥打每隻貓兒。「你們快離開洞穴，現在就離開！你們有危險！」

他們不會聽小貓的話，褐皮一邊想一邊跑過去幫忙，搖晃其中一床臥鋪裡的貓。「他不是在做惡夢，」她說道。「你們快點起床。」

她聽到鴿翅也在叫醒別的貓。「對不起，但我們要馬上離開這裡。」

尖石巫師抬高音量，蓋過洞穴裡的騷動聲。「你們大家全都起來，小影看見異象，發現我們有危險。」

部落貓全都服從地爬出臥鋪，在昏暗的光線下眨著眼睛、打著呵欠。一隻半大貓跑到旁邊的地道那裡，帶回幾隻貓媽媽，小貓們睡眼惺忪地在她們腳下哭訴。

「異象？」飛鳥喵聲道。「為什麼一隻部族貓能看見部落貓的異象？殺無盡部落就不會去管部族貓啊。」

「我們真的得離開洞穴嗎？」松石不安地吼道，還有幾隻貓兒也插話問道。

「現在在下大雨唉。」

「你們聽外面的聲音！不能等到暴風雨過去嗎？」

一道閃電倏地照亮洞穴，貓兒們嚇得縮起身子，外面的雨勢更大了。

「小影被指引到這裡來，一定有它的原因。」尖石巫師神情嚴肅地說道，同時抬高音量蓋過風雨聲。「哪怕我也不太清楚是什麼原因，但我認為我們必須聽從他的指示，我們得馬上離開洞穴。」說完就帶路朝洞口走去，低頭抵禦滂沱大雨。在他後面的貓兒驚訝地互看彼此，然後也慢慢地跟上去。

尖石巫師從來不離開洞穴，褐皮記得，她突然如釋重負，**尖石巫師一定是很相信小影的異象。我帶他來這裡的這個決定是對的。**

這時有個東西倚在她旁邊，她低頭查看，小影正仰望著她。

「讓他走在我們中間吧。」鴿翅從另一頭說道，語氣嚴峻。「我很擔心這場暴風雨。」

一出洞口，冰冷的滂沱雨水立刻淋溼褐皮，她嚇得倒抽口氣。在暴風雨中，瀑布的水量大增。水幕後方的窄徑全被水打溼。大水磅礡地持續撞擊岩面。冷風穿過水幕呼嘯襲來，噴灑在貓兒們溼漉漉的毛髮上，他們冷到骨子裡。

褐皮的腳掌瞬間打滑，她趕緊巴住路面，以免掉下去。她和鴿翅都直覺地挨近彼此，幾乎是把小影緊緊夾在中間，以防他被大風吹落。

但是過了瀑布之後，情況並沒有好轉。暴風雨再加上瀑布的撞擊聲，簡直到達震耳欲聾的地步。貓兒們都可憐兮兮地偎在一起，緊張地聽尖石巫師的指令。

尖石巫師低頭看著小影，目光信任。「接下來呢？」他問道，同時抬高音量蓋住呼嘯的風聲和磅礡的水聲。

小影閉上眼睛好一會兒，全身冷得發抖。

他年紀太小，褐皮心想道，心情頓時沉重，不免有些疑慮。**他不知道那些異象意味著什麼。**

這時小影睜開眼睛。「我們必須去河邊。」他大聲說道，一絲疑慮也沒有。然後用他的尾巴示意瀑布旁邊懸崖上面一條往上蜿蜒的陡峭窄徑。

爬上去？褐皮驚恐地想道。那條路就算是在最好走的情況下，看起來也很凶險和溼滑，因為它終年都被泥水沖刷。

「你確定？」暴毛朝尖石巫師轉身，神情驚愕，幾乎是用吼的。「那條路很危險。」

「我們都要上去嗎？」其中一隻貓媽媽喊道。「我們不可能帶小貓上到那裡去！」

小影轉身面對她，眼睛瞪大，眼神篤定。「待在下面這裡會更危險。」他吼道。

「我們必須上去，」尖石巫師用冷靜和篤定的語氣說道。「我先上去。」他朝那條路踏出步伐。

暴毛瞪看他一會兒，隨即嘆口氣，甩甩身子。「好吧，」他吼道。「長得最壯碩的幾隻護穴貓跟在尖石巫師後面，小貓和貓媽媽還有長老，再加上妳，褐皮，因為妳不熟山區，都走在中間。動作敏捷的狩獵貓跟在他們後面。你們身手要快，萬一有小貓快掉下去，一定要接住。其他護穴貓殿後押隊，跟緊點鼻子貼著尾巴，隨時準備拉住半途打滑的同伴。」

雨水不斷從毛髮上滴落的貓兒們全身發抖地照著他的話做。貓媽媽蹲下來，讓小貓爬上她們的背。鴿翅也低下身子，肚子貼地。「小影，一定要緊緊抓住我喔。」她在他爬上背時這樣提醒。

褐皮感覺腳下的路面很粗糙，小石子和沙礫都很溼滑，很難把腳步踩穩。鴿翅的尾巴拂過她的鼻子，褐皮繃緊全身肌肉，做好準備，萬一鴿翅和小影滑倒，她可以馬上跳上去救他們。她察覺得到溪兒正緊跟在後，不由得暗地裡感恩她和其他跟在後面的部落貓……要是沒有他們，萬一她失足滑倒，一定會直接墜落崖底。

這段路很難爬，比她當初預料的還要難。為了找到能踩得住的岩石，她的腳爪痠痛不已。冰冷的雨水流淌在她臉上，從鬍鬚滴落，害她幾乎視線全無。

這時她前面有隻貓兒腳步突然打滑，一下子往後滑了好幾條尾巴的距離，害後面的貓兒全都連環追撞。鴿翅往後跌在褐皮身上，而她自己也覺得腳掌撞到了後面的溪兒。但他們都沒有跌倒。過了一會兒，大家又開始頂著風雨往前推進。

褐皮雖然腳掌痠痛、毛髮溼黏，但最後終於跟著鴿翅沿著小徑爬上瀑布上方一處狹窄但平坦的地面。

湍急的水流幾乎是從他們腳下奔流而過，那兒的水位已經高漲成一條大河，河水淹漫過兩邊河岸，再迅速從崖邊直落而下。大大小小的樹葉和樹枝被急流一路掃蕩，從他們腳下被快速捲走，消失在下方的瀑布裡。鴿翅蹲下來讓小影下來，然後將他帶離水邊，自己擋在小貓和惡水中間，加以隔開。

「接下來怎麼辦？」暴毛喊道。

小影上前一步。「就是這裡，」他說道，同時環目四顧。「我們必須往河裡堆石塊。如果能建造出夠牢固的屏障，就能阻止樹幹往下掉。」

「什麼樹？」阿夜喊道，然後朝尖石巫師轉身。「這太瘋狂了，水太大了，我們不可能走進河裡。」

「殺無盡部落不會給我們一個完成不了的任務。」尖石巫師喵聲道。「小影已經看到我們必須做的事。」

部落貓猶豫了好久，全都瞪著尖石巫師看，細瘦的腰腹在溼黏打結的毛髮下不停上下起伏。

「不能再浪費時間了！」小影喊道，但是貓兒們還是沒有動靜。

我相信小影，褐皮心想。河邊有塊岩石幾乎與她的肩膀等高，她伸爪抵住它，用力往前推。岩石動了。她再次使出全身力氣，死命推它，岩石開始朝河面滑了過去。有個身影從她旁邊刷拂而過。「我們一起用力。」鴿翅喵聲道，也用腳爪抵住岩石。她們很用力地推，岩石才好不容易滾進河裡。這時褐皮發現後方其他貓也開始動作。而在上游一點的地方，暴毛正用他厚實的肩膀將一塊大圓石頂進水裡。雲雀和松石也合力分工。每隻貓兒都從河邊爬了起來，先用腳爪弄鬆腳下的石塊，再用腿和腰腹的力量把它們鏟到河裡。他們全身溼透，疲憊不堪，身上沾染著泥巴，但表情堅定。

「快一點，拜託！」小影喊道，同時在河邊來回踱步。

更多石塊被推進水邊，由於河道變窄，水流因此更為湍急。褐皮又把另一塊岩石往河水深處推。當她踩進水裡時，急流猛地衝撞她，將她硬生生推向那塊岩石。她趕緊站穩腳步，慢慢前進。她的腰腹被撞得有點痛。暴毛也跟著她，出力鏟開前方一塊粗糙的岩石。一隻虎背熊腰的護穴貓也跟在他後面。

尖石巫師也踩進水裡，眼睛瞇成一條細線，抵禦雨水，神情堅定。

我們動工了。這時已經有一整排石塊幾乎橫跨河面，水花四濺，噴瀉在整排石塊上。

「這裡再滾一塊石頭過來。」葉風喊道，這隻半大貓就站在河水中央。水浪拍打著她的背，但她站穩腳步，涉水走向阿夜朝她推過來的那塊岩石。

突然間，一個大浪迎頭打上葉風。半大貓腳一滑，消失在河面。

「葉風！」河岸上的溪兒驚恐大叫。半大貓的頭浮出水面，大口喘氣，隨即又被水流捲下去，掃向瀑布。

「葉風！」溪兒和暴毛以及其他幾隻貓兒都衝進水裡，但褐皮離她最近。她立刻潛進水裡，探頭張嘴咬住葉風的頸背。不斷掙扎的半大貓害褐皮往瀑布的方向踉蹌了幾步，嚇得她胃都跟著揪緊。但她死命把腿撐在河底，讓自己站穩，再拖著葉風涉水走到淺灘，葉風才終於能夠再用腳站起來。

「謝……謝……謝謝！」葉風結結巴巴，冷到全身發抖。

「你救了她！」溪兒喊道，她涉水過來查看女兒有無受傷。

「褐皮，真的太感謝妳了。」暴毛慎重地說道，與她互搓面頰。儘管全身被冰冷的河水浸透，但看見老友眼裡的歡喜，她還是覺得心裡挺暖和的。

「沒有時間了，」小影瞪看著上游，琥珀色眼睛瞪得斗大，身上的毛都炸了開來。褐皮和其他貓兒也都直覺轉身，循著他的目光看，

地平線那頭看上去幽暗空寂。「怎麼了——」鴿翅正要開口問。

霹啪！一道閃電瞬間亮起，雷聲同時隆隆作響，緊接著遠處出現某種東西重擊水面的聲音。褐皮的毛當場炸開，閃電的嘶鳴聲貫穿她全身。「離我們很近。」她嘴裡嘟囔。

「看那邊！」尖石巫師的喵聲驚恐。

上游遠處，有巨物浮在水面上，快速朝他們漂過來。

「是一棵樹！是深山裡的樹！」尖石巫師說道，語氣驚駭。

「好大！」飛鳥嗚咽道。

「我們必須把更多石塊推進河裡，」尖石巫師下令道。「動作快！要是這棵大樹從瀑布上面掉下去，一定會毀了整座洞穴。」

貓兒們驚慌地涉水進去，將更多石頭堆到水中央那整排石塊上。褐皮全身緊繃地將一塊石頭鏟到定點，又馬上轉身去幫忙移動另一塊，想靠它來穩住河底的石塊。她的心狂跳。**沒有時間了，沒有時間了**。要是部落貓失去了山洞，那該怎麼辦？在山區裡若是無家可歸，哪有辦法熬過冬天。

黝暗的巨物越漂越近，繞過河的彎道，橫掃過來。

「快離開水面！」尖石巫師大喊。現在巨樹太近了，他們已經做不了什麼了。要嘛樹幹被整排石堆擋下，要嘛就是部落的洞穴全毀。

褐皮跟著其他貓奔回河岸，然後旋身一轉，緊盯著那棵被河水浮載的巨樹朝這頭沖刷過來。她驚慌不已，心臟狂跳，嘴巴發乾。

如果當初我們拖了更久的時間才把小影的話聽進去，後果就不堪設想了。我們應該更早一點來的……

我們做到這個程度夠了嗎？

第八章

巨樹正朝他們撞過來，枝椏張牙舞爪，一路橫掃兩邊河岸。

褐皮心頭一驚，連忙蹲低身子，緊閉眼睛。

求求祢們，求求祢們，她向星族祈求，**庇佑部落貓能保住洞穴。**

這時傳來可怕的碎裂聲，褐皮倏地睜開眼睛。巨樹太大，大小宛若自家湖邊林子裡的那種橡樹，它有一半樹身吊掛在瀑布外面。枝葉跟著嘎吱作響，整棵樹隨著水流的拖曳來回擺盪，不過至少被石堆絆住了。

「有效耶……」飛鳥喵聲道，語氣驚詫。

「小影的異象救了我們。」尖石巫師嚴肅地說道。

部落貓全都不約而同地朝小影轉身，眼裡盡是驚奇。

「太謝謝你了，小影。」雪兒喵嗚道，但她的話被其他貓兒此起彼落的謝意打斷。褐皮很是自豪，心裡頓時暖烘烘的。

小影有些靦腆，環目四顧正在歡呼的貓群，張嘴好像想說什麼。卻突然搖搖晃晃地跌在地上，小小的四條腿疊在身子底下。

喔，不！褐皮朝不省人事的小貓衝過去，但鴿翅已經先跑過去。她彎腰用鼻子蹭了蹭他那動也不動的身子，然後抬頭望著褐皮。

「他又昏過去了，」她哭喊道，聲音絕望。「為什麼又發作了？」

褐皮低頭看著小影靜止不動的身子，他的呼吸穩定，眼睛緊閉。「我不知道，」她說道。「我以為一旦異象成真，完成了使命，他就會不藥而癒。」

尖石巫師走過來，尾巴撫著鴿翅的背，安慰她。「他已經完成他的任務，」他說道，「所以身體需要好好休息，這是很合理的。他之前把自己逼太緊了。」

「他還只是隻小貓。」鴿翅無助地說道。

「這麼小的小貓就具有這麼強大的異能，實屬罕見，」尖石巫師附和道，「我相信他很快就會醒了。」

褐皮輕輕地蹭著小影的肩膀。雨水流淌在他毛髮間，**可憐的小貓**，她心想。尖石巫師說得沒錯，小影這麼小就跟星族有如此強烈的感應。她從來沒聽說過有哪隻貓能在這麼小的年紀看見異象。**星族賜給他很大的擔子**。

「我們已經完成殺無盡部落給的任務。」尖石巫師對貓群說道。「現在我們先躲開這場暴風雨吧。」

部落的貓媽媽們忙著讓小貓爬上後背，鴿翅也彎下腰，輕輕叼住小影的頸背。

「我會走在妳前面，以免妳滑倒。」褐皮說道。

往下走的路比較不費力，不過因為走在溼滑的岩塊上，所以走得很慢，得像之前一樣鼻子貼尾巴前後跟緊。褐皮小心踏出步伐，好不容易安抵洞穴外面的水池邊，趕緊回頭查看，直到鴿翅也抵達空地，她才鬆了口氣，但小影還在昏睡中。

某種奇怪的碎裂聲和石塊移動的摩擦聲從上方傳來。雲雀離小路頂端很近，她轉頭往後面看了一眼。「那棵樹在動！」她表情扭曲，神色驚恐地大喊。

已經下到空地的貓兒都抬頭瞪看，神情驚慌。

「要是它現在砸下來，我們都會被砸死。」阿夜說道。

「我們還沒堵住它，」青苔說道。「我們得回到上面去，先趕快離開這裡。」

已經走到瀑布後方的貓兒動也不敢動，不確定該怎麼辦。這時上方又傳來不祥的碎裂聲。

「沒有時間了，」溪兒說道，聲音繃得很緊。

「你們要有信心。」尖石巫師說道。他紋風不動地站在池邊，抬頭望著瀑布。儘管其他貓兒都驚慌失措，他的聲音卻異常冷靜。「殺無盡部落挑選小影來拯救我們。如果我們還有危險，他會醒來的。」

褐皮看見部落貓疑慮地互看彼此。她很想相信尖石巫師，但當她看著小影癱軟的身子時，她還是不免擔心。

我們帶小影來這裡，難道是要他和我們以及所有部落貓一起被砸死嗎？也許他的異象不是真的。也許他太年輕了，沒辦法弄懂星族和殺無盡部落試圖要傳達的事情。

她本來是相信小影的，但有太多褐皮曾經相信的事情——影族、花楸星、她自己的孩子，最後都以不幸的結局告終。

她看到巨樹的樹枝末端懸晃在瀑布上方。這時那裡又傳來另一聲更響亮的碎裂聲，褐皮的心猛地一抽，幾根鬆脫的樹枝倏地滾落，砸進水池裡。

砸在白色水沫裡的樹枝宛若開跑的信號，部落貓紛紛朝陡崖上的小路衝上去。褐皮也跟著他們跑，心臟噗通噗通地跳，一路推擠著走在她前面的鴿翅。

仍待在小路盡頭上方的貓兒們這時大喊：「石堆快擋不住它了！」

「它要掉下去了！」

我們來不及逃了，褐皮恍然大悟。還在下方的貓兒在空地上到處亂竄，不知道該躲進洞穴深處？還是該衝上小路的置高點，以免被樹砸到？

巨樹的碎裂聲越來越響亮，褐皮所在的高度剛好看得到它往前滑動，被大水沖刷地不斷推擠到石堆外面。這時樹枝已經懸晃在瀑布上方，巨大的樹幹開始慢慢傾斜，河水從樹身兩邊流竄而下。

來不及了，褐皮心想，恐懼到整個胃都揪緊。

這時突然炸出一聲震耳欲聾的雷鳴，接著四周亮起刺眼眩目的白光。褐皮身上的毛也跟著炸了開來。

她用力眨眨眼睛，視線才終於清楚。細枝和樹皮像雨點似地灑落空地。池邊的貓兒放聲大叫，拔腿狂奔，衝進瀑布後方或空地邊緣的遮蔽處。褐皮看見有兩三塊大一點的殘骸從瀑布上面翻落下來，但沒造成任何傷亡。

巨樹不見了。

「一定是被閃電打爛了。」暴毛說道，聲音驚詫沙啞。

「我們堵住那棵樹的時間剛好夠長到讓閃電擊中，」溪兒驚奇地說道。「小影的異象真的救了我們。」

一個吱吱叫聲吸引了褐皮注意，她轉過身去。仍被媽媽叼在嘴裡的小影正睡眼惺忪地眨著眼睛。「怎麼了？」他問道。

他沒事，褐皮總算鬆懈下來，頓時覺得全身疲憊。**我們做對了，部落安全了，小影也是。**

第九章

尖石洞穴穴頂的縫隙有微弱的晨光灑進來，褐皮睜開眼睛。她聽得到外面瀑布湍急的水聲，但已經不再下雨。**暴風雨一定是停了。**

她伸個懶腰後起身，甩掉身上的羽毛和青苔屑。鴿翅和小影也都醒了，母子倆窩在一起低聲交談。尖石巫師坐在自己的臥鋪裡，若有所思地看著尖狀岩石下方水塘上反照的光影。

「早安，」他說道，並朝他們垂頭致意。他們回禮招呼後，他才又繼續說道：「我希望小影今天可以在這裡多陪我一會兒，我一直試著解讀殺無盡部落傳遞給我的訊息，也許能協助他學會如何應對他所看到的異象，這樣一來才不會對他造成太大的痛苦。」

「你要怎麼做呢？」鴿翅問道。

尖石巫師的鬍鬚微微抽動。「這個祕密就留給我們這兩隻能跟祖靈溝通的貓吧。」他說道，同時目光投向小影。「他一定會沒事的。」

鴿翅猶豫了一會兒，有點擔心，但小影自豪地鼓起胸膛。「這是巫醫貓的祕密，」他說道。「別擔心，如果我需要妳幫忙，就會去找妳。」

鴿翅望向褐皮，希望她能幫她說幾句話，於是褐皮說道：「我相信尖石巫師，小影必須學會靠自己。再過不久，他就會成為巫醫貓，屬於全部族的巫醫貓，不再是他父母眼裡的小貓。」

「我想也是。」鴿翅無精打采地說道，尾巴垂了下來。

小貓終究會長大，褐皮心想，**哪怕他們的媽媽不願意他們長大。**

她們緩步走進大洞穴，這次沒有帶著小影，溪兒走過來找她們。「我原本以為經過昨天的事情之後，我一定累壞了，」她說道。「但沒想到我起得很早，且再也睡不著。小影還好嗎？」

「他睡得很好，」鴿翅告訴她。「尖石巫師正在設法幫他找到方法來處理自己的異象能力。等他們好了，我們就會啟程回家。」

我們要回家了嗎？褐皮驚訝地想道。她想其實這也合理。畢竟他們已經完成當初來這裡的目的了，只是有部分的她一想到要離開部落，心裡就很難過。再回到那個充滿憎恨與口角的影族，頓時令她意興闌珊。

也許暴毛的選擇才是對的，也許這裡的生活真的比較簡單，也比較好過。

「如果你們今天就要離開，我們應該要先辦一場饗宴感謝你們。」溪兒提議道。

「我相信尖石巫師不會介意我們改在日正當中的時候用餐，而不是黃昏。」

「聽起來不錯喔。」鴿翅喵聲道，神情很是愉悅。

「我去找一些狩獵貓來。再找葉風、雲雀、和別的護穴貓來幫忙保護我們。」溪兒喵聲道，同時快步穿過洞穴。「暴毛！你想去狩獵嗎？」

「我也想去，」褐皮看見溪兒在召集眾貓，於是這樣說道。

溪兒轉過頭來。「妳太客氣了，」她喵聲道，「你們是我們的貴客，如果你們晚一點就要啟程，我覺得你們最好先養精蓄銳一下。」

「我想妳是對的，」褐皮同意道，於是老大不願意地坐下來，舔舔胸毛。她看著狩獵隊伍鑽出洞穴，消失在瀑布後方。鴿翅在洞穴的另一邊安頓下來，跟一隻貓媽媽閒聊。褐皮知道她們一定也很歡迎她的加入，只是現在她寧願獨處，靜靜欣賞水幕的粼粼光影。

她終究還是起身離開洞穴，繞過瀑布走到外頭，這兒陽光普照，空氣冷冽。她打算去狩獵。

溪兒和其他貓兒已經走遠，但褐皮並不擔心。她的腳似乎很熟悉山裡的小路。她步伐穩健，腳程很快。最後爬上山頂遠眺風景。這兒空氣清新，可以看得好遠，她的目光越過河流、森林、山丘。

陽光在遠方的水域上閃閃發亮，褐皮伸長脖子，那是部族貓的湖嗎？她想應該是吧。她幾乎可以想像虎星就坐在松樹底下派遣隊伍去狩獵和巡邏，組織貓兒幫忙修繕影族營地。感覺那好遙遠。**那裡是我的家嗎？**她不免納悶，心也痛了起來。

她沒有說得很大聲，但是後方竟有個熟悉的聲音回答她：「是的。」

「喔，花楸爪，」褐皮轉身用鼻子輕觸祂的鼻子。祂的毛髮閃著星光，那雙琥珀色目光一如以往地溫暖。「我好想祢，」她低聲道。「一直都很想祢。」

花楸爪用面頰貼住她的。「以前我們在一起的時候，」祂說道。「妳就是我最忠誠的伴侶，哪怕我離開妳，去了星族之後也一樣。我永遠愛妳。」

「我也愛祢，」褐皮回答。祂的氣味和聲音如此熟悉，如此令她想念。她多希望可以隨時像這樣輕鬆地召喚祂回來。

「但我現在不在了，」花楸爪說道，語調變得嚴肅。「我雖然死了，可是我過得很好，我在星族很快樂。有一天我們會在那裡重逢，只是還要很久。」

「還要很久嗎？」褐皮心痛地問。

花楸爪喵嗚笑了。「還有好多好多個月升月落，不過我保證妳一定會再快樂起來。只是妳眼前還有很長的日子要過，這代表妳必須去自我調適。妳也知道，一切都變啦，就連妳的部族也在改變。」

「我很難去原諒他們對祢的詆譭。」褐皮輕聲說道。

花楸爪嘆口氣。「我已經原諒他們了，有一天他們也會原諒我的。在那段黑暗的日子裡，我沒能成為他們所盼望的那位領袖，但虎星是優秀的族長。」

「我知道。」褐皮同意道。

「妳必須給他機會，」花楸爪接著說道。「還記不記得他向來膽識十足、聰明過人？有妳和鴿翅當他的後盾，他一定能重新打造影族。」

褐皮渾身發抖，從她爬上山頂後，這還是頭一回有山風吹拂她的毛髮。「我不確定自己能不能做到，」她說道，低頭看著自己的腳。「也許我應該在別的地方重新開始。暴毛是對的，這裡的事情簡單多了，日子也比較好過，而且我想他們會歡迎我加入的。」

花楸爪什麼話也沒說。過了一會兒，褐皮抬頭看祂，發現祂的琥珀色目光若有所思地望著她。祂抽動鬍鬚，彷彿不敢相信。於是褐皮再度別開目光，祂太瞭解她了。

「可是我的家在影族。」她承認道。

花楸爪發出喵嗚聲。「妳的心也在影族。」祂說道。「我們的部族正在改變，但並非所有的改變都不好。給自己一點時間，也給虎星一個機會，好嗎？」祂上前一步，蹭蹭她的面頰，溫暖的氣息徐徐吐在她臉上。「我很愛妳，褐皮，」祂說道，「我永遠愛妳，但我得走了。」

褐皮閉上眼睛依偎著祂，再次感受花楸爪溫暖結實的身體在她身旁的感覺。她知道祂說得沒錯，但是要離開祂很難。「謝謝祢，」她低聲道。「再會了，花楸爪。」

「褐皮！褐皮！」有隻小腳爪在戳她的腰，褐皮突然驚醒。

「我的星族老天，是你啊，小影。」她說道，同時伸出一隻腳掌，玩笑地翻動小貓。「你越來越強壯了，差點把我踢出洞穴。」她眨眨眼睛，驅走睡意，看到從瀑布滲進來的天光顏色已經變了……現在恐怕已經快正午了。

「對不起啦，褐皮，」小影喵聲道。「我只是太興奮了。」

褐皮發現他看起來很開心，不再是以前那個因看過異象而老是板著臉、神情憂愁的小貓，反而有了小貓該有的樣子：兩眼發亮、毛皮光滑。他看上去已經變回異象首度找上他之前的模樣。她抬眼望向尖石巫師和鴿翅，他們都在小貓後方稍遠一點的地方。

「小影和我跟祖靈們討論了很久，」尖石巫師解釋道。「我想我們已經正確解讀了祂們給的徵兆，而且祂們應該會幫小影。」

「哪邊的祖靈？」褐皮問道。「星族還是殺無盡部落？」星族管的是部族貓，她不確定小影是否應該改聽取殺無盡部落的意見。

「兩邊都有。」尖石巫師說道，鬍鬚跟著抽動，彷彿能看穿褐皮的心思，覺得她的想法很可笑。「小影的異能是很罕見的，已經超越邊界，超越貓所能看到的世界。」

褐皮貼平耳朵。「看到部落的異象會害他受傷。」她直言道，「要是他老是因為看到跟自己部族無關的異象而受到困擾，他怎麼當影族的巫醫貓呢？」

小影蹭著她。「我現在沒事了，」他喵嗚道。「我保證。」

尖石巫師低頭看著小貓，神情明顯疼愛。「我無法保證異象不會再傷害他，」他承認道。「但我認為他跟我討論過的事情會有幫助的。他是很棒的小貓，一隻生命力很強韌的小貓，他會盡全力為他的部族服務。」

「也許影族能幫忙凝聚五大部族，」鴿翅小聲提議道。「這不是星族想要的嗎？」

褐皮抽動著尾巴。**任何一隻貓兒都應該只對一個部族效忠**。她用鼻口抵著小影的頭顱。小影很特別。她心頭湧現一股暖意。剛剛在夢裡的想法──留在山裡部落，突然變得可笑了起來。她絕對不可能離開小影、虎星、虎星的其他孩子、甚至是鴿翅。

「小東西，我相信你會為我們指引一條路，讓我們打造出全新的影族。」她輕聲喵嗚，小影自豪地點點頭。

「我想成為有史以來最棒的巫醫貓，」他大聲說道。「我一定會盡我的全力。」洞穴入口傳來些許騷動，原來是狩獵隊扛著獵物回來了。褐皮嗅聞空氣，兔子的氣味令她口水直流。

「我好餓。」小影大聲說道，同時從她身邊跳開，朝狩獵隊跑去。

「小影，不要太貪心，」鴿翅斥責道，同時追在他後面。「等輪到你才能吃喔。」

「噢，可是他救了我們大家，」溪兒喵聲道，立刻丟了一隻肥老鼠給他。「小影應該第一個享用。」

「謝謝，」小貓靦腆地說道。「妳願意跟我一起分食嗎？」

所有部落貓都開心地笑了，很高興小影學會了他們的習俗。「好有禮貌喔！」年輕的葉風幫褐皮帶來一隻田鼠，然後在她旁邊坐下來。「我們一起吃？」她問道。褐皮同意，先咬了一口田鼠肉，然後跟葉風交換她的兔後腿肉。

「我要再次謝謝妳昨天把我從河裡救上來，」葉風喵聲道。「我會永遠感激妳。所有部落貓也都會感激你們對我們的協助。」

「我們責無旁貸。」褐皮堅稱道。「部落貓過去曾幫過部族貓，所以無論何時，只要有需要，我們都會幫忙。」她意識到這兩邊的關係其實很奇特。就某些方面來說，她跟山裡這些貓的關係感覺比跟湖邊其他部族的貓還要親近。

「部落和部族宛若兩棵纏生的大樹。」尖石巫師吟誦道。「雙方都很強大，雖彼此纏繞，卻有各自的未來。部落貓永遠歡迎部族貓。」

「謝謝你，」褐皮很受感動地喵聲道。鴿翅和小影也目光炯炯地向他們表達謝意，沒多久，就到他們該離開的時候了。部落貓圍了上來，與他們互觸鼻子，珍重道別，殷殷叮囑回程的路上要小心。

「小東西，在山裡走的時候要特別小心喔。」阿夜告誡小影。

「要提防老鷹。」青苔不安地補充道。「來，先在身上塗點泥巴，我們再告訴妳下山的哪一條路最好走。」

褐皮盡可能蹲低，讓部落貓在她身上抹上冰涼的泥巴，然後才用面頰蹭了下尖石巫師。「很謝謝你幫助小影，」她說道。「我想他現在找到正確的方向了。」小貓似乎變得更快樂也更開朗，一直在新朋友當中蹦蹦跳跳的。

「我想妳也是吧，」尖石巫師說道，同時凝看著褐皮的眼睛。「妳也再度找到了正確的方向，不是嗎？」

「我想應該是吧，」褐皮說道。她感覺到內心深處有某種東西將她導向了正途。「這條正確的道路正帶著我回到心之所屬的地方——回到影族。」

她看著瀑布，如此美麗，又如此危險，但這不是她的家。**我竟然曾想要住在這裡，真是太傻了，**她現在才終於明白。她無法想像自己住在一個空氣裡沒有松香味，也不能在松樹林底下悠閒享受蔭涼的地方。**影族才是我的歸宿**。

她看了鴿翅一眼，後者點點頭，表情愉悅。褐皮也點頭回應她，她們兩個讓小影走在中間，帶著他朝瀑布轉身。該是回家的時候了。

第十章

湖邊的禿葉季和山裡凍水季冷冽的陡峭岩石比起來，簡直算溫暖了。他們跨過了與雷族的交界，褐皮心滿意足地嗅聞空氣。她聞得到湖水和林子的熟悉氣味，裡頭帶著些許松香味，除此之外，還有充足的獵物味道以及貓兒們標記的氣味記號，部族領地聞起來就是有家的味道。**現在我回來了**，她心想，**很難想像我曾經想離開這裡**。

「我想我們最好趕在日落之前回到影族營地，」她告訴鴿翅和小影。小影興奮地跳了一下，步伐跟著加快，但鴿翅的腳步卻慢了下來。

「妳還好嗎？」褐皮很是關切地詢問她。

鴿翅一邊走一邊看著地面，低垂著頭。「妳覺得虎星會原諒我嗎？」她小聲問道。「妳覺得他能理解我們離開的原因嗎？」

褐皮覺得這個答案好似悶在自己的胸口，她一直試著不去多想虎星是否還在氣頭上。「我相信等他看到小影變得好多了，就能理解了。」她語帶希望地說道。

「也許吧。」鴿翅說道，語氣不太相信。

虎星愛鴿翅，褐皮心想道，**而且他很尊重她，甚至願意為她離開影族，所以他一定會原諒她的**。

「虎星是我的族長，」她告訴鴿翅。「但妳是小影的母親，妳必須做最有益於妳孩子的事，妳做了對的選擇，虎星會懂的。就算當下無法理解，不久之後也會釋懷。」

鴿翅的耳朵稍微豎直。「謝謝妳，褐皮。」

「你們在做什麼？」兩隻雷族貓蕨歌和玫瑰瓣突然從一株灌木後面出來，褐皮本能地豎起毛髮。

「我們沒有站在你們的領地上。」她回嗆。

「我不是問這個。」蕨歌駁斥道，虎斑色尾巴不停抽動。

「我們在幫水塘光採集藥草。」褐皮謊稱。**我為什麼要告訴雷族貓我的私事？**

蕨歌表情疑慮。但鴿翅突然開口。「藤池和她的小貓好嗎？」她急切地問道。

蕨歌的聲音這時才有了溫度。「他們很好，」他喵聲道。「他們是很聰明的小貓。她會希望你過來看看他們的。」**這是當然的，**褐皮記得鴿翅的姊姊是蕨歌的伴侶貓。

「這是妳的其中一隻小貓嗎？」玫瑰瓣問道，低頭看著小影。「他應該還沒當見習生吧？」她的語調親切，但帶著好奇。

「還不是，」小影回答，抬眼看著她。「但我想要成為巫醫貓見習生。」

「所以我們才出來找藥草。」鴿翅開心地補充道。

玫瑰瓣點點頭，表情有點不解。「好吧，我們最好繼續巡邏，」她喵聲道。「小心不要越過邊界。」

「幫我跟藤池還有大家問好。」鴿翅說道，然後目送兩隻雷族貓消失在矮木叢裡，神情有些落寞。

要拋開自己的家族和部族，是很難的，褐皮同情地想道。當年她決定加入影族時，最難過的便是得離開她的弟弟棘爪。

她挨近鴿翅，用面頰輕蹭對方。「我們都還沒走出悲傷，對吧？」她小聲說道。「我難過的是花楸爪和以前的影族，而妳難過的是妳的雷族。」

鴿翅倚在她身上，靠她撐住自己。「是啊，」她附和道。「很開心能有貓懂我的心事。」

她們站在那裡好一會兒，最後鴿翅才挺起身子，彷彿找到新的力量。「走吧，小影，」她喊道。小貓正在草地上追著一片葉子。「該回家了。」

兩隻母貓帶著跟在後面的小影，肩並肩地朝影族走去。

他們跨過影族邊界時，沒有撞見任何巡邏隊，最後悄悄地鑽進通往營地的隧道。莓心正在看顧所有小貓，有她自己的，也有鴿翅和蓍草葉的，小貓們都在空地上翻來滾去，所以莓心是第一個看到他們回來的貓。「鴿翅！」她大喊，還跳了起來。「褐皮！妳們回來了！小影也回來了！」

空地一陣騷動，貓兒們全都從戰士窩和見習生窩衝出來。

「你們去哪裡了？」

「你們真的有到部落那裡嗎？」

「小影看起來好多了，他現在還好嗎？」

「我們好擔心你們喔！」

族貓們都爭相伸長尾巴，輕撫他們的背，與他們互觸鼻頭、互蹭面頰，彷彿在確認褐皮、鴿翅、和小影是真的回來了，這不是做夢。

接著空地上的聲音慢慢消失，原來虎星從族長窩裡出來了。他緩緩地往前踏出一步，然後又一步，琥珀色眼睛緊緊盯著鴿翅。她回望他的目光，腳步一樣遲疑。最後鴿翅走到空地中央與他碰面。

褐皮發現他們兩個看起來都很憔悴，眼裡都帶著心疼也帶著盼望。她不由得又想起花楸爪，想到自己有多愛他。這個記憶直到現在都還是令她心痛，不過也許有一天就不會了。

「虎星！你有想我嗎？」小影衝過去，撞上他父親的腿，打破了他父母之間的僵局。虎星喵嗚笑了。

「我當然想你。可是這隻大貓怎麼會是我的小貓呢？小影，你長得好大，我快不認得你了。」

「你傻啦，」小影說道，尾巴抬得老高。「我們才離開半個月而已。」

「感覺已經過了好久。」虎星喵聲道，同時看了鴿翅一眼，目光溫柔。

「我們遇到了好多事，」小影說道。「我的異象是真的！」他告訴虎星山區和急水部落的事，以及他的各種冒險，虎星耐心聽他說話，不時彎腰用鼻口輕蹭他兒子的頭。

「所以你母親和褐皮帶你去了部落，然後你救了他們。」等小影說完了自己的故事，虎星就幫他總結。「而尖石巫師也幫了你。」

「沒錯！」小影自豪地附和道。「尖石巫師說我很特別，因為我能看到發生在其他貓身上的事，不只是影族的。」

「孩子，我想你的未來生活一定很有趣。」虎星喵聲道。他抬眼看著褐皮和鴿翅，褐皮察覺得到他眼裡的不安。**聽到自己的孩子與眾不同，多少會讓做父母的有點緊張，**褐皮心想，**哪怕他們是你心中的驕傲。**虎星接著直起身子，直接對褐皮說：「要當一個好的族長，其中一點就是知錯能改。」他說道，「褐皮，我當初應該早點聽妳的，不該阻止妳。我知道妳是為小影著想，我真希望當初我是信任妳的。」

「我也希望我當初可以信任你，」褐皮回答。「我應該想辦法再多說服你，而不是帶著小影跑掉。」她突然如釋重負，原本綁在身上的某種桎梏終於解開了。「還好小影沒事。」

「這都多虧了妳和鴿翅。」虎星喵嗚道。

「還有，」褐皮接著說。「我有件事要宣布。」她心裡終於有了篤定，彷彿有一條全新的道路正在自己的眼前開展。「我決定卸下副族長這個職務。」

「不行，」虎星喊道。「只有妳最能協助我管理影族。最瞭解這個部族的貓非妳莫屬。」

可是褐皮搖搖頭。「影族正在改變，所以找一個新的副族長才是正確的，找一個足以代表影族未來而不是過去的貓。」

虎星看起來還是很擔心。「我會考慮，」他慢慢地說道。「挑選新的副族長必須慎重以對。」

「只要你需要我的幫忙，我都在。」褐皮提議道。「但我相信你會做出正確的決定。」

虎星不再說話，尾巴垂了下去。但褐皮不擔心。**他很快就會知道年輕一點的貓比他的母親更適合擔任副族長。不管虎星長得多大，成了多厲害的族長，在我眼裡，他終究是我的小貓。**

「褐皮，想分食獵物嗎？」鴿翅提議道。「走了這麼久的路，我好餓喔。」

褐皮突然發現自己並不餓，只是累壞了。「不，謝了。」她回答。「我需要小睡一下。」

她鑽進戰士窩，在自己的臥鋪裡安頓下來，然後回頭望著窩外空地上的貓兒。小影正在和小撲、小光以及部族裡的其他小貓玩耍，他們追逐彼此，吱吱尖叫。虎星和鴿翅正在分食兔子，兩隻貓的頭挨得很近，不時低聲交談。焦毛、焰掌、和杜松爪正躺在一塊晒得到太陽的地方開心地喵嗚大笑。莓心把頭擱在苜蓿足的腰腹上，同時一邊看那幾隻小貓。

這是一個祥和的部族。

褐皮將身子緊緊蜷起來，閉上眼睛。她嗅聞空氣，聞到熟悉的貓兒氣味……影族的氣味。

我到家了。

影星的最後一條命

Shadowstar's Life

粉紅眼：粉紅色眼睛的白色公貓。
葉青：琥珀色眼睛的黑白花斑公貓。
乳草：薑黃色和黑色花斑母貓，鼻口上有疤。
三葉草：黃眼睛、薑黃色和白色相間的花斑母貓。
薊花：綠眼睛的薑黃色公貓。
鵝莓：淺黃色虎斑母貓。
紫杉尾：奶黃色和棕色花斑公貓。
蘋果花：橘色和白色花斑母貓。
蝸殼：帶著斑紋的灰色公貓。
藍鬚：有黃色斑塊的白色母貓。

見習生 **榛穴**：黑白花斑公貓。
晨火：琥珀色眼睛的暗棕色母貓。
顫薔：琥珀色眼睛的黑色母貓，有隻耳朵有白色斑點。

小貓 **斑塊皮**：薑黃色和黑色花斑小公貓。
櫸尾：淺薑黃色小母貓。

風族 *Windclan*

族長 **風星**：黃眼睛、瘦長結實的棕色母貓。

副手 **金雀花毛**：瘦削的灰色虎斑公貓。

巫醫 **蛾飛**：綠眼睛的白色母貓。

狩獵貓 **塵鼻**：琥珀色眼睛的灰色虎斑公貓。

本篇各族成員

影族 *Shadowclan*

族長　影星：綠眼睛、毛髮豐厚的黑色母貓。

副手　日影：琥珀色眼睛的黑色公貓。

巫醫　礫心：琥珀色眼睛的灰色虎斑公貓，胸前有白色記號。

狩獵貓　杜松枝：綠眼睛的長毛玳瑁色母貓。
鴉皮：黃眼睛的黑色公貓。
鼠耳：虎斑大公貓，耳朵異常的小。
泥掌：淺棕色公貓，有四隻黑色腳掌。
泡泡溪：白色母貓，身上有黃色斑點。
懸葉：尾巴黃色的灰色公貓。
影皮：帶斑的棕色公貓。
暮鼻：玳瑁色母貓。

雷族 *Thunderclan*

族長　雷星：有著白色巨掌的橘色公貓。

副手　梟眼：琥珀色眼睛的灰色公貓。

巫醫　雲點：耳朵白色的長毛黑色公貓，胸部和兩隻腳掌也是白色。

狩獵貓　紫曙：毛色光滑的暗灰色母貓，耳朵和腳掌周圍有黑色斑點。

荊棘：寶藍色眼睛的帶斑棕色公貓。
快水：灰白色花斑母貓。
蕁麻：灰色公貓。
白樺：薑黃色公貓，眼睛四周有一圈白毛。
赤楊：灰、棕、白花斑母貓。
花開：黃眼睛的玳瑁色和白色花斑母貓。
紅爪：紅棕色公貓。
蜂蜜皮：帶有條紋的黃色公貓。

河族 *Riverclan*

族長 河星：綠眼睛的銀色長毛公貓。

副手 夜兒：黑色母貓。

巫醫 斑皮：金黃色眼睛、身形纖細的玳瑁色母貓。

狩獵貓 碎冰：綠眼睛的灰白花斑公貓。
露水：灰色母貓。
曙霧：綠眼睛的橘白色花斑母貓。
苔尾：金黃色眼睛的暗棕色公貓。
細雨：淺藍眼睛的灰白色花斑小母貓。
松針：黃眼睛的黑色小公貓。
蜘蛛掌：白色公貓。

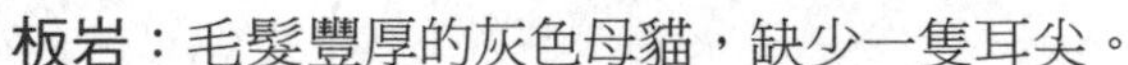

板岩：毛髮豐厚的灰色母貓，缺少一隻耳尖。

白尾：琥珀色眼睛的暗灰色小公貓，身上有白色斑塊。

銀紋：藍眼睛的淺灰色虎斑小母貓。

黑耳：琥珀色眼睛的黑白花斑小公貓。

點毛：琥珀色眼睛的金棕色公貓，身上帶著花斑。

岩石：綠眼睛、身形豐腴的橘白花斑公貓。

迅鯉：灰白花斑母貓。

蘆葦尾：銀色虎斑公貓，有豐富的藥草知識。

鋸齒峰：藍眼睛的嬌小灰色虎斑公貓。

冬青：毛髮粗厚濃密的母貓。

風暴皮：藍眼睛的雜灰色公貓，尾巴毛很濃密。

露鼻：黃眼睛的棕色虎斑母貓，鼻子和尾巴有白點。。

鷹羽：黃眼睛的棕色公貓，肩膀很寬，尾巴有條紋。

柳尾：藍眼睛的淺虎斑母貓。

天族 *Skyclan*

族長 **天星**：藍眼睛的淺灰色公貓。

副手 **麻雀毛**：綠眼睛的玳瑁色母貓。

巫醫 **橡毛**：栗棕色母貓。

狩獵貓 **星花**：毛髮豐厚的金色虎斑母貓。

露瓣：銀白花斑母貓。

花足：有褐色條紋的母貓。

貓兒視角

影族營地

雷族營地

天族營地

北方

高岩山
轟雷路
風族營地
四喬木
瀑布
河流
河族營地

北愛爾頓
垃圾堆置場

兩腳獸視角

上風路

白鹿森林

北方

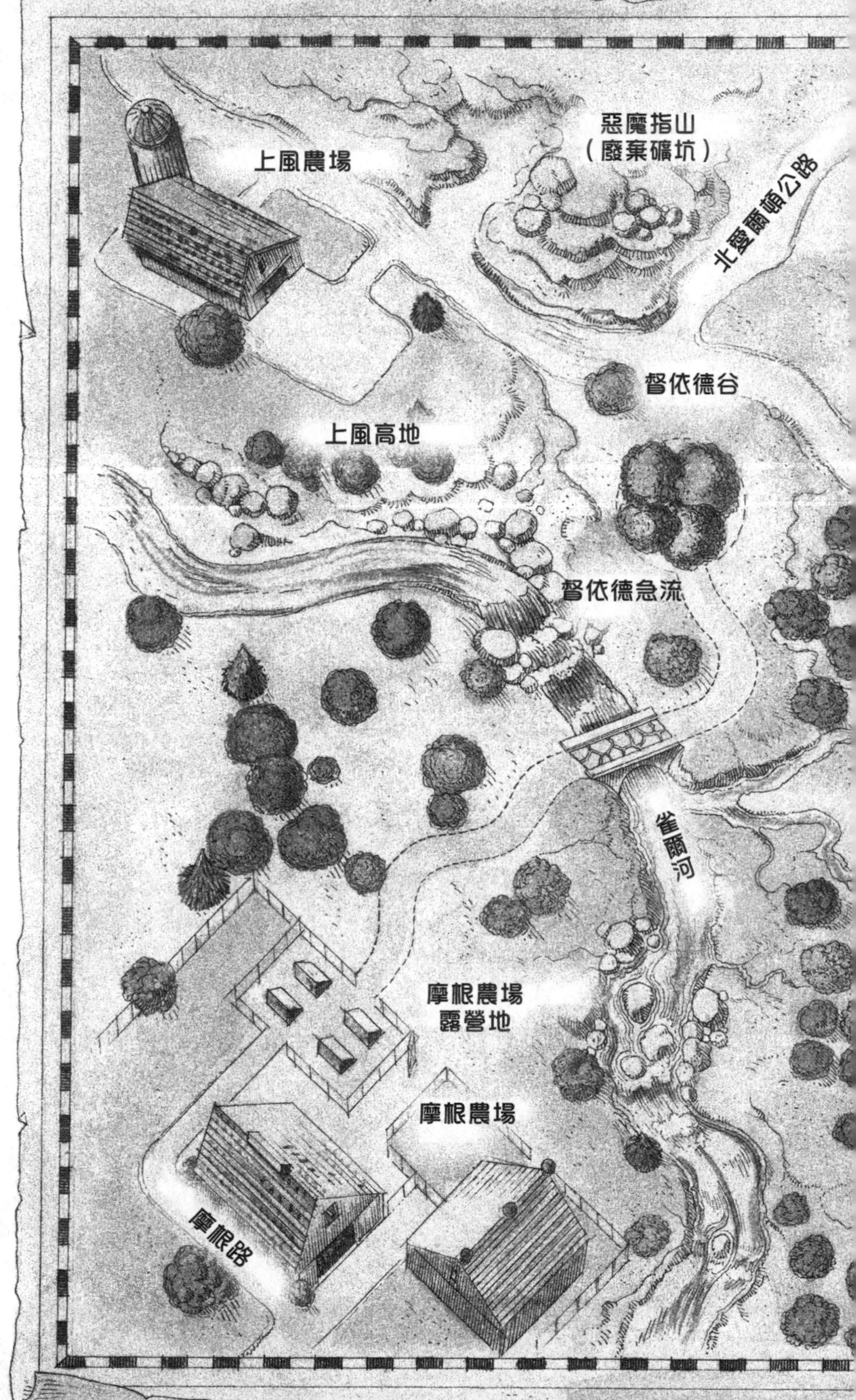
上風農場
惡魔指山
（廢棄礦坑）
北愛爾頓公路
督依德谷
上風高地
督依德急流
雀爾河
摩根農場
露營地
摩根農場
摩根路

第一章

「我覺得你應該先等等看未來的情勢發展，」影星告訴天星，她的老朋友——天族族長就站在她旁邊，看著最後幾隻影族貓從四喬木啟程回家。「現在還很難知道兩腳獸會做出什麼……」

她有點分神，聲音越說越小，因為她的巫醫貓礫心回頭看了她和影族副族長日影一眼。影星抽動耳朵，示意礫心率領族貓先回去營地，她和日影要留下來勸天星冷靜。

天星毛髮炸了開來，尾巴在空中甩打。「我很清楚這些兩腳獸在做什麼，」他悲痛地說道，「就算其他族長都不相信我，但我的巡邏隊每天都在向我呈報同一批兩腳獸又出現在天族領地上，牠們四處查看，似乎正在標示領地。我想牠們正在畫出自己的邊界。」

「我知道你的想法，」影星耐著性子回答。今夜在月圓的大集會上，天星幾乎花了大半時間說明他對兩腳獸的疑慮。「可是兩腳獸為什麼要占領你的領地呢？牠們有自己的地盤啊。」

天星嘆口氣，肩膀垂了下來。「妳不懂，如果是影族的領地有危險，妳就會懂了。但至少答應我，要是兩腳獸還是繼續巡查天族的領地，下次大集會時，妳一定要站在我這邊，我們必須說服五大部族一起行動。」

「我當然會。」影星承諾道，同時用鼻子輕觸他的頭。**但我相信自己應該不用表**

態，畢竟兩腳獸怎麼可能會要森林裡的東西呢？

最後她和日影向天星道別，離開了四喬木，朝自己的營地方向走去。圓月高掛在頭頂上方，照亮黑暗中的道路。影星配合著副族長的步伐，在夜色裡輕步疾奔。月光下，日影修長的暗色長毛身影令她想起她的弟弟月影。

影星嘆口氣。最近她常想起她的同窩手足，也就是日影的父親。月影是她最親的貓兒，但好幾個季節前，當他們從山裡遷徙到森林之後沒多久，他就死於一場大火。**那時我有一部分也跟著他一起死了，**她心想。

她真希望月影能夠活著目睹她和其他來自山裡的貓在這裡打造出來的新生活——他們有五個繁盛的部族，彼此之間和平相處，在各自的領地上也都有充裕的狩獵資源，截然不同於他們之前所逃離的飢荒狀態。他們找到了當初離開山區時所寄望的美好未來，只是她的弟弟不幸沒能跟他們共享這一切。

日影是在月影死後過了很久才從山裡來的，他從來沒見過他父親，但是他跟他父親一樣很有傲骨，也很果斷。**有一天他終將成為極具膽識的族長，**影星心想道。等她喪失最後一條命時——不過她希望這是很久以後的事，他能穩健地領導整個影族。

他們已經橫越轟雷路進入影族領地，四周有松樹林圍繞，但這時日影突然停下腳步，嗅聞風裡的空氣。

「怎麼了？」影星問道，也在他旁邊停下來。她的副族長還沒來得及答腔，她就自己聞到了。「有狗！」濃烈的狗臭味令她嫌惡地皺起鼻子，胸口緊張地上下起伏。**狗跑**

到我們的領地上做什麼？

「你認為我們的族貓回營地的路上有撞見牠們嗎？」日影問道，他的喵聲聽起來比平常來得沒把握。

影星嗅聞空氣。她聞得出來這幾條狗才剛到這裡，影族回程時都會經過這條路。「沒有恐懼的氣味，」她遲疑地說道，「也沒有血跡或憤怒的味道。我不認為我們的族貓有撞見這幾條狗。」

「感謝星族老天，」日影說道。但這時一個粗糙的吠聲在遠處響起——**但還是不夠遠，**影星心想道，日影當場愣住。更多的吠叫聲和咆哮聲跟著出現。日影驚恐地瞪大眼睛。「牠們朝這邊來了，我們該怎麼辦？」

影星腦筋動得飛快，**絕對不能輕忽任何一條狗，只是這些吠聲聽起來很低沉，似乎是大狗在吠。我們得把牠們引離影族營地。**「我們先折回轟雷路，」她決定道。「也許轟雷路的臭味能蓋過我們的氣味，讓牠們追蹤不到我們。」

他們快步朝影族領地邊緣走去。夜空的圓月開始下沉，在地上投出長長的黑影。她經過一棵松樹的低垂枝椏下方，全身忍不住刺癢，背上的毛炸了開來，感覺好像有不友善的眼睛正盯著她看。她遲疑了一下，抬頭凝視林子，腳步跟著慢下來。

上方枝椏什麼東西也沒有，但狗味前所未有的濃烈，後方近處傳來吼叫聲。

「那是什麼？」日影嘶聲說道。

「走這邊。」影星告訴他，同時轉向，一路傍著轟雷路跑。「我們來拉開我們跟營地之間的距離。」她彈動尾巴，先不理會那種正在被監視的怪異感覺。**會是誰呢？**這幾個月來，五大部族都和平相處，而且也沒有惡棍貓或獨行貓敢在部族貓的領地上撒野。

咆哮聲和吼聲越來越大，狗群急乎乎地追著他們的味道而來。**牠們會追上我們的，**她心想。影星貼平耳朵，加快步伐，日影跑在她旁邊，

這時有四條狗突然從他們後面的林子裡衝出來，不停吠叫。影星心臟狂跳，呼吸急促，**我們應該爬上樹，**她心想，但沒有時間了。此刻的他們已經遠離樹林，正奔馳在轟雷路的堅實路面上。她跨大步伐狂奔，他們就快跑到兩腳獸橋了，**也許牠們不會追來。**

結果竟有第五條狗從暗處衝出來擋住他們的去向，這是一條毛髮蓬亂的棕毛狗，體型比其它狗來得大。牠咆哮出聲，露出森白尖牙。影星和日影緊急煞住腳步，爪子滑過轟雷路面。氣喘吁吁的他們想原路折返，但狗群已經追上來，離他們太近，只見牠們個個張開大嘴，尾巴不停甩打。狗的味道實在太濃烈。**牠們到底是打哪兒來的？**

兩名戰士貼近彼此，伸長脖子瞪視五條狗。日影蹲低身子，發出嘶吼，狗群也回以吼聲。有兩條狗是黑的，這兩隻幾乎跟那隻棕毛狗一樣大隻。有一隻是中型犬，毛髮短密，也是棕色。最後一隻體型較小，是白色的捲毛狗，粉色舌頭垂在外面，不停喘氣。

她感覺得到日影正在發抖。

「我們先合力攻擊比較小的那隻。」影星很快地低聲道。「再衝向林子。一旦我們上了樹，牠們就抓不到我們了。」這時最大隻的狗慢慢逼近，從喉嚨裡發出嘶吼。

日影點頭，做個深呼吸。「我準備好了。」他壓低音量說道。

影星繃緊後腿肌肉。「進攻！」她放聲大吼，衝向白狗。旁邊的日影也倏地動作，身影瞬間模糊。

影星利爪揮向白狗的臉，對方往後彈縮，鮮血從傷口噴出。日影撲向白狗的腰腹，爪子瞄準對方肩膀。後者轉身迎敵，吠叫出聲。

「快跑！」影星跳上狗的後背，爪子戳了進去。牠慘叫一聲，死命扭動身子，張嘴胡亂空咬，想逮住她。日影鑽進牠肚子底下，再從後面衝出去，朝樹林方向狂奔。其他條狗一時之間搞不清楚狀況，只顧著狂吠。

站在狗背上的影星，望向那片林子，心裡估算自己得跑多遠。那當下，她覺得好像有看到一雙琥珀色的眼睛——貓的眼睛，正從暗處的枝椏那裡對她眨呀眨的。是幫手到了嗎？可是那雙眼睛沒有移動，只是盯著她看。影星從狗背上跳下來，準備逃離。

但半空中她突然被猛地拉了回去，她的後腿一陣劇痛。其中一條大黑狗趁她跳出去的那一瞬間張嘴咬住她。**就像抓捕獵物一樣，**她驚恐地心想道。她扭過身子用利爪劃牠鼻口，痛到視線瞬間模糊。

大狗發出怒吼聲，不停甩她，她死命地想要掙脫，前爪胡亂揮打。慌亂中，她看見已經快跑到林子那裡的日影，驚慌地回頭找她。

跑！她絕望地心想道，**快跑！影族需要你。**

日影轉身狂奔——朝狗群和影星的方向跑回來。

不要回來！她心想，眼前視線瞬間黑掉。

陽光溫暖地照在影星背上。身上已經不痛了。她躺著不動好一會兒，閉著眼睛，將四周豐富的獵物氣味和生長的植物味道全深吸進去。

她知道自己在哪裡。

那幾條狗殺了我，她憤怒地想道，**現在我只剩下一條命了**。

風星的女兒蛾飛曾告訴各部族族長，星族會賜給每位族長九條命，以便他們從事身為族長本當承擔的冒險活動時，仍有機會續命繼續領導部族。那時影星本來也很懷疑。一隻貓怎麼可能死九次？但後來她真的有死過——被一隻獾攻擊而喪命，結果真的去到星族，又醒了過來，而且已經被治癒好了，從此對這個溫暖又綠意昂然的地方印象深刻。

算起來她已經死過八次了：從被獾攻擊，到嚴重的咳嗽，再到轟雷路上被兩腳獸的怪獸碾過，還有部族貓在森林裡完全立足之前曾與一隻惡棍貓惡鬥。另外她也曾狩獵時從樹上掉下來，以及為了救一隻小貓，而被河水沖走——不過這絕對非常值得用一條命來換。還有她的傷口曾經嚴重感染到連礫心都救不了她。再加上現在又被這些癩皮狗咬死。

所以只剩一條命了。

沒事的，影星推論。多數沒有擔任族長的貓都只有一條命。當年尋找領地、建立部族的那段可怕又漫長的歲月裡，每隻貓似乎都在腳爪相向，當時的她也只有一條命。

不過現在她還是覺得自己很脆弱，彷彿有隻巨大的鶚鷹正在她頭頂盤旋，爪子已然伸出。

多數貓都只有一條命，她再次提醒自己。

多數貓，影星的心突然抽緊。**求求祢們，星族，求求祢們讓日影逃過這一劫。**

可是等她睜開眼睛，心也跟著沉了下來。日影就站在她旁邊緊張地眨著眼睛，望著正站在他面前的兩隻貓。**那幾條狗也殺了他。**「灰翅？」日影試探地問道。「可是祢……」祂轉頭面對另一隻貓，那一隻黑色公貓。「我不認識祢欸。」

影星爬了起來，用肩膀抵住祂。「這位是祢父親，」她輕聲說道，同時將她至愛弟弟的身影盡攬眼中，此刻對方身上閃爍著著微弱的星光。「嗨，月影，好久不見。嗨，灰翅。」

兩隻星族公貓都向她垂頭致意，眼神溫暖。影星轉頭面對日影，她留意到祂身上也已經有了星光。「對不起。」她告訴祂。她感到內疚，**我應該保護他的。**

「這不是妳的錯。妳要我快跑，但我不能丟下妳孤軍奮戰。」日影的琥珀色睛瞪得斗大。「所以……我死了嗎?我不太記得了……」

月影上前一步，用面頰輕撫他兒子的。「自從祢來到這片森林後，我就一直看著祢，」他輕聲說道。「我為祢感到驕傲。現在這裡是祢的歸宿了。」

「是嗎?」日影焦急地看著影星，耳朵不停抽動。「可是影族怎麼辦?」

「我們會共同庇佑他們。」月影喵嗚地告訴他。「跟我來。」

日影猶豫了一下，然後朝祂走去。沒過多久，祂們就消失了，只留下草地上綴滿星光的腳印。影星目送祂們，頓時感到心痛。不管日影怎麼說，她都應該責無旁貸地保護他才對。她是他的族長，沒有了副族長，她該怎麼辦？

遠處草地上，她隱約看到一個黑色身影，那是她的分身，對方毛髮上綴著星光。她每次回到這裡，那個形體就變得比之前再清楚一點。下一次，它和她就會合而為一了。

她用尾巴輕刷著灰翅的尾巴。「我現在只剩一條命了。」她說道。

「我希望還夠。」灰翅的表情嚴肅。

影星心頭頓時一驚。「祢這話什麼意思？」她問道。

灰翅搖搖頭。「我不知道萬一妳死了，對影族或任何部族來說會造成什麼影響。」他告訴她，目光冷靜。「我們都不知道。畢竟以前從來沒有族長九條命都用完過。我希望影族夠強韌，就算失去妳也能撐下去。萬一影族垮了，其它部族也可能跟著垮了。」

影星渾身發顫，一股寒意頓時上身。影族是她創立的，是她把這些貓整合起來，在松樹林裡打造出新的生活。要是她不在了，他們還會一起生活嗎？脆弱不堪的感覺又回來了，比過往還要強烈。命若只有一條，一切都會變得不堪一擊。

不光只有她命懸一線，連影族也危在旦夕。

第二章

轟！

影星聽到兩腳獸的怪獸呼嘯而過，眼睛倏地睜開。她正躺在轟雷路旁附近的草地上，離兩腳獸橋沒有很遠。曙光已經破曉，地平線上有淺淡的粉金色雲彩。

那當下，影星覺得自己好像是從一場又長又沉的睡眠裡醒來。她站起身，欣喜肌肉終於不再緊繃。

然後她的目光落在橋上，忍不住想像又有凶惡的狗從暗處出現，露出尖牙。

我死過了，她想起來，全身突然打起寒顫。灰翅那張憂心忡忡的臉又出現在她面前。

要是我死了，連星族也不知道五大部族會有什麼下場。五大部族一個都不能少。這是他們彼此爭戰，最終和平相處之後所學到的一件事。要是影族在影星死亡後也跟著瓦解，其他所有部族也可能滅絕。

當然這也是她和每位族長都會各自任命副族長的原因……她的胃突然揪緊，趕緊四處張望。

日影就躺在不遠處的草地上，看上去就像睡著了一樣，眼睛閉著，面部安詳。但肚子上有一道很長的口子，打結的毛髮沾滿血跡。

「喔，日影，」她低聲道，鼻口抵住他的肩膀。「我對不起你，」他的身體冰冷，血腥味和狗臭味覆蓋了他身上原本熟悉的氣味。她的副族長、她的朋友、也是她的親

屬，被狗群殺害了。她全身被憤怒和悲痛淹沒，爪子深戳進草地裡。

「影星！」

聽到聲音的她趕緊抬頭，立刻看到一隻黑色公貓從松樹林那裡朝她奔來。那一瞬間，她還以為她見到了日影。

「你們去哪裡了？」公貓喊道。影星感覺到自己的肩膀垮了下來。那不是她的副族長……當然不是。他是鴉皮，一名忠貞的影族戰士。對方的黃色眼睛目光炯炯，很是憂心。

「妳和日影昨晚都沒回來，」他說道。「部族裡有一半的貓都出來找你們了。我……」他停下腳步，看到她腳下的屍體。「出了什麼事？」

影星簡短地交代了事情經過。她一邊說，一邊感到心痛難過。「我跟日影在這裡等，」她最後說道。「你去找些戰士過來，把他扛回營地。我們必須好好跟他道別。」

太陽正在西沉，日影的屍體躺在營地中央。礫心已經盡可能地清理乾淨他的傷口。先前黎明的時候，影星還有某種錯覺，以為日影可能只是睡著，但現在那種感覺不復存在，他看起來就是徹底死掉的樣子。

她垂下頭，用鼻子輕輕抵著副族長的前額，開口說：「日影年輕時第一次來到這座森林尋找他的父親，雖然那時月影已經死了，但日影在這裡找到了自己的親屬，而且不只這樣，也找到了屬於自己的部族。他已經多次證明他對影族的忠貞不二，無論是上戰場還是出外狩獵，他總是把族貓放在第一位。」她停頓一下，不由得悲從中來，於是做個深呼吸。「日影是我心目中最棒的副族長。他勇敢、仁慈，在乎族裡的每一隻貓。他不該死得這麼慘，他是為了救我才慘死的。」

坐在日影屍體旁邊的懸葉抬起頭來。「日影曾教我如何捕捉青蛙。」他開口說道。就在族貓們逐一分享他們對日影的懷念時，影星忍不住環顧他們。杜松枝和鴉皮挨在一起互相安慰。杜松枝的頭靠在她伴侶貓的腰腹上。泡泡溪的藍色眼睛充滿哀傷……這隻年輕的貓兒向來崇拜日影。而當暮鼻在講日影和一隻兔子的故事時，泥掌表情難過地看著地面。礫心的琥珀色目光……

琥珀色眼睛——

影星突然倒抽口氣，想起她在與狗群纏鬥時曾在幽暗林子裡看到一雙眼睛正盯著她看。她知道那雙目不轉睛的冰冷目光絕非她想像出來的，可是難道真的有族貓曾經冷眼旁觀她和日影命喪黃泉？甚至沒有試圖出手幫忙？一股冰冷的寒意在她胃裡流竄。有貓曾眼睜睜看著他們死亡。

鼠耳的眼睛也是琥珀色。蔭皮也是。

影星幾乎沒在聽那些徹夜守在日影屍體旁邊的貓兒們所追憶的生前往事。等到守靈結束，黎明破曉時，她肩膀僵硬地朝她的窩穴走去。**我的思緒太亂了，**她告訴自己，**等我睡一覺之後，就會知道我所擔心的事情是不是真的了。**

但她才快走到窩穴所在的橡樹時，鼠耳就來到她旁邊。

「影星？」虎斑大公貓語氣急切地說道：「妳一定累了，如果妳願意的話，我可以幫忙分派今天的狩獵隊伍。」

影星驚訝地眨眨眼睛。**這本來是日影的工作。**「也可以啊，」她緩緩說道。「謝了。」她迎視鼠耳的琥珀色目光，肩上的毛瞬間炸開來，但她壓抑住自身的情緒。**有很多貓的眼睛都是琥珀色。**

「我們應該小心點，因為那些狗也許還在附近。」另一個聲音從她後方傳來。影星轉頭看見杜松枝，對方的尾巴抬得很高。「我會確保每支巡邏隊都有多分派幾隻貓，這樣一來，萬一需要驅趕狗群，才有足夠的幫手。」

「好啊。」影星緩緩地說道。但是這兩隻族貓都怒瞪著彼此，尾尖不停抽動。**怎麼回事啊？**「謝謝你們兩個。」

「我會盡我所能地協助我的族貓。」杜松枝說道，綠色眼睛炯炯發亮。

「我也是。」鼠耳接著說。

影星突然懂了，牙關跟著緊咬。**他們是在爭奪日影的職位嗎？**她是能理解這種想要上位成為部族裡第二把交椅的企圖心，可是日影都還沒下葬。她張嘴正想斥責他們——**你們就不能先尊重一下日影嗎？**但隨即改變主意。還是讓他們自己先露出馬腳吧。「我要回窩穴了。」她冷冷地告訴他們。

「好的，影星，去補點眠吧。」鼠耳喵聲道。

「我會確保妳不受到打擾。」杜松枝補了一句。

影星轉身背對他們，鑽進橡樹根底下，蜷伏在臥鋪裡。她真的很累了。

我不能倉促地挑選新的副族長，她心想道，**我只剩一條命了，所以這個決策非比尋常地重要。**

影星坐在她的窩穴外面，微風拂亂她的毛髮。鴉皮在附近和暮鼻分食老鼠，泥掌正在梳理懸葉的毛，蔭皮和泡泡溪則在幫忙分類藥草，這顯然是應礫心的要求。每隔一段時間，就會有隻貓瞥看她一眼，表情懊惱。每次她捕捉到他們的目光，就會覺得肚子裡像被一隻恐懼的爪子緊緊攫住，忍不住納悶有誰已經知道她只剩最後一條命的這件事。

沒有貓知道，她告訴自己。但是她現在不能說。要是讓他們知道她的下一次死亡不會再有回頭路時，一定會無時無刻地想把她看緊。

至少有些貓會……

自從開始為日影守靈，已經又過了三天。影星知道她的戰士們都很擔心她老窩在窩穴裡，不跟其他貓打交道。也許他們以為她還在難過日影的事。

我是很難過……但這不是我不想跟族貓們打交道的原因。

她就是會忍不住想起當初掙扎求生時，幽暗林子裡的那雙琥珀色眼睛。她常盯著那幾個有琥珀色眼睛的族貓看，心想會不會是他們其中一個……

這太可笑了，如果她無法信任自己的族貓，那要部族做什麼？

杜松枝從營地入口的荊棘隧道鑽進來，後面跟著鼠耳。鼠耳的鼻子上有道很長的傷口。杜松枝則是耳朵破了，正在淌血。

影星跳了起來，完全忘掉自己剛剛擔心的事情。「出了什麼事？」她問道，同時快步過去檢視他們的傷口。「這是別的貓幹的嗎？有貓入侵我們的邊界嗎？」

五大部族和平相處了這麼久之後，又開始有攻擊行動了嗎？她全身竄起一股寒意。**我會因此失去最後一條命嗎？**

鼠耳一臉尷尬。「不是，」他承認道。「我們打了一架，杜松枝不肯聽我的。」

「他憑什麼告訴我該去哪裡狩獵？」杜松枝吼道。「我的狩獵技術比他好多了。」

「憑我比你更了解我們的領地，」鼠耳吼回去。「我在影族的資格比誰都老。」

杜松枝正要回嗆，但影星受夠了。「安靜！」她厲聲喊道。「你們兩個是鼠腦袋嗎？」兩隻貓看起來都很不高興，但她搶在他們開口之前繼續說：「就因為你們的愚蠢，到現在一隻獵物都沒抓到。你們太令部族失望了。現在其他貓要代替你們去狩獵，只因為你們兩個光忙著吵架，連自己的工作都忘了。」

「都是你的錯。」鼠耳對著杜松枝吼道。「是你先挑釁的。」

杜松枝吼了回去，朝他揮爪，害他鼻子的傷口又裂開了。大虎斑公貓嘶聲吼叫，撲上她，將體型較小的玳瑁色母貓推倒在地。

「住手！」杜松枝的伴侶貓鴉皮衝向他們，後面跟著泥掌和懸葉。

他們忙著拉開兩隻大聲嘶吼的貓。杜松枝的面頰在流血，鼠耳肩上少了一撮毛。他們怒瞪彼此，尾巴用力地甩打。

「你們就像兩隻愚蠢的小貓，」泥掌火大地吼道。「為什麼要打架呢？」

杜松枝對著他嘶吼。「你才是愚蠢的小貓，」她回嗆他。「你總是挺鼠耳，就算他錯了，你也挺。」

泥掌瞇起眼睛，但還沒開口反駁，鴉皮就上前一步，很是防備地站在他伴侶貓旁邊，憤怒地貼平耳朵。

他們根本是要撕爛對方，影星驚愕地想道。**要是我不在了，這個部族還怎麼凝聚在一起？**

她上前一步擋在杜松枝和鼠耳中間，環目怒視在場的所有戰士。「別吵了，」她斷然說道。「你們應該覺得可恥。難道部族貓的行為就是這樣嗎？還是你們根本是惡棍貓，才會這樣反目成仇？」

這幾隻憤怒的貓都垂下尾巴。「對不起，影星。」杜松枝咕噥道，鼠耳也點點頭。

「去礫心的窩穴，讓他處理傷口。」她下令道。「傷口處理完之後，你們兩個一起去把所有臥鋪的墊子都換新。」杜松枝看起來好像想要開口反對，但影星目光嚴厲地瞪著她。「既然你們兩個的舉止跟小貓一樣，那就去做見習生的工作。」

她看著他們滿臉羞愧地快步朝巫醫窩穴走去，然後才朝其他族貓轉身。「我來親自帶領狩獵隊，」她大聲宣布。「也許這樣才能專心抓捕獵物。有誰要跟我去？」

「我！」暮鼻很快地自動報名，泡泡溪也走過來加入他們。影星稱許地點個頭，然後轉身走向隧道，兩隻年輕貓兒跟在後面。

一到森林外面，熟悉的松樹氣味多少冷靜了影星的情緒。腳下的地面冰涼潮溼。她嗅聞空氣，搜尋獵物。

「昨天轟雷路那裡有很多老鼠。」泡泡溪提議道。

「那我們就去那裡。」影星果斷地說道。只是她一想到又要回到日影喪命之處——也是她的喪命之處，便忍不住全身緊繃。不過她絕不會刻意避開她領地上的任何一處地方。

林線外面是一片長草地，這時暮鼻身子突然愣住。「在那裡，」他喵聲道，「在那個草叢裡。」空氣裡有很濃的老鼠味，影星聽到草叢裡傳來一些快速的心跳聲。

「把牠們趕出來，泡泡溪和我負責捉捕。」她告訴他，然後和白色母貓悄悄溜過去，從老鼠藏身的草叢兩側走過去。等他們走到離轟雷路比較近一點的地方時，暮鼻便衝進草叢。四隻老鼠驚慌失措地直接奔向兩隻母貓。

泡泡溪立刻撲上去，腳下踩住一隻老鼠。影星遲了一步，沒能抓住另外三隻，於是旋身一轉，追了上去。

但他們離兩腳獸橋太近，那當下，她以為又會有一隻棕毛狗跳出來，擋住她的去向，心臟猛地一抽，腳步瞬間遲疑。

老鼠逃之夭夭，不見蹤影。

「怎麼了？」暮鼻跑過來，然後尷尬地舔舔胸毛。

影星不安地蠕動著腳。「我只是累了。」她撒謊道。兩隻族貓很是關切地看著她。她朝他們彈動耳朵。「走吧。」她喵聲道。「我們到林子深處試試看。」

我必須克服這件事，她一邊帶隊一邊想道，**原因是出在我沒辦法忘記這是我的最後一條命，我得在失去最後一條命前先確保我的部族就算沒有了我也能熬過去。但我也不能因為太害怕死亡而不有所作為。**

聞到豐富獵物氣味的她窺看四周。**在那裡！**有隻小松鼠正坐起來，背對他們，緊抓住一顆堅果。

影星這次不再猶豫，她馬上行動，飛奔上去，全身亢奮，但這時松鼠警覺到她的動作，立刻拔腿狂奔。她趕在牠跳上樹幹之前，撲了上去。

但她硬生生絆了一跤，前腿一陣劇痛。她低頭一看，才發現自己踩進坑洞裡，扭傷了腳。

要不是我太心急，一定能事先看到這個洞。但她必須衝上去，不是嗎？不然又會愣在原地。

泡泡溪和暮鼻朝她跑過來，影星這時黯然地想道，她是不是已經徹底喪失原有的膽識與勇氣。

第三章

影星小心翼翼地放下腳掌，將重量移到那隻扭傷的前腿上，幾乎不痛了，她頓時鬆口氣。不過這也耗了她半個月的時間才總算痊癒。但她知道礫心一定會堅持再做最後的檢查。

影星鑽進部族岩下方通往洞穴的蕨葉叢，巫醫貓的窩就在洞穴裡，進來的路上就聽到他正在治療某位戰士的聲響。

「不要動，我馬上拔出來。」灰色虎斑公貓輕聲說道。影星隔著洞穴入口探看，發現蔭皮半抬著一隻腳掌，礫心正在幫他拔腳墊上的刺。

「好了，」他神情愉悅地對年輕貓兒說道。「我會敷點紫草，讓你舒服一點。」

影星看著礫心把紫草葉嚼成泥，再小心舔在蔭皮的腳掌上。**他很照顧影族貓**，她心想，**總是盡心盡力**。

巫醫貓抬眼看著蔭皮，琥珀色目光炯炯有神。「今天一整天這隻腳都不能踩地喔。」

影星突然屏氣。**琥珀色眼睛**。她再次想起當初在林子裡眼睜睜看著她掙扎死去的那雙冰冷目光。

礫心絕不會見死不救，如果說她能選擇相信誰，礫心一定是首選，這一點她很確定。自礫心還是小貓時，她就認識他了。而現在他是星族欽點下的巫醫貓，負責治療族貓們的病痛。

蔭皮一跛一跛地走出巫醫窩，對正低頭鑽進入口的影星垂首致意。

「妳那條腿的感覺怎麼樣？」礫心問道。

「好多了。」影星告訴他，同時很有耐心地站在那裡讓礫心檢查。

「完全不痛了？」他終於問道。她搖搖頭。「那我想妳可以回去狩獵和巡邏了。但如果不舒服，一定要告訴我。」

「好。」影星回答。她待在原地，在旁邊看著礫心整理藥草。巫醫窩是營地裡最平和的地方。

「妳還好嗎？」礫心問道，同時把剩下的紫草放回窩穴旁的乾藥草堆裡。「妳最近有點悶悶不樂。」

影星很想告訴他她很好，卻發現到自己的心情其實很沉重，憂愁像水一樣灌滿她的腦袋。「他們老是吵個不停。」她難過地嘆口氣。「日影死了之後，有幾個戰士似乎急著想爭取他的位子，總是互相競爭。」雖然已經處罰了不下一次，但鼠耳和杜松枝仍然爭執不休。「現在就連其他貓也開始選邊站。」她用力地吞了吞口水，胃不由得揪緊。「整個部族都快分裂了。」

礫心看著她的眼睛，目光平靜。「花點時間，」他告訴她，「做個深呼吸。」他緩緩地吸進一大口氣，影星也學他，他們同時閉了一會兒氣，再慢慢吐出來。「再做一次。」

做了幾次之後，影星心情才放鬆了一點。

「不知道未來誰才是副族長，確實會造成一些衝突。」礫心說道。「日影已經死了半個月，也許該是時候任命新的副族長了。」

影星猶豫了一下。**我可以跟礫心說實話的**，她提醒自己。「但是選誰當副族長的這件事事關重大，」她告訴他。「必須是一隻我能信得過的貓。」

礫心歪著頭，表情不解。「這和妳當時選日影當副族長有什麼不同？」他問道。「我不記得妳當時心裡有那麼掙扎。」

影星低下頭看著自己的腳掌，心想是不是該告訴巫醫貓真相。

「這是我的最後一條命，」她終於承認道，盡量壓低音量。「我的下一位副族長必須隨時準備接手族長的位子，所以他得要有能耐凝聚整個影族。」

礫心看起來憂心忡忡。「妳確定？」過了一會兒他問道。「妳曾經感染過，跟獾打過架……咳嗽、溺水……還有那次掉下來……」

「呃……我可能還有兩次死亡經驗沒告訴你。」影星承認道。「我曾被兩腳獸的怪獸撞到，我還跟一隻惡棍貓打過架。」

看著礫心臉上的愁雲，她又趕緊補了一句：「我誰都沒說過。那兩次都是我獨自死亡又獨自重生。誰來都無能為力。不讓大家知道我只剩最後一條命，才能穩住民心。」

「喔，影星，」礫心眼神悲痛。「我很抱歉。妳不該獨自承受這些的。」

她聳聳肩。「我沒有獨自承受，星族始終陪著我。」她又回到那看似最重要的話題上。「長久以來都是日影協助我統領這個部族，必要時，他隨時可以接手。但是我怎麼知道除了他之外還有誰有能力領導這個部族？我怎麼知道我是不是可以信得過……」她越說越小聲，同時想起那雙眼睜睜看著她死去的琥珀色眼睛。

「什麼意思？」礫心問道，目不轉睛地看著她。

於是影星告訴他，她曾看到有一雙眼睛在林子裡眼睜睜看著她和日影死去。「我以為是我想像出來的，但我越想就能越確定那裡有一隻貓。我不認為那是影族貓，但我又忍不住想知道……萬一真的是影族貓呢？豈不是更糟了。對方究竟是誰，竟然眼睜睜看著我們死去，不上前幫忙。這讓我感覺好像對方跟我有什麼深仇大恨……又或者跟影族有深仇大恨。而且灰翅說過，要是影族瓦解了，所有部族也會跟著瓦解……」

「我懂，」礫心點點頭。「妳是覺得要是五大部族處境如此危險，妳怎能讓一個未經考驗的領導者接管這個部族。」

「沒錯，」說出來後，影星頓時覺得心情輕鬆多了。雖然她還是很擔心也很害怕，但她很高興把困擾自己許久的事情告訴了礫心。

「不管麼樣，我都對妳有信心。」礫心說。「要是部族有危險，我相信妳一定會在最後一條命結束之前找出那個禍源。」他用面頰抵住她的。「妳把這個部族統領得這麼好，相信妳一定會讓我們平安度過危機。」

也許吧，影星心想道，**我希望他是對的。**

但就在她謝過礫心，離開他的窩穴，從她的戰士們當中走過去時，她又忍不住想起日影的死。她辜負了他。**我應該能救他的，我應該能讓他逃往安全的地方。這樣他就還在這裡，隨時準備接管這個部族。**

在保護影族的這件事情上，她一定要做得更好才行。

她鑽進橡樹底下的臥鋪，閉上眼睛。

我得確保我的部族強大到就算我失去最後一條命，他們也能挺過來。

影星率領族貓進入四喬木，圓月在頭頂上方閃閃發亮，整片空地沐浴在冷冽的銀色月光下。天星和雷星已經坐在巨岩上。天星看起來很緊張，濃密的淺灰色毛髮全豎了起來，大腳不安地蠕動。影星朝他們大步走去，影族戰士則各自去找別族親友打招呼。礫心去找雲點和橡實毛，一定是在討論巫醫貓的事。

影星身形輕盈地躍上巨岩頂端，朝天星和雷星點頭招呼。天星對她懊惱地抽動鬍鬚。「妳還是會挺我，對吧？」

「我會啊。」**但我得先聽聽看是怎麼回事。**

雷星和天星的副族長都坐在岩石底部附近，神情冷靜的雷星低頭看著那裡。「妳還沒選定副族長嗎？」

「還沒。」影星的語調清楚表明她不想討論這件事，但那隻薑黃色大公貓仍熱切地眨著眼睛看著她。

「閃電尾被殺害的時候，我也很難下決定。」他承認道。「但我很高興我選了梟眼當我的副族長。對部族來說能再有一隻他們信得過的貓上位當副族長，確實是件好事。」

「等時間到了，我自然會任命新的副族長。」她冷冷地告訴他。她自家部族的事輪不到別族的貓來插嘴。

雷星看上去還想再說什麼，但這時風星和河星也跳上巨岩找他們，就沒再說下去。

「我留意到妳還沒指定新的副族長，」風星語調輕快地對影星說。「做族長的還是需要副族長來分擔部族的統領工作。」

影星惱怒地抽動尾巴。但天星突然打岔，對著空地上的所有貓喊道：「既然大家都到了，我就第一個發言。我沒有時間跟你們扯獵物有多充沛或者聽你們說新見習生又多了誰誰誰這類廢話。」他吼道。「我們遇到了很嚴重的問題。」

「什麼問題？」河星問道。

「我警告過你們兩腳獸的事，」天星繼續說道。「我在上次大集會時曾試著告訴你們，但你們說不用擔心，森林裡沒有兩腳獸要的東西。」

「喔，又來了。」風星惱火地抽動尾巴，出聲打斷。「只是幾頭兩腳獸從你領地上經過，你就又開始小題大作。」

「不是只有幾頭兩腳獸，」天星憤慨道。「有越來越多兩腳獸進到我們的領地，而且次數越來越頻繁。有時候甚至成群結隊，還帶著體型很大的怪獸。牠們到處巡視，仔細打量天族的領地。我在想牠們是打算把天族的領地占為己有，作為自己的領地。果真如此的話，天族該怎麼辦？」

「可是他們為什麼要你們的領地？」河星理性地問道。「兩腳獸住的是像山一樣高的大窩穴。森林不是他們偏好的地方。」

「不，天星說得沒錯，」雷星打斷道。「我看過牠們。牠們那德性就像整座森林都是牠們的。也許牠們想在林地上蓋自己的窩穴。」

「就算這是真的，」風星回答。「聽起來也很像是天族自己的問題，不是風族的問題。」

空地下方的貓群有怒吼聲響起。

「所以風族很高興天族被毀囉？」其中一隻叫快水的天族貓咆哮道，同時用後腿撐起身子。

「我們不能坐視不管別的部族！」白色長毛的雷族戰士粉紅眼表情驚駭。就連風星自己的女兒蛾飛，同時也是風族的巫醫貓，都瞪著她母親看，嘶聲說道：「一定要有五個部族！我們必須保護彼此！」

風星再度彈動尾巴，黃色眼睛裡的目光黯了下來，很是不快。

「如果天族失去領地，就會是每個部族都必須面對的問題。」雷星語氣堅定地說道。「我們應該討論一下若發生最糟的情況，天族該何去何從。也許我們應該談談邊界的重新劃分。」

下方空地明顯傳來抗議聲，貓兒們的吼叫此起彼落，於是這隻薑黃色公貓嘶吼一聲，叫大家安靜。

河星瞇起眼睛，但聲音依舊冷靜。「你是在提議雷族的一些領地要讓給天族嗎？你們離他們最近。」

雷星縮了回去。「我們都得讓一些出來，」他抗議道。「如果每個部族都讓出一點，雷族當然也會重劃邊界。」

風族副族長金雀花毛在巨岩底下嘶聲喊道：「風族不管怎麼樣都要留住荒原，我們必須保留那塊領地。」

「金雀花毛說得沒錯，」風星附和道。「變更邊界意味著每個部族的獵物都會減少，而荒原上的獵物本來就很難獵捕。難道雷族和天族真的以為他們可以像我們一樣靠捕獵兔子為生？」

影星看得出空地上的貓都在彼此猜忌。當初加入風族的戰士都是森林裡跑得最快的貓，他們個個都是長腿狩獵貓，速度像風一樣快，這也是他們的族長用風來命名的原因。雷族和天族貓擅長爬樹或撲抓體型小的獵物。**影族貓則擅長在松樹林間穿梭，利用暗處潛行跟蹤**，她心想，同時看了她那批行動向來隱密的戰士們一眼。**至於河族……**

「河族貓都是在水裡捕撈獵物，」河星就像呼應影星剛剛的念頭似地接著說道：「難道其他部族想瓜分我們的狩獵場？」

天星的毛炸了開來。「我們向來很能適應環境，」他不客氣地說道。「當初我從山裡下來之後，就學會了如何在荒原和森林裡狩獵。必要的話，無論身處何處，天族貓都能適應當地的狩獵技巧。」

風星轉過身，亮出尖牙。「當初為了建立邊界，已經有很多貓奮鬥打拚甚至犧牲生命，」她嘶聲道，「你真的認為重劃邊界不會引發另一波衝突嗎？」

「所以天族就活該無家可歸？」天星怒吼。他朝影星轉身。「妳說過要是兩腳獸繼續巡視我的領地，妳會跟其他部族一起挺我，」他提醒她。「所以妳現在要幫我說點話嗎？」

影星覺得自己好像在黑暗中失去了立足點。貓兒們的眼睛都駐留在她身上。天星真的以為她會同意重劃影族的邊界嗎？「我希望天族平安無事，」她很是防備地說道，「但我絕對不同意放棄自己的邊界。」

天星朝她低吼，聲音粗啞低沉，眼睛射出怒火。「我就知道影族不可靠。」他吼道。

他的憤怒語調令影星嚇了一大跳。她本來以為時間已經磨平天星年輕氣盛時粗暴的個性，不過也許他只是學會隱藏自己的怒氣。她又想起那雙曾在森林裡眼睜睜看著她死去的眼睛……

天星有一雙淺藍色眼睛，但他有很多戰士都有琥珀色眼睛，包括橡實毛、快水、和白樺。**天族有可能失控到什麼程度？**她不免納悶。

「我同意風星的說法。」河星打斷影星正在擔憂的念頭，冷靜說道。「邊界當初之所以劃分成這樣其來有自。但如果未來有任何貓需要，都可以向河族尋求庇護，只是我們絕對不會放棄自己的領地。」

天星對著河星怒吼，但這隻長毛公貓不為所動地眨眨眼睛看著他。

「所以河族什麼也不用擔心，對吧？」雷星冷冷地說道。「你們和天族隔著一條河。森林裡不管出什麼事，都不關你們的事。」

天星和雷星這對父子兩個此刻看上去前所未有地相似。他們都繃緊粗壯的肩膀，長尾巴不停甩動。**雷星也有琥珀色眼睛，**影星留意到了，她突然有點反胃。

是她太大驚小怪了嗎？**不，**她很確定，**我的工作是保護我的部族，確保就算我走了，影族貓也能活下去。要是有誰跟我有深仇大恨，那就表示也跟影族結下了樑子。**

雷星嘆口氣。「所以就算兩腳獸的威脅升高，風族和河族還是不願意重劃邊界，」他喵聲道。「目前只有雷族和天族願意。」他朝影星轉身。「妳說妳絕對不同意放棄領地，那妳現在同意了嗎？妳這一票可以打破僵局。」

「這不算投票，」風星咕噥道，但其他貓沒理他，大家的眼睛都看著影星。

影星把尾巴塞在腿邊，陷入長考。空地很安靜。每隻貓都繃緊神經地等她回答。**重劃邊界是對的事情嗎？**變更領地會逼使各部族的貓學會新的狩獵技術，這一點是肯定的，但領地若是變小，獵物也跟著變少。

除此之外，她還是不太確定天族真的有受到兩腳獸的威脅。**兩腳獸以前也曾在部族貓領地上遊蕩。也許天星看到的威脅根本不存在。**

而且萬一是天星或者他的族貓眼睜睜看著她和日影被狗群圍攻呢？那她還能信任他們嗎？

她很謹慎地開口。「我還沒準備好要做出決定，我必須考量很多事情。」

天星的尾巴狠狠地甩打。「考量什麼？」他吼道。「難道妳必須想想看天族值不值得救嗎？」

下方空地的貓群裡傳來天族戰士的齊聲怒吼。

「我要親眼看見兩腳獸究竟在你們的領地上做了什麼，」影星冷靜說道。「如果我確認威脅的確存在……」

「本來就存在。」天星堅稱道。

「等我確認了，我們再來談新領地的事。也搞不好這附近還有別的地方適合天族落腳。在我們討論縮小各族的狩獵場之前，我們應該先四處找找看。」

天星不發一語，怒瞪她好一會兒。「我給妳三天時間。」他喵聲道。但有幾隻天族貓發出抗議的吼聲。

「我們不要找新的領地」露花瓣吼道，另外幾隻年輕的天族戰士也出聲附和。

天星嘶吼要他們安靜。「就三天時間，」他重覆道。「妳可以派一支巡邏隊去看看兩腳獸在做什麼。到時我再聽聽看妳，或其他族長們的意見。但先搞清楚一點，我沒同意你們在我們的領地上從事其它任何活動。」

「當然，」影星回答。也許影族邊界外的高岩山附近也還有適合居住的領地。任何方法都比試圖要求別族放棄自己的領地來的好——後者只會導致戰爭。

她望向空地上的貓群，不管是哪一個部族的貓，看起來都很驚慌，甚至彼此敵視。而且好多貓的眼睛都是琥珀色。

第四章

「啐！」泥掌嫌惡地皺起鼻子。「我討厭這裡的味道。我是不介意把這一小塊領地讓給天族。」

「等我們碰到難捱的禿葉季時，你就會慶幸這裡還有大老鼠可以抓了。」影星對他當頭棒喝。

靠近影族領地邊緣有一處地方，長年累月地有兩腳獸坐在黃色怪獸裡，把腐壞的食物和垃圾堆放在一道銀色籬笆後方。那味道聞起來很噁心，但卻爬滿了大老鼠。平常影族貓不會去抓牠們——因為大老鼠很凶惡，若去捕捉，戰士身上難免會留下傷疤。但若碰上難捱的禿葉季，能有個退而求其次的獵物可抓，也是好事。

此刻影星正帶著礫心、泥掌、和鴉皮經過那道籬笆，就連她也忍不住想皺起鼻子，但只能強忍住。

「不管怎麼樣，」鴉皮說道。「我們不打算放棄任何領地，重點在這裡，對吧？影星？」

「但願如此，」影星低聲道。「如果有看起來適合當領地的地方，在我們的邊界外面，又不會離太遠，或許就能說服天星接受。」

她前一天晚上都在天族的領地裡隔著林子觀察兩腳獸的動靜，牠們很吵鬧，動作很粗魯。看起來比以前見過的兩腳獸來得更有意圖和目的性，牠們一直在檢視土地，彷彿真的是劃出領地，而且還把牠們那發亮的物件留在幾處林子裡。

她還是不確定兩腳獸在做什麼，但是現在她比較能理解天星的擔憂了。

因此她帶著礫心和兩名忠心的戰士前來幫忙尋找適合天族的無主土地，之所以說他們忠心是因他們沒有捲入影族的內鬨或試圖讓她知道自己有多適合當副族長。

但是老實說，這裡好像找不到適合的土地。

「我都忘了這塊地有多荒涼，」她對礫心咕噥道，同時抬頭望著前方的高岩山，這時候的他們正越過影族邊界。巫醫貓每半個月就會跋涉到斷崖這裡探訪月亮石，但影星自從很久以前被賜予九條命之後，就沒再來過。影族領地的味道就算不好，但也還過得去，可是一旦越過邊界，草地便越來越稀疏和粗糙，地面也越來越崎嶇多石。可供遮風擋雨的地方不多，獵物更是寥寥可數。

天空陰沉灰暗，頭頂還掛著不祥的烏雲，這樣的天氣更是讓這處地方看上去一點都不友善。

「我不喜歡離開影族的領地。」泥掌嘴裡嘟囔，同時緊張地瞥看四周。

「月亮石不能座落在任何部族的領地上。」礫心說道，他朝後面歪著頭，抬眼望向月亮石的入口。「要避免這種事，天族的新領地就必須從四喬木和其它部族那裡再往外延伸。」

狩獵場不佳，鮮少有遮風擋雨的地方，又離四喬木很遠，天星絕不可能接受這裡作為新的領地。影星的尾巴垂了下來，接著她又抬起尾巴輕快地說道。

「礫心，我要你找找看有沒有可用的藥草長在這附近。」她瞥看四周，嗅聞空氣。

她雖然沒有聞到任何危險的動物或惡棍貓，但這種事誰也說不準。附近沒有樹木可以攀爬，只有矮小稀疏的灌木叢可以躲。「泥掌、鴉皮，你們跟他一起去。我去看看轟雷路另一頭的土地。」若是遇到任何危險，有兩名戰士守在巫醫貓身邊應該夠了。

泥掌和礫心點點頭。但鴉皮頓了一下。「要是妳也遇到危險，那怎麼辦？也許我們其中一個應該陪妳去。」

影星遲疑了一會兒。「我不會有事的。」她最後回答。「萬一發生什麼事，我一定會大聲喊叫。」這雖然是她的最後一條命，但她還是得維持膽量。她從以前就不需要任何貓的保護。

她彈動尾巴，道聲再會，大步走向轟雷路，她的戰士們則跟著礫心朝蓬亂的灌木叢走去。

她一趨近轟雷路，便慢下腳步，再度嗅聞空氣，這次是在搜找有沒有別的貓住在附近的痕跡。若是有惡棍貓宣稱這裡是他們的領地，在沒有任何後援的情況下，就不值得她再深入搜找了。

但目前她聞到的只有轟雷路的臭味。一頭大怪獸呼嘯而過，她縮起身子，貼平耳朵，試著不去想上次在其中一頭怪獸的黑色腳掌下喪命的往事。

這條轟雷路似乎比影族營地附近那條轟雷路有更多怪獸頻繁往來。這可能也會成為天星拒絕這處地方的另一個原因。影星朝轟雷路趨近，全身微微刺癢，突然覺得自己處境不利——好似有掠食者正在監視她。

我會緊張是因為我知道這是我的最後一條命，她提醒自己絕不能受制於恐懼。

她甩甩身子，彷彿將所有的不安都甩開。影星伸長脖子提防怪獸。有一頭正朝她的方向衝過來，一等牠經過，她就能越過轟雷路了。怪獸可怕的臭味正排山倒海而來。

就在這瞬間，她聞到另一股味道。**是貓嗎？**

她的後腿猛地被重擊。意外被嚇到的她，踉蹌往前撲倒，直接跌在怪獸必經之路上。

沒時間逃了。怪獸那雙茫然瞪大的眼睛頓時映入影星的眼簾。她趕緊閉緊眼睛，蹲低身子，肚皮貼著地面，等著迎接即將來到的劇痛，心裡暗自祈禱今天就只有她死亡，而不是五大部族。

一陣熱風從她上方呼嘯而過，吹亂她的毛髮，怪獸的吼聲震耳欲聾。

接著吼聲和風聲倏地消失。

影星躺著動也不動，閉著眼睛。**我死了嗎？**

但她還是聞得到怪獸的惡臭味，肚子也因緊貼轟雷路而被磨傷，感覺有點痛。如果這裡是星族，那跟以前的感覺還真是不一樣。一顆雨滴打在她頭上。影星睜開眼睛，發現自己仍躺在轟雷路上，她還活著。她轉頭看見怪獸已經消失在遠方。牠剛剛是從她正上方衝過去嗎？

天空開始下起毛毛雨，她身上的毛髮很快就被雨水淋溼。她甩掉眼睛裡的雨水，覺得頭暈。**我得趕快離開轟雷路。**

她蹣跚站起來，但有些腿軟，整個身子搖搖晃晃的，慢慢朝影族領地走回去。可是等她走到轟雷路邊緣的草地上時，才突然恍然大悟：**我剛剛是被推出去的……**

只有一種可能解釋。

我聞到的那隻貓想殺了我！

她還沒完全站穩身子，腰側便突然被某種重物撞上，她翻滾在地。影星的心開始狂跳，血液衝上耳朵。她用後腿猛踢，想擺脫上方的攻擊者。

這時有爪子劃過她眼皮上方，頓時劇痛。視線因鮮血的湧出而半盲的影星憤怒大吼，前爪狠揮，劃過攻擊者的腰腹。她甩掉臉上鮮血，瞥見灰白相間的毛髮。

「影星！」她的族貓聽見她的嚎叫聲。

壓在她上面的貓一聽到他們的聲音，立刻跳開。影星這才吁了口氣，翻身趴在地上，拿腳掌抹掉臉上的血。

泥掌和礫心朝她跑來。鴉皮繞過他們，追在那隻飛快逃竄的貓兒後方。因為下雨再加上臉上都是血，視線其實不太清楚，但影星還是認出了攻擊者。

快水？

影星頓時心痛，有種受到背叛的感覺，她不敢相信。她和那位天族戰士向來交情不錯……快水是跟影星、天星從山裡一起下來的同伴之一，當時大家都是為了追求更好的生活。他們已經認識了一輩子。

影星的老友真的是敵人嗎？

礫心和泥掌找到影星，巫醫貓趕緊用腳掌將她全身按過一遍，再幫忙清除掉她毛髮上的血跡。「這樣會痛嗎？那這裡呢？」直到礫心終於點頭同意她沒有大礙，她才開口問他們。

「你們有看到我在跟誰打架嗎？」她追問道。

礫心和泥掌驚恐地互看一眼。

「很難看得出來是誰，但看上去很像是……」

「我不確定，但看起來很像……」

「是快水。」鴉皮快步朝他們跑回來，神情疲累。「對不起，影星，我在腐肉場那裡追丟了，但我確定是她。」

「我很高興你有確認，」影星告訴他。「你做得很好。」鴉皮聽到她的稱許，眼睛都亮了起來。**鴉皮很有膽識而且忠心耿耿，**影星心想道，**而且還臨危不亂，也許我已經找到了我的副族長。**

但現在有個更重要的問題得先解決。天族貓——快水，曾企圖殺害她。影星想起她在林子裡被狗群圍攻時那雙始終旁觀的琥珀色眼睛，不免納悶也許這不是快水第一次企圖殺害她。

第五章

影星決定了，他們需要立刻找天星談話。她前額的傷還在刺痛，而且全身上下也還痠痛不已，但這件事沒辦法等。她帶着鴉皮、泥掌、和礫心橫過影族領地，朝天族走去。

「萬一天星本來就知道快水會去攻擊你呢？」鴉皮問道。「又或者是他叫她去的，那怎麼辦？我們就這樣單槍匹馬地去天族領地嗎？」

影星一邊抽動尾巴，一邊思索。「天星過去可能和其他部族有過節，」她告訴他，「但不管他有多氣我，我都不相信他會想殺害我或者傷害影族。」鴉皮正要開口，但影星接著說：「我目前暫時認定他是無辜的。天星想要我跟他站在同一陣線上，所以沒有理由殺害我。至於快水會這麼做，一定有其他原因。」她不確定這番話能否說服鴉皮，甚或是她自己。**我不想相信天星有這企圖，我絕對不相信。**

她和天星還是小貓時就認識了，那是很久以前還在山裡的時候。天星自覺受到威脅時，是會給其他部族添亂，但他已經慢慢改掉這些壞毛病。自從各部族成立以來，他就像其他族長一樣，矢志遵守他們一致認同的戰士守則，目的就是要避免再次發生可怕的戰役——譬如那場曾造成眾多貓死傷的五大部族之戰。影星相信自己夠瞭解他，所以認定天星不會企圖殺害其他貓……

不過我也認識快水很久了……

影星推開這念頭。「我們去找天星談。」她語氣堅定地說道。「給他一個澄清的機會。」

影族領地的潮溼土壤在她疲累的腳掌下顯得寬慰地柔軟，但快走到將雷族和影族領地隔開來的轟雷路時，地面就變得越來越堅實，草地也越來越多。

他們站在轟雷路的邊緣，看著一頭怪獸從前面疾奔而過，然後又是另一頭。圓形的黑色腳掌發出的聲響令影星背上的毛都炸了開來。那當下，她突然又想起剛剛肚皮貼在另一條轟雷路上，怪獸朝她疾騁而來的畫面，嘴巴頓時發乾。如果她再往前多跌個幾條尾巴的距離，現在的她早就被怪獸的圓形腳掌壓扁了。

不，這不會是我的死法。她心裡突然有了篤定。當她被推到那頭怪獸面前時，是星族救了她，她開始有了信心。此刻部族之間有太多紛爭，她不會死的。至少在影族安全之前，她絕對不會死。

她突然肆無忌憚地衝上轟雷路，心臟狂跳，但仍然繼續前奔，哪怕當時有一兩頭被兩腳獸騎在背上，但體型較小、只有兩隻腳的怪獸正疾奔而來，不過也都疾行繞過她，發出尖嚎聲。

她的同伴們過了一會兒才追上來。「妳鼠腦袋嗎？」泥掌上氣不接下氣，驚恐到完全忘了平常該有的敬意。

影星用尾巴刷過他的後背，表示歉意，但一句話也沒說。她要怎麼跟他們解釋呢？

轟雷路的這一頭是雷族的領地，樹木大多是橡樹和白樺樹，枝葉比較外展，相較於影族領地上的松樹林和偶爾才有的橡樹，這裡的陽光比較能照進林子裡。影星覺得自己突然有曝露在外的感覺，她看得出來她的同伴也有同樣想法，他們挨近彼此，繼續前進，毛髮炸了開來。

影星很慶幸沒有撞見任何雷族巡邏隊。在她和天星談過之前，她不想把別的部族捲進來。但來到天族領地邊緣的她突然有點猶豫。「我們等一下巡邏隊好了，」她說道。「如果我們要去指控天星的戰士企圖殺害我，最起碼得先得到他的通行允許再說。」泥掌和鴉皮看了彼此一眼，隨即點點頭。礫心坐下來耐心等候，灰色虎斑尾巴捲在腳掌下。

沒多久，花蕊和紅爪出現了。紅爪嘴裡還叼著一隻老鼠。

「嗨，」花蕊喵聲道，表情驚詫。她很有禮貌地先向影星垂首致意。「你們……」

「我們想找天星談話，」影星告訴她。「可以護送我們去你們的營地嗎？」

「你是剛幫我們找到一塊新領地嗎？」花蕊問道。她的玳瑁色尾巴興奮地捲在背上。

「我們想見天星。」影星重複道。她確定自己夠有禮貌，但語調一定很冷，因為花蕊開始瞪大眼睛。

「當然好，」她喵聲道，「跟我們來。」在她旁邊的紅爪也點點頭，用尾巴向影星的同伴們示意。

他們抵達天族營地，裡頭看起來忙碌而且平靜。天星和他的伴侶貓星花正在族長窩入口附近互舔毛髮。影星留意到星花的肚子微微隆起，又懷了小貓。**難怪他這麼急著想**

確保自己的家園是安全的，她心想。她看見礫心正向他姊姊以及天族的巫醫貓橡實毛點頭致意。礫心的姊姊是天族的副族長麻雀毛，正在一棵白樺樹那裡磨利爪子。露花瓣和花足是天星其中兩隻已經成年的小貓，他們正在戰士窩裡更換臥鋪墊。至於快水則在跟另一個天族戰士蜂蜜皮分食田鼠，看上去一如平常的冷靜和慵懶，活像一整天都在懶洋洋地晒太陽。她抬起頭，冷冷地看了影星良久。影星瞪了回去，怒火中燒。

「妳有什麼消息嗎？」天星問道，同時站起來。「妳覺得高岩山附近的領地怎麼樣？」

影星好不容易才把注意力從快水身上移開。「也許可以吧，」她喵聲道，但她知道她的語氣聽起來不太確定。「不過我們找不到什麼機會仔細查看。」

天星頓時惱火，他瞪大藍色的眼睛。「妳沒去看？」他吼道。「要是妳懶的去看，跑來這裡做什麼？」

影星肩上的毛炸了開來。「我來這裡是因為你有個戰士企圖殺害我，」她呸口道。「我對這件事的擔憂程度遠甚過於你是不是需要新的領地。」

空地四周的貓全都抬起頭來，花足扛在身上的青苔也應聲掉在地上。

「妳是鼠腦袋嗎？」天星問道。「妳在說什麼啊？」

「我說的是實話。」影星冷冷地說道。

「我的戰士不會做這種事。」天星反駁道，尾巴憤怒地來回甩打。「你在指控誰？」

影星的目光鎖住快水的琥珀色眼睛。「她！」

天族貓全都跳了起來，發出憤怒的嘶聲，只有快水除外。

「妳說謊！」麻雀毛吼道。

「影族只想惹事，」星花吼道，亮出尖牙。「我們應該把他們趕出我們的領地。」

影星壯起膽子，但心裡難免好奇她最後一條命是不是會喪失在憤怒的天星爪下。她始終瞪著快水，直到那隻灰白花斑母貓垂下目光。

「安靜！」天星說道。他昂首闊步地走向影星，身上的毛炸了開來。「如果妳要來我的領地這樣指控我的戰士，最好有證據。」

「我的眼睛就是證據，」影星告訴他。「我們正在幫你的部族尋找新領地時，快水趁我不注意，把我推到一頭兩腳獸的怪獸面前。我好不容易逃脫，她又在轟雷路旁邊攻擊我。等到我的同伴趕上來時，她就逃了。」

鴉皮上前一步，站在她旁邊。「我看到快水在跟影星扭打，然後逃開，我有追上去，我確定是她。」

「我只是遠遠看到，」礫心接著說。「但在我看來是很像快水。」在他旁邊的泥掌也點頭稱是。

天族貓兒們面露疑色地互看彼此。目光緩緩移向快水，後者低頭看著自己的腳掌。

「而且我不認為這是初犯，」影星繼續說道，她覺得胸口很悶。「狗群咬死了日影那天……我猜可能是快水把牠們引過去的。我有看到像她的琥珀色眼睛在林子裡眼睜睜地旁觀。」快水抬起頭來，用琥珀色眼睛怒目瞪著影星。

「胡說八道！」星花厲聲道。她站在天星旁邊，很不高興地抬高尾巴。「在林子裡眼睜睜地旁觀？」她尖刻地說道。「這樣也能指控快水謀殺？」

「她為什麼要做這種事？」天星問道，語氣不解。「我不相信。從有部族以來，她就是部族貓了。我們都是一起從山上下來的貓，她不會攻擊你。」他看上去蒼老許多，顯出疲態。

影星對原因還沒細究，她還沒能整理一下思緒，先前她只是一直在想要怎麼告訴天星。但現在她終於看透快水背後逞凶的原因了，這原因昭然若揭。「她會這麼做就是因為她是一隻部族貓，」她緩緩開口。「你們都在擔心兩腳獸會搶走你們的領地。她知道我丟過幾條命，也許她認為我可能只剩一條命。」她停頓一下，將腳爪戳進地上，防止兩條前腿發抖，盡量讓自己的語氣聽起來很不以為然，活像她只剩一條命的這件事很可笑似的。「也許她認為這是千載難逢的機會，值得她打破戰士守則。因為要是日影和我都死了，影族沒有族長，你們就比較容易搬進來，拿下我們的領地。」

快水再度垂下目光，爪子在地上縮張。影星覺得她的揣測沒錯。**我說對了，她知道我看到她了。**

但這時灰白色花斑母貓抬起頭來，目光挑釁。「我沒有，」她喵聲道。「我不知道妳在高岩山附近是在跟誰扭打，但那不是我。」

「那妳當時在做什麼？」影星問道。「妳今天去了哪裡？」她用尾巴指著對方的腰腹。「那是妳被我抓傷的地方，我記得我抓傷了那隻貓。」快水弓起背，試圖掩飾那個傷口。

「她和蜂蜜皮一起去狩獵，」天星問道，「不是嗎？」

大家都看著蜂蜜皮，後者垂著尾巴。「沒有，」他小聲回答。「我們是在營地外面碰到的，但之前我們沒有一起出去。」

每隻貓兒都看著快水，她似乎有點茫然失措，默不作聲地低下頭。

過了一會兒，天星對影星說：「我絕對不會指派我的戰士去攻擊別族的族長。要是我想竊取你們的領地，我何苦這麼努力地想說服其他部族變更邊界？」

影星嘆口氣。「我相信你。」她告訴他。

天星轉向快水。「如果妳不能證明妳當時在哪裡……」他停頓一下，但快水不吭一聲，只是看著他，動也不動。「如果妳不能告訴我們事情的經過，那我勢必得相信那是妳幹的。」他告訴她。他的藍色眼睛望向地面，爪子不停縮張，似乎內心正在天人交戰。

過了好久，他才再度抬頭。「快水，妳讓我沒有選擇……我必須放逐妳。」

天族貓全都倒抽口氣。就連影星也很震驚。但天星挺直身子。「走吧，」他突然下令。「妳不再是天族貓，我們的領地不歡迎妳。」

快水彷彿沒聽懂似地瞪著他良久，然後突然一個轉身，衝出營地。哪怕已經消失在視線裡，仍聽得到她拚命鑽出灌木叢時枝葉的碎裂聲。

天星再度看著影星，眼神悽涼。「妳的理由正當，」他悲痛地說道。「她無從辯解，我只好放逐她。但我也必須說我不喜歡這個決定。」

「我知道，」影星告訴他。她用面頰抵住他的，感恩她的老友雖然再不甘願，仍然願意相信她。「你做了對的事。」

當他們跨過邊界，回到自己的領地時，影星只覺得背上的重擔彷彿卸下了。**影族安全了。**

「這真是漫長的一天。」礫心喵聲道，這時他們已經快到營地。太陽此刻幾乎下山，松樹林下方拉出長長的黑影。

泥掌和鴉皮都大聲附和。「我真想快點吃獵物，然後早點去睡。」泥掌接著說道。

「在我們休息之前，還有一件事要做。」影星告訴他們。她低身鑽進荊棘隧道，帶著他們走進營地。影族貓都聚在空地上，開心地跟他們打招呼。

「你們覺得那塊領地如何？」

「礫心，你可以幫我看一下腳掌嗎？」

「鴉皮，我幫你留了一隻田鼠。」

貓兒們在影星大步跨過營地，跳上部族岩俯視族貓時，全都安靜了下來。營地上方升起蒼白的月亮，她的族貓們全都抬頭看著她，眼裡反照出皎白的月光。

「我已經做好決定，」她告訴他們，她很肯定自己做的這個決定。她環顧全體貓兒：礫心眨眨眼睛，很是稱許地看著她，彷彿已經知道她要說什麼；杜松枝正在梳理懸葉的毛髮，活像他還是一隻小貓，仍未完全長大成為戰士；泡泡溪走到一半停下來，嘴裡叼著老鼠要拿去跟暮鼻分食……以及其他所有貓兒。她俯瞰著影族裡這一張張仰望她的臉，她曾經允諾會領導和保護他們，胸口頓時一股熱流湧動。就算到時她得離開了，也不會讓他們被孤零零地留下來。

「我已經挑好新的副族長了。」她接著說道。她看見杜松枝和鼠耳都緊張地豎起耳朵，不由得覺得好笑。「這是一隻勇敢又忠心的貓，我知道他一定會盡其所能地為影族謀取最大福利。」她想到鴉皮曾跑去追捕快水，曾當面對著天星陳述事實。他會好好帶領這個部族的。「我要在星族面前說出這些話，讓日影以及我們的戰士祖靈聽到並認同我的選擇。影族的新任副族長是——鴉皮。」

「鴉皮！鴉皮！」族貓們大聲歡呼。影星跳了下來與她的新族長互觸鼻頭。

「謝謝妳，」他倒抽口氣，驚訝地瞪大黃色眼睛。「我會想辦法……我會盡我所能當一個稱職的副族長，我真的會。」

「我知道你會，」影星喵嗚道。**等時間到了，你也會成為優秀的族長。**

族貓們全都圍了上來，向鴉皮道賀。

「雖然我沒當上，但我很高興是你當上了」杜松枝喵聲道，鼻口輕觸他的。鼠耳似乎沒那麼開心，但仍尷尬地向鴉皮道賀。

累到全身痠痛的影星那晚終於在臥鋪裡安頓了下來，這時的她覺得心情前所未有的平靜，這是自從日影死後，從來沒有過的感覺。**但光靠一個新的副族長便足以保障影族的強大和團結嗎？**她希望可以。不過這種事是不可能百分之百確定的。

正當她快睡著時，她突然混身打顫。**我已經找到了影族的下一任族長，這是不是代表我又離自己的死亡更近了一步？**

影星睡得很沉，直到被夜裡一聲驚恐的尖叫嚇醒。**礫心！**她的心狂跳，趕緊從臥鋪爬出去。戰士窩裡探出了許多顆表情擔憂的頭顱，但她不發一語地從他們旁邊快步經過，直接鑽進巫醫窩前面的岩縫裡。

礫心躺在臥鋪上，茫然地瞪大眼睛，每寸肌肉都很繃得死緊，四條腿變得僵硬，他正在嗚咽，嘴巴半張。

「礫心！」影星搖晃他。「礫心，醒醒！」

他眨眨眼睛，肢體終於慢慢放鬆，眼神也有了焦距。「影星。」他低聲說道。

「怎麼了？你需要一些藥草嗎？」影星疑惑地看著那些整齊疊放在窩穴邊的乾燥草葉和根莖。

「不用，我沒事。」礫心坐起來，但看上去還在頭暈目眩。「只是做了一個夢。」

「是一般的夢還是巫醫貓的夢？」影星擔心地問道。從礫心還是小貓時，而且是早在部族還沒有巫醫時，礫心就常被星族托夢，不是警告他們有危險，就是為五大部族指出一條明路。

「我不確定，」礫心緩緩開口。「但感覺很真實。」他抬頭看著影星，琥珀色的眼睛裡盡是愁雲。「我夢到營地四周的樹都彎著腰，不停擺蕩，就像被狂風襲擊一樣。但是根本沒有起風，然後第一棵樹倒了之後……」他遲疑了，尾巴掃過窩穴地板，這時影星突然覺得胸毛就像被冰冷的爪子攫住，因為她知道他接下來要說什麼。

「它撞到旁邊的樹……沒多久，所有的樹都倒了下來……」

要是影族瓦解了，也會摧毀所有部族。這正是她上次在星族的時候，灰翅跟她說過的話。礫心看到的異象會不會也在呼應同一件事。

「可是我們才剛擺脫威脅，」影星喵聲道，並盯著他看。「現在就又有了危險？星族啊，這到底是怎麼回事？」

影星和礫心決定不把礫心的夢境告訴其他貓，就連鴉皮也不說。

「如果你看到的是來自星族的異象，反正問題很快就會出現，」影星態度嚴肅地告訴他。「但若只是一場夢，那就沒有必要讓族貓們白操心。」礫心同意，只不過影星很清楚他跟她一樣深信這個夢是種警告。

當她和鴉皮朝雷族領地走去時，她決定先不去想這件事。她能做的只是設法保護自己的部族，無論有沒有星族的警告，她都得這麼做。

也因此影星會協助鴉皮學會如何當族長。

「我們跟雷星談一下高岩山附近那塊領地，」她告訴他。「如果他認為天族應該考慮搬到那裡，這將有助於所有部族達成協議。」

鴉皮不解地抽動鬍鬚。「但那不是一塊好的領地。」

「是不好，」影星嘆口氣，同意他的說法。「但這是一個選項，畢竟其它部族絕對不會放棄領地，除非見血才會妥協，要是天族最後真的失去自己的領地，最好還是讓他們住在附近，總勝過於無家可歸吧。」

鴉皮垂著尾巴。「我想也是。」

「做族長的凡事必須以自己的部族利益為優先，」影星輕聲告訴他。「但還是要盡可能公平以待其他部族。」

等他們走出轟雷路附近的松樹林時，影星突然背脊一陣刺痛，渾身發顫。不太對勁。她嗅聞空氣，環目四顧，以為可能受到攻擊。因為就像昨天一樣，除了轟雷路的味道之外，她還聞到某種似曾相識的味道，很像是……

快水？

不可能，她心想，**一定是我的錯覺**。在轟雷路附近這麼多次遇險之後，她發現自己好像總是在最不可能出問題的地方遇上麻煩。快水已經被放逐了，絕對不敢侵入任何部族的領地。

她和鴉皮並肩穿越轟雷路。陽光明媚，溫暖的和風吹得頭頂上方的樹葉窸窣作響。這裡的味道更強烈了。**一定是我的錯覺**，影星告訴自己，**對吧？**

鴉皮突然停下腳步，張開嘴巴嗅聞空氣。「妳有聞到嗎？」他說道，「我想這是快水的味道。如果她已經離開部族貓的領地，她留下來的味道現在也應該消散了吧？」

「是啊。」影星語氣冷峻地說道。所以這不是她的錯覺。快水一定是在雷族領地上游蕩。她是侵入領地嗎？只因為她不想離開這裡，獨自流浪到惡棍貓的地盤上還是雷族收容了這隻殺害日影的貓？

她加快腳步。「我們得找雷星談一談。」

才剛跨過雷族邊界，影星就瞄見矮木叢裡有黑白花斑身影。「葉子！」她喊道。公貓快步走出矮木叢，後面跟著一隻嬌小的黃白花斑母貓。

「哈囉，影星，鴉皮。」葉子垂頭致敬地喵聲道。「你們來雷族領地有何貴幹？」

「我們需要找雷星談一下。」影星告訴她。「能護送我們去你們的營地嗎？」

「當然可以。」葉子親切地說道。「藍鬚，你先回去向雷星報告我們正在回營的路上。」那隻年紀較輕的貓彈動尾巴答應，隨即快步離開。**要是快水在他們的營地，等我們抵達時，她早就跑了，**影星看著對方離去，心裡這樣想道。

等他們抵達雷族營地時，空地幾乎空蕩蕩的，不只快水不在，連多數雷族貓也都不在。沒有貓正在休息或者分食獵物。雷星坐在空地盡頭，他的副族長梟眼和四名最強悍的戰士守在他身邊。

影星覷看他們。「怎麼了？」她問道。她有點擔憂，身上微微刺癢。鴉皮挨近她，守在身側保護她。她向來喜歡雷星，不過話說回來，她以前也很喜歡快水。**他們是想襲擊她嗎？**她納悶。她突然有點作嘔，**莫非我又會害另一個副族長命喪黃泉？**

雷星彈動耳朵，這是友好的表示。「沒什麼事，」他喵聲道。「我只是要這些貓也聽聽妳此行的目的，妳已經查看過高岩山那裡的土地了嗎？」

影星瞇起眼睛。「我們本來是要來這裡跟你談這件事的，」她喵聲道。「但現在我比較擔心的是，我在跨過你們的邊界時，聞到一個味道。你……你有收留快水嗎？」

薑黃色大公貓愣在原地。「雷族有權准許任何貓住在雷族領地上」他告訴她。「妳和天星無權從我的領地上放逐任何一隻貓。」

影星蹲低身子，感覺到自己貼平了耳朵，在她旁邊的鴉皮也跟著繃緊全身肌肉。

「你知道快水幹了什麼事嗎？」她嘶聲道。「她企圖殺害我。日影就是她殺的！」礫心看到的異象一定跟這件事有關。那個對影族的威脅，以及對所有部族的威脅，還沒結束。

她不願告訴雷星，快水已經把她殺死過一次。她不需要讓別的部族知道或者給他們任何線索她現在離九條命的終點有多近。

雷星身邊的貓兒一看到她的敵意，全都站了起來。但雷星朝他們揮動尾巴。「坐下，」他下令。「影星，我知道妳以為的事情經過是什麼……」

「我以為？」影星吼道，她發火了。「我很清楚事情的經過是什麼。」

「我也看到了，」鴉皮補充道。「是快水攻擊影星。」

雷星不安地蠕動著腳。「快水說她沒有。我相信她。」他喵聲道。「妳可能是被一隻想占據領地的惡棍貓攻擊，只是長得很像……」

影星再度打斷他。「我認識快水，我很熟悉她的氣味。」她嘶聲道。「你真的認為我會把惡棍貓誤認成她？」

「當時在下雨，不是嗎？」雷族質疑她。「再加上轟雷路那裡氣味那麼多，妳很難聞得出來她的味道。」

影星怒火中燒。她放緩呼吸，強迫自己冷靜下來。她和鴉皮不可能打贏這幾個雷族戰士，光靠他們兩個是不夠的。「快水對所有部族來說都很危險，」她喵聲道，怒目凝視著雷星的眼睛，**也是琥珀色**，她留意到了。「就算你不在乎我的死活或者她對影族所造成的威脅，但收留一隻曾企圖殺害我的貓，是可能讓所有部族都捲入戰爭的。這就是

你想要的嗎？」

雷星彈動尾巴。「妳的威脅不會改變我的決定。」他冷靜說道。「我相信快水。如果這會引發戰爭，但至少我的良心是安的。」他的目光突然柔和，語調放軟地懇求她。「妳必須明白，我這一輩子都很信任快水，」他接著說：「她熬過了部族曾經面對的每一個難題。她值得我們相信她一次，不是嗎？」

影星覺得自己的肩膀垮了下來。「你認識我的時間也一樣久，」她喵聲道。「我還以為你信任我。」

雷星表情歉然，但沒有垂下目光。「我相信快水，」他再度說道。「我會保護她。」

影星的尾巴刷過鴉皮的背。**該走了**。「這件事還沒完。」她告訴雷星，後者嚴肅地點點頭。那當下她原本擔心雷族戰士會撲上她，但她和鴉皮最後全身而退地離開營地。

在他們折返影族領地的路上，鴉皮擔心地問道：「現在要怎麼辦？」

影星覺得有股深沉的恐懼。她回想起她對雷星最早的記憶……那時他仍叫雷霆，而她也還叫做高影。她當著他的面殺了一隻叫做毬果的惡棍貓。然後她跟他解釋她沒有選擇。**不是他死就是我亡**。

難道她又要回到那一天？那會是她最後一次的死亡嗎？她現在就能感覺得到死亡像隻老鷹一樣正在她頭頂盤旋。

「我們不能讓快水繼續留在森林裡，」她告訴他。「她是影族的威脅。如果我們無法讓雷星看清事實……恐怕得付諸一戰。」

不是你死就是我亡。

影星緊張地在巨岩上來回走動，等其他部族到來。影族安靜地待在下方空地，不像平常參加大集會那般閒話家常。月亮還沒變成半月他們就來到四喬木，這感覺很奇怪，但是她不願等到下次月圓再來一起討論。她召開大集會的目的是因為快水的關係。

風星第一個到，跳上來站在她旁邊。「我看到了，妳終於任命了新的副族長。」同時朝站在她副族長兼伴侶——金雀花毛身旁的鴉皮所在之處點頭示意。「很好的選擇。」

河族和天族魚貫走進空地，河星和天星也跳上巨岩上面找他們。天星只是神情肅穆地點個頭，倒是河星看起來很開心。

「我希望妳這次召開大集會的目的是要告訴我們妳已經幫天族找到一塊很棒的領地。」他神清氣爽地說道。

「不是這件事，」影星告訴他，然後抬起頭來。雷族正走進空地。雷星和麻雀毛走在前面，後面跟著一群體型魁梧的雷族戰士，全都團團圍住一隻嬌小的貓。影星倒抽口氣，**那是快水！**雷星把她帶到大集會上，這等於公開宣稱他相信快水。空地上的影族貓都在竊竊私語，表情不解地抬頭瞥看影星，天族貓也一樣表情不解。其他部族的貓則是互看彼此，似乎很納悶快水什麼時候叛逃到雷族去了。

雷星跳上巨岩，看都沒看影星一眼，就直接坐下來，尾巴圈住自己的腳掌。影星看到天星表情疑惑地看著他兒子。**很好**，她心想，**也許他並不知情，也許他們沒有合謀……**

「影星，既然我們都來了，妳要不要報告一下高岩山附近土地的勘查結果？」風星明快地問道。

影星甩著尾巴。「那塊土地是可能的選項，但它不是這次大集會召開的目的。」她做個深呼吸，很快地將事情經過告訴大家，包括她懷疑快水引狗攻擊她和日影，還有快水在高岩山那裡的轟雷路企圖殺害她。「快水破壞了我們所有貓矢志遵守的戰士守則，」她告訴在場貓兒。「天星做得很對，把她從他的領地上驅逐。只是雷星竟歡迎她加入他的部族。我們不能讓這個凶手繼續待在任何部族的領地裡。她不再是真正的部族貓。」她環目四顧。風星和河星看起來一臉疑惑，天星則是怒瞪著他的兒子。

雷星動作俐落地站起來。他是族長當中體型最魁梧也最年輕的，也是孔武有力的對手，除非萬不得已，影星不會單挑他。

「我懂影星和天星想驅逐快水的理由，但我不認為影星的遭遇該怪到快水頭上。」他大聲說道。「我不會因為別族告訴我該怎麼做，就從我自己的領地上趕走我所信任的貓。」

天星怒瞪雷星。「如果我選擇放逐我的族貓，也是我自己的事，不容你來干涉。」

「你在放逐你的族貓之前，根本沒有聽聽看她的說法！」雷星吼回去。父子倆面對面、鼻對鼻，互相亮出尖牙。「你背棄了她！」

焦慮不安宛若漣漪在貓群裡漫開。每個戰士都曾聽過當年仍叫清天的天族族長曾長達好幾個月的時間都拒認自己的兒子，棄他於不顧，改由灰翅照顧他長大。如今他們兩個都是族長了，已經維持友好關係一段時間了……但此刻，影星擔心那道舊傷疤會被重新挖開。

「我不相信快水會做這種事。」河星打斷道。「一定有某種誤會。」這隻平常向來溫和的銀灰色公貓的綠色目光顯得懊惱。

風星望著巨岩下方的貓群。「我們不用自己吵來吵去，要解決這個問題，最好的方法是聽聽快水怎麼說。」她冷靜地說道。

在雷族戰士保護下的快水站了起來，她看上去冷靜自持，只除了尾巴緊張地快速抽動。「我沒做錯事。」她開口道。影族貓的嘶吼聲頓時淹沒她的聲音。

「騙子！」

「凶手！」

風星吼聲蓋過貓群。「安靜！在我們結論之前，先聽聽她怎麼說。」

貓群安靜了下來。快水繼續說道：「我相信影星和她的同伴有在高岩山附近聞到我的氣味。」她抬頭望著天星。「我是因為太擔心我們恐怕得離開自己的領地，所以才跑去那裡勘查。很抱歉我沒有事先得到你的允許，但我不是去那裡傷害任何一隻貓。」

至少她承認她去過那裡，影星心想，可能這是一場臨時起意的行動，而非預先謀畫。她看到一個落單可欺的族長，知道對方的副族長最近才剛慘死……有可能不是快水引狗來攻擊她和日影，可是當快水看到她在轟雷路那裡時，突然想到可以順道殺掉她。快水是要這樣承認嗎？

「但我根本沒有看到影星。」快水哀求地說道。「我相信她遭到攻擊，但我不是那個企圖殺害她的凶手。」

站在其他副族長旁邊的鴉皮氣得大叫：「快水，我們有看到妳。我還追了妳好長一段路。明明就是妳，妳怎麼解釋？」

母貓聳聳肩。「可能只是一隻看起來有點像我的惡棍貓。我哪知道。」她瞪大琥珀色眼睛，故作無辜狀。**她的謊言編得很好嘛**，影星很不情願地想道。

但至少其他族長瞭解我，影星心想，**知道我並非是個不誠實又容易受到愚弄的族長。**

「快水在說謊，」影星直接了當地說道。但另外四個族長表情疑慮。

她應該把在她失去第八條命時，灰翅告訴過她的事情說出來嗎？要是快水當時得手殺害她，影族就會因為族長和副族長的雙雙喪命而瓦解，進而可能毀掉五大部族。但他們會相信她嗎？**我不想讓他們知道我只剩最後一條命**，影星最後做了決定，於是默不作聲。

「也許我們應該共同決定是否該相信快水的說法。」風星若有所思地說道。

「什麼？」鴉皮從下方吼道。「有什麼好決定的？影族很清楚真相是什麼。」

影星沒吭氣，恐懼的感覺爬上她全身。她在其他部族還有可信賴的盟友嗎？

天星率先開口。「也許雷星是對的。」他喵聲道，同時對他兒子謙卑地垂下頭。「我的確沒有給快水機會解釋就放逐了她。」他望著下方的貓群，並傾身看著快水的眼睛。「我相信妳，快水，歡迎妳回來天族。」

快水抬高頭顱，目光炯炯。

影星低聲嘶吼。**態度轉變得……還真快**。天星向來高傲又頑固，他也太輕易承認自己的錯吧？固執己見才比較像他啊。而且他剛剛對自己的決定所做的宣布方式——等所有貓都安靜下來，謹慎觀望時，才大聲宣布，**感覺很像是他是在對其他戰士說，而不是對快水說……因為快水早就知道他會說什麼了？從頭到尾都知道？**

她渾身發顫。**也許這全是他們一手策畫的。**

「我也相信快水。」雷星喵聲道。「我從來沒懷疑過她。」他歉然地看了影星一眼。「我不希望有任何貓認為影星在撒謊，我相信影星當時是真的以為快水攻擊她，但比較合理的懷疑應該是惡棍貓。」

雷星是天星的兒子，於是快水就跑去找他收留。也許他們全是一夥兒的。影星的胃像打結了一樣。她不想懷疑別族的貓，可是這麼多貓都如此虛偽，她要如何相信他們？

「我相信影星，」風星說道，那張棕色條紋的臉若有所思。「我不認為她有任何理由謊稱這種事。我也不相信她會把一隻惡棍貓誤認成部族貓。影星並不笨，她跟快水很熟。」她無視天星的嘟囔，朝河星轉身。「我們都知道影星的想法是什麼……那你呢？」

長毛灰色公貓緩緩搖頭。「我無法相信快水會做出這種事，影星一定是看錯了。」

影星的心一沉。所以塵埃落定。快水會續留森林裡，對影星和她的部族繼續造成威脅。她現在要如何信任其它部族呢？

「討論結束。」天星一臉嚴肅地說道。「下次大集會時，我們再來討論真正的部族事務。天族貓，跟我走。」他動作一氣呵成地躍下巨岩。

影星看著天族貓——包括快水在內，魚貫離開四喬木。

風星的目光在影星身上逗留了一會兒，眼裡盡是擔憂，然後也跳下去，率領她的部族離開空地。

至少風族是站在我們這邊的，影星心想道。雷星和河星跳下巨岩，各自帶部族離開前，前者曾向她垂頭致意，後者也眨眨眼睛表示歉意，但她只覺得心情沉重和痲木。

影星的心臟砰砰跳得厲害，快水又是部族貓了，但她是一隻危險的貓。

她已經把日影送上星族，影星很確定這一點。

她會再開殺戒嗎？如果會，她的行動將會毀滅一個又一個的部族……直到所有部族都滅絕嗎？

第七章

他們要離開四喬木了，影族貓自動集合，很是緊張地瞥看四周暗影。影星看見他們臉上的表情，覺得心情沉痛。他們對森林的安全已經失去信心。**影族要開始瓦解了嗎？**

就在她正要轉身率領族貓回自己的領地時，竟瞥見有隻貓等在一棵橡樹底下。**快水嗎？**她心生提防，隨後才聞出那是風星的氣味，風族族長正在等她。

「鴉皮，」影星喵聲道。「先帶大家回去，我隨後趕上。」

黑色公貓停下腳步，瞪著她。「妳是鼠腦袋嗎？」他問道。「妳不能獨自留在這裡。」

影星彈動其中一隻耳朵。「就算是副族長，也得聽命於族長。」她提醒他。礫心也聽到她說的話，琥珀色眼睛瞪得斗大，布滿愁雲。

鴉皮固執地貼平耳朵。「上次妳落單，快水就把你推到了怪獸面前。」他抗議道。

影星感到悲痛，她想起上次她的副族長也是拒絕棄她而去，**結果慘死……**

「鴉皮，」她輕聲說道。「帶部族回去我們的領地，我相信你會保護他們的安全，我不會有事的。」她眼神堅定地看著他，直到他垂下目光。

「好吧，」他喵聲道。「但務必小心。」

她點點頭。於是他大聲喊道：「影族，跟我走！」然後快步離開。礫心在影星旁邊顯得腳步躊躇。

「你也快回去。」她告訴他，尾巴輕撫過他的後背。「營地裡可能有貓在咳嗽或腳掌被刺扎到。」

礫心哼一聲，搖搖頭。「我希望妳知道自己在做什麼。」他回答。「妳回到營地，記得知會我一聲。」

影星點頭答應，目送他跟著其他族貓消失在視線裡，然後才朝橡樹下的黑影走去。「風星。」

「快水在說謊。」棕色虎斑貓立刻開口說道。「也許其他部族看不出來，但我看出來了。讓她繼續留在部族貓的領地上並不安全。」

影星長嘆一聲，吁了一口氣。「還好有影族以外的部族貓相信我。」她低聲道。

「他們並不笨，」風星喵聲道，尾巴懊惱地抽動著。「只是他們被自己跟快水的好交情給蒙蔽了。所有戰士都必須遵守戰士守則，無論跟大家的交情有多好。要是不遵守，那我們跟惡棍貓又有何異。」

「沒錯，」影星附和道。風星能理解。不管快水跟大家的交情再怎麼好，但她企圖殺害別隻貓，就是違反了戰士守則，這是當初大家為了所有部族著想所訂下的規矩，一定要遵守。所以快水已經不再是部族貓。「如果大家未來要和平相處，就得捍衛這個守則。」

「我知道，」風星很沒把握地用腳爪搓著地面。「但是我們能怎麼做呢？」她問道。「如果我們攻擊天族，雷族一定會為他們撐腰。天星和雷星也會聯合起來保護快水。我們沒辦法把她趕出去。」

影星猶豫了。**那就只剩下一個方法。**

她沒有當下回答風星的問題，反而抬頭仰望天空，頭頂之上有無以數計的星星閃閃發亮，在深幽的黑夜裡發出微小的光芒。哪一顆才是戰士祖靈的星星呢？她納悶。日影也在看著她嗎？月影和灰翅呢？

祂們對她的計畫有何看法？

「快水殺了日影，」她很快地說道。「當時也害我失去一條命。她已經悖離戰士守則，星族一定會同意殺了她只是替天行道而已。」

風星驚詫地倒抽口氣。「在大戰役之後，我們全都發誓不再彼此殘殺，就算是最凶殘的格鬥也不能殺害對方。」

「是啊，」影星凝視著棕色虎斑貓的眼睛，也在裡頭看到了跟她一樣的痛苦情緒。「可是快水不再是我們其中一員。我們必須確保部族是安全的，哪怕我得付出一切代價。」

「這話什麼意思？一切代價？」風星不安地問道。

影星猶豫了。她從來不想讓其他貓兒知道她還剩幾條命，這會曝露出她的弱點。但她選擇相信風星，也許應該讓風族族長知道。「這是我的最後一條命了，」她終於說道。「下次死亡來臨時，我……我就不會再從星族那裡回來了。」

風星眨眨眼睛。「那麼也許我們不應該開戰，」她喵聲道，語氣顯得疑慮。「我不知道要是族長九條命都用完了，部族會出什麼事。」

影星搖搖頭。她覺得月影、日影、灰翅、以及隨著時間推移失去性命的所有貓此刻似乎都在庇佑她。這會是一件對的事情。「我已經任命新的副族長。」她說道。「如果我是為了保護影族而亡，鴉皮將會接下我的位子繼續領導他們。但就算這場戰役不是我的最後一場，我也有種預感自己活不了太久了。所以如果這本來就是終點，也就沒什麼好計較的了。」

風星彈動耳朵。「聽妳這麼說，我還是寧願選擇活久一點。」

儘管話題沉重，影星的鬍鬚仍打趣地微微抽動。「妳向來務實。」然後她表情又嚴肅起來。「不管我們怎麼處理這件事，都應該做得光明磊落。我們是站在正義的這一方，沒必要偷偷摸摸，我們來計劃一下吧。」

第二天一早，影星更換了她臥鋪上的青苔和蕨葉。她已經告訴族貓們明天的作戰計畫，他們會在天族的領地上當面對質快水，現在要做的只是做好萬全準備。她有條不紊地工作，將已經睡塌和乾掉的植物搬出去，更換成新鮮的，確保臥鋪又軟又舒適。這本當是見習生的工作，但她想自己來。萬一鴉皮明天就要睡在族長窩裡，才會有舒服的臥鋪可睡。

等到族長窩穴已經如她所願打理得舒適乾淨後，她才到營地四處巡視，找戰士們聊一聊。杜松枝正在教泡泡溪戰技。

「用妳的重量去壓對方的肩膀，就是這裡。」杜松枝喵聲道，同時拍了拍白色母貓其中一隻前腿的上半部。「如果妳可以讓對手失去平衡，妳就能扳倒他們。」

影星的尾巴刷拂過杜松枝的後背。「你把她教得很好，」她補充道。「這一招也可以教教其他的年輕貓兒。泡泡溪，好好練習，你會成為很厲害的戰士。」

她還帶暮鼻和泥掌出外狩獵，合力追捕兔子。與族貓同心協心地工作，站在自己的領地上深深吸入充滿松香味的空氣，捕獵可以餵飽部族的獵物，這一切都使得她精神飽滿，充滿喜悅。

一整天下來，她探訪了每一隻貓，低調地提供建言，出聲稱許他們。就像在跟他們道別，要讓他們對族長留下最後的美好印象。以防明天就是她生命告終的那天。

日落時，他們一起進食。她跟礫心分食一隻八哥。

「還記不記得當年我們離開荒原，創立自己的部族？」她輕聲問他。

礫心邊點頭邊吞下鳥肉。「我那時好年輕，」他回答，「要不是雲點傳授，我想我現在根本沒能力照顧病貓。只可惜雲點想住在森林裡，但我知道我不屬於那裡。」

「你做得很棒。」影星告訴她。「哪怕從第一天起，你就懂得給灰翅藥草吃，幫忙緩和他的呼吸問題，治療泥掌肩上的傷。你總是把整個部族照顧得無微不至。」她挨近他，偎在他溫熱的腰側上。「我很高興你選擇加入我們，」她接著說：「我也很高興有你在這裡照顧我們的族貓。」

礫心對她親暱地眨眨眼睛，然後把頭擱在她肩膀上。她很確定他明白她想告訴他什麼。

等到大家都進食完，她把鴉皮拉到一旁，在空地邊緣一個不會被偷聽到的角落坐下來。

「我想我們準備好了。」他大聲說道。「每隻貓都在勤練戰技，礫心出去了一整天，收集到可以療傷的藥草和敷在傷口上的蜘蛛絲。不過我希望不會有太多貓兒受傷。我們為正義而戰，但絕不戀戰，對吧？」他的腿因緊張和亢奮而微微發抖。影星用腳掌按住它。

「我們已經準備好了，」她告訴他。「但我必須跟你說件事。這是我的最後一條命。」鴉皮正要開口，他眼睛瞪得斗大，表情驚訝，但她搶先說：「我想讓你知道，你有能力領導這個部族。我選擇你是因為你是最理想的族長人選。」

鴉皮搖搖頭。「不，」他氣喘吁吁地說道。「我會盡全力保護妳，妳會挺過這一仗的。」

「不管我有沒有挺過，都不重要。」影星語氣嚴肅地回答。「我欣賞你的忠誠，但你不能讓這一點影響你領導影族的能力。必要的話，你必須做好準備隨時接手。」

鴉皮難過地眨眨眼睛。「我會想辦法做好準備，」他告訴她，但坐姿動也不動，表情嚴肅。「可是我不知道自己是否強大到足以接下妳的擔子。」

「你已經準備好了，」影星告訴他。「你會是個強悍的族長。只是永遠不要忘了一定要做你自知是對的事情。絕對不要把任何事情，甚至你自己的命，置於部族利益之上。星族會帶領你的。」

鴉皮的眼睛一亮。「我希望妳的最後一條命可以活得很久，在接下擔子之前，我才能有夠久的時間跟妳好好學習。但萬一明天就出事了，我保證我一定會盡我最大的努力。」他發誓。「我會帶領和保護影族，徹底遵守戰士守則。」

影星用鼻頭輕觸他的鼻頭。「我知道你會。」

等到月亮高掛空中時，她已經跟所有族貓都聊過了。但只有鴉皮和礫心知道這是她的最後一條命。她相信他們會保守這個祕密。

她再度抬頭望向星空，非常確定此刻灰翅、月影、和日影都在庇佑她，無論她最後一次到訪星族是什麼時候，祂們都會歡迎她。那會是明天嗎？這即將到來的黎明會是她在影族醒來的最後一個黎明嗎？

第八章

隔天一大早，他們離開影族領地時，仍沾著露水的草地溼淋淋的，河面上正在起霧。他們沿著河岸朝天族走去，繞過雷族領地邊緣。

「如果雷族不插手，會比較好解決。」她告訴鴉皮，後者就走在她旁邊。「但我想他們可能發現我們正經過他們的領地。所以應該很快就會見到他們。」

鴉皮點點頭。他很專注，目光不時掃視四周林子，提防可能的危險，並盯緊跟他們一起來的貓，確保大家都沒事。他的耳朵豎得筆直，全神貫注地聆聽影星的各種交代。**他很在意他的族貓，他不怕上戰場，但也不嗜血，他熱衷學習。**影星甩甩毛髮，要自己別再暗中考核鴉皮了。她已經選定他。每次她一想到選中了他，就很確定自己做對了選擇。現在她只需要專注於即將到來的戰役。

我真的能下手殺掉快水嗎？她心想，**哪怕她曾經殺害我？**她還記得大戰役時，曾親眼見到貓的眼睛慢慢流失生命跡象的畫面，也曾親手殺掉她所熟知的貓。儘管那場仗是逼不得已，但過程很可怕也很震撼。她很不想再掀起腥風血雨。

快水對影族來說是個危險，她提醒自己，**對所有部族來說也是。**但是她又突然覺得自己的理由很空洞。

也許我們可以說服她離開部族貓的領地，影星感到反胃，**快水不能再繼續住在部族貓這裡，這一點很確定。**

風族正在天族邊界那裡等候。

「妳確定妳不要攻其不備？趁他們察覺到我們之前，先衝進去襲擊他們的營地？」

影星搖搖頭。「這件事要做得光明磊落。我們不襲擊天族，我們的對象是快水。」

風星看著她。「最後結果是一樣的。」她坦言道。

「我知道，」影星告訴她。「但是我們不可以先展開攻擊。」

她張開嘴巴，嗅聞風向。她現在聞到更濃烈的雷族氣味了。沒過一會兒，她就聽到像是幾乎一整個部族朝他們奔來的腳步聲。天族也來了——她之前就有瞄到一支天族的邊界巡邏隊，對方一看到他們馬上折返，穿過林子，衝回營地，顯然是去向天族示警。

但最先趕到的竟是雷星。

「你們在這裡做什麼？」他惱火地問道。他的戰士們在他旁邊和後面一字排開，全都繃緊肌肉，利爪出鞘。

「你明知故問。」影星回答。「我們不是來找雷族打架，你們最好回自己的營地去。」

雷星搖搖頭，「這也是我們的事。」

「你們是來攻擊天族的。」天星的聲音冷冷地打斷他們。他和他的戰士們已經穿過林子，在邊界的另一頭一字排開。

「不是，我們也不是來攻擊天族，」影星告訴他。「我們跟你們這兩個部族沒有過節。」她瞄到快水就站在天星戰士群裡面，那張灰白花斑色的臉表情防備。「我們來這

裡是為了捍衛戰士守則。快水曾企圖殺害我，她殺了日影，她是凶手。她打破了戰士守則，我們不能讓她留在部族貓這裡。」

雷星惱火地吼道。「影星，我們不是都已經說好了嗎？快水也解釋過為什麼她的氣味會出現在那裡。我們不要因為這種事就爪牙相向。妳只是搞錯了當初攻擊妳的對象。」他遲疑了一下，但只有一下而已。「妳一定是搞錯了。」

影星迎視他的目光。「雷星，我知道你想相信她，但是我沒有搞錯。」她朝天星轉身，語調懇切。「我們還是有機會可以避開一場戰爭，只要放逐快水，把她趕出部族貓的領地，我們就離開，貓兒們就不用——」

一如她所料，天星往後退一步，顯然被激怒了。「我不會因為妳告訴我該怎麼做，就去懲罰無辜的戰士。這裡是天族的領地。」

雷星的聲音比較委婉。「我們保護快水，是因為她沒有做錯事。影星，風星，就算你們看不清楚，也拜託妳們要相信我們所看到的真相。」

風星發出嘶聲。「是你們兩個沒把事情看清楚，只因為你們兩個跟快水有很好的交情，就被蒙蔽了，你們才應該就事論事。」

影星看看天星又看看雷星，知道跟他們多說無益。快水就躲在天星後面的貓群裡，弓起身子，活像冷風正灌進她身子。**她絕對不會離開**，影星心想，**反正有他們撐腰**。

影星冷不及防地衝向灰白花斑母貓，她從花足旁邊撞過去，後者咕噥一聲往後退，但影星還沒碰到快水，就有重物撞上她的腰，害她摔倒在地。影星倒抽口氣，身子一滾，後腿順勢朝她的攻擊者踢了過去，結果看見上方出現的是雷星那張薑黃色的大臉。

「住手！」他吼道。影星扭過身子，拳頭一揮，把他擊倒。她爬了起來，與她面對面對峙的換成了天族戰士白樺。

在她四周，森林已經成了一片戰場。金雀花毛正在跟梟眼扭打，亮出尖牙，發出怒吼。鼠耳和蜂蜜皮正在地上來回翻滾，利爪劃破彼此的毛皮。風星正在和雷星大打出手，杜松枝正用身體的重量壓制住天星，並小心避開灰色公貓狠揮過來的拳腳。四個部族的戰士都在交戰中。

影星利爪揮向白樺，在他胸前劃出一道很長的血痕。**我們和平相處了這麼久**，她難過地想道，**現在這一切又都毀了**。白樺往後退開，接著又朝她猛撲過來，嘴裡發出怒吼，她用後腿撐起身子正面迎戰。

就在他們嘶吼大叫、尖牙利爪盡出地近身肉搏時，她的目光越過白樺的肩膀。

鴉皮！

他和快水正在繞圈對峙，兩隻貓兒都弓起後背。影星瞬間不安，她看到她的副族長腰腹有一道很長的傷口。就在她觀戰的同時，快水突然撲上鴉皮，撞擊他的腿，將他摔倒在地，

鴉皮蹣跚想要爬起來，但快水跳到他身上，伸出爪子，狠命一擊。

不！別又發生一次！

影星不能坐視不管，眼睜睜看著她的副族長接連死去。她沒有救活日影……這次她

絕不能棄鴉皮於不顧。

影星撞開白樺，撲上快水，從後方將她從鴉皮身上拉開。

「快走！」她對她的副族長嘶聲喊道。「這是我自己的恩怨！」鴉皮後退一步，但沒有離開，他不安地甩動尾巴，守在她後方。

當影星和快水對峙時，感覺好像四周的打殺聲都安靜了下來。她什麼也聽不到，只聽到她和快水粗重的呼吸聲。

「妳是凶手，」她低聲說道，似乎看見那雙琥珀色眼睛有內疚一閃而逝。「妳不再屬於這裡。」她繼續說道。

快水用一種苦澀又迷茫的表情看著她，然後突然往前一躍，爪子揮向影星。

影星用後腿撐起身子，想要閃躲，卻感覺到對方利爪往下劃過她胸膛。身體瞬間被一股溼黏的溫熱感漫開。那當下，她就知道自己完了，視線頓時變得模糊，腿搖搖晃晃的。

我快死了嗎？快水瞪看著她，灰白花斑母貓後方圍了一圈其他貓的臉，有影族貓，也有天族貓、風族貓、和雷族貓。好似所有打殺都暫時停止，全都盯著她看，動也不動，表情驚駭。

還不行，我不能在失去最後一條命時，還把凶手留在部族裡。影星奮力一博，用盡最後力氣，伸爪狠砍對方腹部。她聽見快水慘叫一聲，自己就腿一軟，倒在地上。她旁邊傳來快水重跌地面的撞擊聲和呻吟聲。

她們躺在地上對看，快水的琥珀色眼睛直視著她的綠色眼睛。部族貓都站在後方和四周，驚恐地不敢出聲。影星張嘴想說話，想讓她的族貓們放心，但她發不出聲音。四周的森林越來越模糊。天星正用腳掌按住快水的腹部，試圖幫她合上傷口。

「影星說的是真的，」快水突然沙啞說道。影星緩緩眨著眼睛，看見天星臉上驚駭的表情。「是我引狗去攻擊影星和日影。我以為只要他們兩個死了，我們就能拿下他們的領地，天族就有安身的地方。後來我又企圖殺害影星，就在高岩山那裡。我知道那是不對的，可是我很害怕。」

「喔，快水，」天星嘆口氣。他仍在努力按住她的傷口，但表情看起來徹底絕望。「在創建部族的過程中，我們曾一起度過這麼多難關……可是妳違逆戰士守則，天族不會因此感謝妳的，妳怎麼可以殺害別族的貓。」

鴉皮也跑到影星這裡，試著清掉她臉上的血跡。

戰士守則是我們之所以不同於惡棍貓的地方，是它把我們造就成部族貓。如果我們不能遵循守則，就會墮落，變得比當初沒有領地的我們還要迷失。影星想告訴鴉皮這些話——他就要領導影族了，必須明白這一點——但是她說不出話來，只是不停喘氣。她迎視他的目光，知道他懂她想說什麼。

「影星，對不起，」快水聲音微弱地呻吟著。「我以為我在拯救自己的部族。但我該做的其實應該是保護所有部族的安全，所有貓的安全。」她眼神狂亂地環顧貓群。但此刻的影星視線已經模糊到幾乎什麼都看不到。「妳一定要知道我曉得自己錯了。請妳

原諒我……」

視線裡的空地好似正在被黑暗吞沒。影星如今只能隱約看見四周貓兒的身影。但不知何故，她很確定此刻的貓兒們全都一條心，不再自掃門前雪，而是團結合一。他們不會再輕易遺忘這件事的重要。她的腳掌微微抽動，想伸出去觸碰快水。

我原諒妳了。

第九章

溫暖的和風拂亂影星的毛髮。祂慵懶地伸個懶腰，雖然睡眼惺忪但心滿意足地享受著全身肌肉的伸展。

我死了，這一次是徹底的死了。祂睜開眼睛，盯看空地上的茵茵綠草。太陽的溫度、獵物的氣味、萬物的生長都變得很真實，比祂前幾次感受到的來得更真實。**因為我現在完全屬於星族了**。

祂覺得……意外地自在和滿足。祂有過美好的九條命。祂的部族現在在鴉皮的領導下是安全的。祂有強烈的預感，祂和快水的死已讓所有部族的關係變得前所未有的緊密。他們會好好照顧彼此。

祂旁邊傳來嗚咽聲。祂轉身看見快水。灰白花斑母貓那雙琥珀色眼睛瞪得斗大，眼裡布滿恐懼和哀傷。祂在發抖。

「喔，影星，」祂低聲道。「我們都死了。但我不屬於這裡。為什麼星族會原諒我所犯的錯？」

影星伸出腳掌觸碰快水，這是祂臨死前一直想做卻做不到的事。「這些部族會挺下去的，」祂告訴祂。「這是唯一重要的事。」祂試著給快水一個要祂放心的表情。「而且如果我能原諒祢所犯的錯，我相信星族也能……」

快水表情疑惑。「所以祢認為我破壞守則還有殺害祢和日影——甚至殺害祢兩次——這些事情反而更鞏固了部族之間的情誼，所以就沒關係了？星族看待事情的角度好不尋常喔。」

「祢已經認罪了，」影星說道。「而且是在部族貓開始互相殘殺之前認的罪。這應該算是將功贖罪。祢在死前非常後悔，」祂停頓了一下，若有所思。「但我想祢可能欠日影一個道歉。」

快水的肩膀垮了下去。

「祢是得道歉，」祂們後方響起愉悅的聲音。「不過至少我現在狀態很好。」兩隻母貓同時轉頭看見日影，祂看上去健康又強壯，正開心地快步穿過草地，朝祂們走來。灰翅走在祂旁邊，快水跳起來奔向祂們，腳步慌亂，顯得笨拙。

「真的很對不起，」祂說道，並向日影垂頭致歉。「我確實犯了大錯。活像我失心瘋了好幾個月，滿腦子想的都是天族會不會被迫離開自己的領地。於是我變得對其他事情都不在乎了，無所謂別隻貓的死活。我不值得被原諒。」祂朝灰翅轉身，尾巴垂在地上。「我很慚愧。」

灰翅彎下身子用鼻口輕觸祂的鼻口。「我的老友，我有東西要給祢看。」他用尾巴向影星示意，「祢也來。」

影星和快水跟著兩隻星族貓走向空地邊緣一座水池。「祢們看，」灰翅說道，同時朝池子點頭示意。

影星低頭凝視，看著池面上四起的漣漪。反射在水面上的光影開始變化。祂是從上方的視角在俯瞰部族的領地，有影族的松樹林，有四喬木……

在祂旁邊的快水啜泣出聲。「怎麼回事？」池子裡的天族領地正四分五裂。兩腳獸和牠們的黃色怪獸忙著砍樹，在地上挖出很大的坑洞。「我們的領地不見了……」祂的聲音聽起來茫然失措。

畫面變了。一群貓正從被毀的領地啟程，但不是前往高岩山，而是深入陌生的土地。**高岩山那附近的確不是什麼好領地，**影星心想。**我猜他們沒辦法在那裡安頓。**「但是天星在哪裡？」祂問道。領頭的公貓有天星的淺灰色毛髮，但身上有雲朵狀的白色斑點。他個子較小，體態輕盈，沒有天族族長的長腿和厚實的肩膀，不過有些地方似曾相識，譬如那堅定的步伐、斜傾的耳朵。「他……是天星的後代嗎？」祂納悶道。

「這些貓我都不認得了。」快水說道。「怎麼回事？他們不是天族貓嗎？」

「他們是天族貓，」灰翅糾正祂。「只是過了幾個世代，但都是天族的後裔。兩腳獸現在不會奪走你們的領地，但終有一天會。天族必須離開，尋找新的家園。」祂的語調悲傷。「其他部族早晚也會追隨他們的腳步離開。」

影星頓時不解。「所以每個部族都會離開這座森林？」祂問道。「我還以為我救了影族，原來我所做的一切一點意義也沒有。」

灰翅抬起頭來看著祂，金色眼睛充滿慈愛。「當然有意義，」祂語氣溫暖地說道。「哪怕經過了這麼多世代，但他們永遠記得祢。影族也挺了過來。所有部族從此徹底奉守戰士守則，因為他們知道是戰士守則為他們成就出戰士這個名號。」

快水揚起頭。「那又怎樣？」祂吼道，聽起來好像很絕望。「為了拯救天族的家園，我背叛了所有部族。但他們還是得離開！沒有了其他部族，他們會迷失的。」

影星用尾巴搓揉快水的背，默不作聲地安慰祂。

「不會，」灰翅說道。「祢們看，」畫面變了。現在又換了地點……那是一座湖泊，四面八方都是開闊的土地，但有貓在那裡，有的狩獵，有的巡邏邊界，有的互舔毛髮，有的慵懶地躺在太陽底下。有身形削瘦，穿梭在暗處裡的黑貓，有寬肩的薑黃色貓正在爬樹，有腿形瘦長的棕色貓在追捕兔子，有毛色光滑的灰色貓在水裡捕魚。但祂一隻貓也不認識，不過祂認得出來：他們是部族貓，是貓戰士。

然後有貓群朝湖邊的部族貓走來，看上去神情疲累，但耳朵都像天星一樣有些自負地微微斜傾，就跟當初帶領天族離開森林的那隻貓一樣——又來了一個部族。

「他們回來了。」影星小聲說道。

灰翅點點頭。「就算曾經分開，五大部族還是熬過來了。他們仍記得守則，他們彼此照顧，他們會再度集結。」

另一隻黑貓走向祂們，**是月影，**影星抬起尾巴招呼祂弟弟，突然覺得自己輕鬆了許多。祂曾經扛在肩上的各種恐懼，包括對失去最後一條命的恐懼，以及擔心自己死後對影族所造成的影響，如今都不在了。

五大部族會挺過去的。他們的傳統會代代傳承，星族會庇佑他們。

我已經盡力了，祂心想，**我的努力是有意義的。影族會繼續走下去，我這九條命活得很有價值。**

國家圖書館出版品預行編目(CIP)資料

貓戰士外傳．XVIII, 說不完的故事 5 / 艾琳．杭特（Erin Hunter）著；高子梅譯．-- 初版．-- 臺中市：晨星出版有限公司, 2023.11
面；　公分．--（Warriors；67）
譯自：Path of a Warrior
ISBN 978-626-320-677-9（平裝）
873.59　　112017828

貓戰士外傳之XVIII

說不完的故事5 *Path of a Warrior*

作者	艾琳．杭特（Erin Hunter）
譯者	高子梅
責任編輯	謝宜真
文字校對	謝宜真、林怡辰
封面繪圖	梅林 Huwalli
封面設計	張蘊方
美術編輯	張蘊方
創辦人	陳銘民
發行所	晨星出版有限公司 407台中市西屯區工業區30路1號1樓 TEL：04-23595820　FAX：04-23550581 行政院新聞局局版台業字第2500號
法律顧問	陳思成律師
初版	西元2023年11月15日
讀者訂購專線	TEL：（02）23672044 /（04）23595819#212
讀者傳真專線	FAX：（02）23635741 /（04）23595493
讀者專用信箱	service@morningstar.com.tw
網路書店	http://www.morningstar.com.tw
郵政劃撥	15060393（知己圖書股份有限公司）
印刷	上好印刷股份有限公司

定價290元

（缺頁或破損的書，請寄回更換）

ISBN 978-626-320-677-9